三剑客

民国武侠小说典藏文库·陆士谔卷

陆士谔　施济群◎著

中国文史出版社

海上奇才陆士谔(代序)

　　二十世纪初到四十年代，上海滩出现了一位奇才，他精通医道，医德高尚，曾被誉为上海十大名医之一；他著作等身，医学专著四十余种，各类小说一百余种，是当时享有盛誉的名作家。这位奇才就是陆士谔。

　　陆士谔，名守先，字云翔，号士谔，用过多个笔名：沁梅子、儒林医隐、珠溪渔隐、梦天天梦生、云间龙、云间天赘生、路滨生、龙公等。晚清光绪四年（1878 年）生于江苏青浦珠街阁镇（今上海市青浦区朱家角镇）一个书香家庭。九岁起，跟随青浦名医唐纯斋学医，前后共五年。十四岁到上海一家当铺做学徒，不久辞退回家，在朱家角一边行医一边大量阅读医书和各种"闲书"。二十岁再到上海行医，因业务清淡，遂改业租书，购置一大批读者欢迎的小说，日间以低价出租，晚上潜心研读这些小说，不但能维持生计，而且渐渐悟出写作诀窍，先写些短篇，试着投稿报馆，竟获一再刊登。他写兴更浓，由短篇而中篇，由中篇而长篇，有些还印成单行本，风行一时。此时他认识了小说界前辈海上漱石生孙玉声，孙玉声知道他做过医生，对医道有研究，劝他重开诊所。他听从劝告，此后坚持一边行医，写医学专著和有关掌故，一边撰写小说，直到1944年因中风不治在上海家中逝世，享年六十六岁。

　　陆士谔一生整理、编注、创作医著和医文四十余种，对清代名医薛生白（1681—1770）、叶天士（1666—1745）的医案钻研极深，编注过《薛生白医案》《叶天士医案》《叶天士手集秘方》等重要著作，自著十余种，最重要的是《医学南针》初、二集，其业师唐纯斋为之作序，赞他"以预防为主医学，极深研几，每发前人所未发"，"以新说释古义，语透而理确"。他以所学理论行医，悉心诊治，常能妙手回春。1925 年，一位广东富商请其出诊，为奄奄一息、众名医束手的妻子治病，经过半个月的诊治，病人霍然而愈。富商感激涕零，登报鸣谢一个月，陆士谔的医名由此大振。在沪行医期间，陆士谔以其精湛的医术、高尚的医德，被誉为上海十大名医之一。

陆士谔以医为业，业余还创作了百余种小说。为陆士谔研究付出过艰辛努力的田若虹教授给予高度评价："陆士谔的小说全面地反映了晚清民国时代的社会面貌、重大事件，笔触遍及政治、外交、文化、经济、军事等各个方面，展现了封建末世的一幅真实画图。""他以强烈的愤怒抒发了对社会官场魑魅魍魉的谴责与鞭笞，以感情充沛的笔锋表现了对反帝爱国志士的赞扬与尊敬，用热情洋溢的话语描述了其理想中的新中国。这一切憎爱分明的情感，铭记着时代的苦难痕迹，闪耀着陆士谔在十九世纪末、二十世纪初那个特定的历史阶段与时代同脉搏、与人民共呼吸的真挚情感。同时也热切地表达了其欲挣脱'衰世'腐败黑暗的社会及卑污风气，挣脱束缚、压抑之环境，追求美好自由新境界的愿望。他对现实的愤怒与对未来的追求融汇交织其中，感情激烈而奔放，语言辛辣而犀利，文风格调亦具有时代精神的特征。在封建制度大崩溃之前夕，陆士谔等近代小说家们的那些充满激情的篇章、声情沉烈的创作颇具现实意义。"①

陆士谔的小说不仅数量多，而且题材极为广泛，田若虹教授将其分为社会小说（52 种）、武侠小说（22 种）、历史小说（10 种）、医界小说（3 种）、笔记小说（18 种）、科幻小说（2 种）和纪实小说（即时事小品 110 则），共七类。正因为认识到陆士谔小说的社会

---

① 见田若虹：《陆士谔小说考论》，上海三联书店 2005 年 7 月初版。

价值，1988 年起，先后有十余家出版社重印了一般读者较难看到的陆士谔小说，如《新孽海花》《血泪黄花》《十尾龟》《荒唐世界》《社会官场秘密史》《最近上海秘密史》《商场现形记》《新水浒》《新三国》《新野叟曝言》《清史演义》《清代君臣演义》《清朝秘史》《八大剑侠传》《血滴子》等十余种，其中最著名的是《新上海》《新中国》和《八大剑侠传》《血滴子》。

撰于 1909 年的《新上海》深刻揭露了清末上海十里洋场种种光怪陆离的"嫖、赌、骗"丑恶现象，竭力描写，淋漓尽致。1997 年，上海古籍出版社将其与李伯元的《官场现形记》、吴趼人的《二十年目睹之怪现状》等一起列入"十大古典社会谴责小说"。1910 年，又撰《新中国》，小说以第一人称写作，以梦为载体，作者化身陆云翔，描述梦中所见：上海的租界早已收回，建成了浦江大铁桥、越江隧道和地铁……2009 年 12 月，为配合宣传 2010 年上海办世界博览会，有出版机构重印了这部小说，国内外媒体也纷纷报道，极大地提高了陆士谔的知名度。

陆士谔还以清初社会现实为背景，从 1914 年到 1929 年，十六年中写出二十余种武侠小说：《英雄得路》、《顾珏》（以上为文言短篇，分别载于《十日新》杂志和《申报·自由谈》）；《八大剑侠传》（原名《八大剑仙》）、《血滴子》（又名《清室暗杀团血滴子》）、《七剑八侠》、《七剑三奇》、《小剑侠》、《新剑侠》（以上后合编为《南派剑侠全书》），《红侠》、《黑侠》、《白侠》、《三剑客》（以上后合编为《北派剑侠全书》），《雍正游侠传》、《今古义侠奇观》、《江湖剑侠》、《八剑十六侠》、《剑声花影》（原名《侠女恩仇记》）、《飞行剑侠》、《古今百侠英雄传》、《新三国义侠》、《雍正剑侠奇案》、《新梁山英雄传》、《续小剑侠》（以上为白话长篇，多由上海时还书局出版）。

这些小说中的人物，出场最多的是康熙、雍正时的八大剑侠，即路民瞻、曹仁父、周浔、吕元、白泰官、吕四娘、甘凤池和了因和尚（俗家名吴天巍），他们是南明延平王郑成功部下，明亡后，存反清复明大志，在各地行侠仗义，扶危济困，名震天下。书中由正面转为反面的人物是年羹尧和云中燕（"血滴子"暗器发明者），起初也行侠惩恶，后来却创办血滴子暗杀团，帮胤禛夺得皇位，最后被雍正卸磨杀驴，下场悲惨。陆士谔笔下这两组人物故事当时吸引了无数读者，不仅小说一再重印（《八大剑侠传》《血滴子》竟印到21版），而且被改编成京剧连台本戏和电影《血滴子》，红极一时。受其影响，在陆士谔原著的基础上，稍后出道的民国武侠北派五大家之一的王度庐，1948年写出《新血滴子》（又名《雍正和年羹尧》）。至1950年代，香港武侠名家梁羽生发表《江湖三女侠》，吕四娘、白泰官、甘凤池和了因的形象更为生动；台湾武侠名家成铁吾更写出350万字的巨著《年羹尧新传》，使原本笔法相对平实质朴的故事奏出了华彩乐章。

最后值得一提的是陆士谔1915年3月19日发表于《申报·自由谈》的文言笔记小说《冯婉贞》，记载了1860年英法联军火烧圆明园时，北京民女冯婉贞率领数十年轻村民痛击联军，杀死近百名敌军，成为近代民族英雄的杰出代表。此文1916年被徐珂略作修改后收入《清稗类钞》，二十世纪六十年代又被收入中学范文读本。

2014年起，中国文史出版社陆续推出了"民国武侠小说典藏文库"和"民国通俗小说典藏文库"两大系列丛书，先后整理、重印了还珠楼主、白羽、郑证因、朱贞木、平江不肖生、徐春羽、望素楼主、顾明道、刘云若、张恨水、冯玉奇、赵焕亭、李涵秋等作家的全部或大部分小说，深受读者欢迎，并获研究者的好评，此番又将重印陆士谔的大部分武侠小说，从《八大剑侠传》到《飞行剑侠》，共15种，真是功德无量！望文史社编辑诸君再接再厉，将建修两大文库的宏伟工程进行到底，使这份珍贵的文学遗产永久传存于世间！

林　雨

2018年12月于上海

目　录

上　册

下　　册

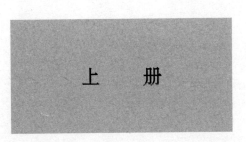

上　　册

第一回

黄沙白草剑客长征
膻肉酪浆女僧破戒

话说北派剑侠，是红裳女子、黑衣女僧、白猿老人三位剑侠，都出剑道人门下。其间唯白猿老人大收门徒，开南派剑侠之先河，已经在《白侠》书中叙述明白，不妨权时搁置。本书开场，重要提起红、黑两侠。却说红裳女子、黑衣女僧自从那日在白莲庵与白侠作别而后，红侠跨上健骤，黑侠控着海东青，一路西行，径向古函关进发，在路并无事故。

这日函关已到，离关厢不过三里光景，见一片很大的榆树林，红侠道："师父约在榆林中相会，不知此刻可在里头？"

黑侠道："这畜生控了它半日，也该纵放纵放了。"说着就把海东青一纵手，忒棱棱，乌云似的飞了去。

红侠跳下骤，控住缰，两个人慢慢走进树林来。只听得林中有人说道："明珠沉海，由它兴浪兴波；慧剑当空，不问是魔是佛。至人的造化在手，凡夫的性命由天。"急忙瞧时，须髯飘拂，正是师父剑道人。

二人忙着见礼，剑道人道："我算着你们今日该到了，你们几时动身的？"

二人照实回说，黑侠并言："动身时光，卫仲虎有事来求，却被弟子推卸在大师兄身上。"

剑道人听了，哈哈一笑。红侠道："师父为甚好笑?"

剑道人道："白猿老人可比不得你们两个，须知露尽聪明，无非狂慧，收回视听，便是真丹。你大师兄的短处，就在这欢喜卖弄聪明，将来他的大难，我知道定在喜弄聪明上得来。维摩一默若雷，颜子如愚终日。尔两人领略得此中真趣，才能够度己度人。"红、黑两侠肃然领教。剑道人道："我们此番出塞，走张家口吧。"红侠道："遵依师父的训。"

看官，剑侠行程，不必寻村宿店，荒山冷庙、寒山古寺，都可以权时栖止，并且不论月夕花晨，兴之所至，立刻登程赶路。当下剑道人师徒三人游山玩水，一路上乘兴而行，不多几天，已到张家口。只见雉堞巍峨，关城雄壮。进了关城，市面也很热闹，就找一家饭铺，吃了一饱。随即出塞，走了五十里，到查汗驼罗庙，见树木风景与关内大不相同。那草色树叶，虽也生气勃勃，只是比了内地总多点子黄气。

剑道人道："你们两人，红侠尽管骑着骡，黑侠尽管跨着鹰，努力前进。此去前面一百二十里，有座很高的山岭，名叫大巴汗岭，我在那岭巅候你们。"二人应诺。

黑侠走出树林，发一声长啸，那头海东青，忒棱棱地飞翔下地，伏在地上，黑侠纵身跨上。红侠也就控骡出林，黑侠在鹰背向红侠笑道："我们在岭巅会吧。"说着时，海东青两翻一举，忒棱棱冲天而起，奋翮凌霄，乌云般向北飞去。红侠上了骡，一带缰，那骡翻开四蹄，烟尘滚滚地去了。四个蹄究竟比不上两个翅，黑侠跨鹰飞行，霎时间已到岭巅，飞翔而下，早见岭巅一人站着笑道："才来呀?"一瞧正是师父剑道人，一边下鹰，一边回说"师父好快呀"，两人谈话，观看形势。只见这座大巴汗岭高耸云表，横截南北，一条山路只有四五尺宽，从岭巅到山脚，倒有三十里往来。向南望去，碧天无际，不过遥天中淡烟微抹而已。

剑道人指示黑侠道："这就是古长城，咱们出的张家口，也是此长城之一部也。"黑侠道："一瞧塞外的山，雄奇挺拔，顿觉内地河山，无水不明，无山不秀了。"剑道人道："你回过头去，眺望眺望那边风景。"黑侠回头，只见山连山，山套山，重峰叠嶂，一峰峰凌霄插汉，峥嵘崯岑，宛如千军列阵兀峙听令的一般，南北相通，只是羊肠一线，不禁连声称好。

剑道人道："瞧去山山相连，其实内中相去或是数百里，或是千里，很远很远呢。"黑侠口中应酬着师父，却举目四边眺望，忽见南边匝地黄沙里，一人一骑，飞一般地驰来，人马如豆，宛如尺幅山水中的人物。霎时那骑已经上山来也，万绿丛中一点红。才瞧明骑上的人是穿红衣的，不禁道："红妹妹来也。"

剑道人道："飞走相较，走快究不比飞慢。"说话间，红侠已到半山。只见那健骡腾跃而上，其行如箭，霎时已到眼前，红侠下骡笑道："究竟我走得最慢。"三个人坐地讲话，骡子放青，海东青翱翔觅食。

休息了好一会子，牵骡带鹰，启行下岭，谈谈讲讲，不知不觉已走了七十里。到这地方，名叫阿哈苦里，骡子渴了，要觅水喝，红侠纵它自去寻觅。骡子走了一会儿，走回来只向红侠嘶叫，红侠道："蠢畜生，觅一口儿水都不会，还要我服侍你么？"

剑道人道："不必骂畜生蠢，就是你人儿慧，此前数十里都是赤地，哪里去觅一口水来？再前九十里，地名查汗那罗湖，那儿才有水。"

于是重又前进，果然走了九十里才见大湖。纵骡饮水，红、黑两侠也觉口中燥渴，步到湖边掬水饮时，觉着水味咸得很，喝了一两口，不能再饮。剑道人道："此湖中原是产白盐的。"

黑侠道："不知左近可有淡水？"

剑道人道："没有淡水，前行七十里，地名迭劣。那地方草不盈寸，过路的人都是掘泉而饮的。再七十里是图勒根答八哈岭，才有淡水。再五十里，地名乌兰阿尔奇，才有人家。"

红侠道："哎呀！我们走了这许多路，才喝着一口盐水，再要走一百九十里才有人家。塞外路程偏又贱，这里一里，在内地二里还不止。渴不必讲，饥也饥狠了，到了有人家地方，不知有店铺没有，我们总要买点子东西充饥才好。"

剑道人道："此间风俗不同内地，有了钱未必能够买东西，没有钱未必就会饥饿。"红黑两侠齐问何故，剑道人道："这里的人都很真诚朴实，浑浑木木。客人到了，吃的是牛脯羊脯，宿的是毡炕，并不见得定要你酬报。"

红侠道："白扰人家，总过意不去。"

剑道人道："此间离内地近，难免染了点子汉俗。客人留八九天还好，到了十日开外，就要酬报了。到了巴苏太呼图，已出外边。那地方就留半月二十天，也不说什么。"

当下师徒三人弃下查汗那罗湖，向前进发。

走到夕阳西下、暮色苍茫时光，才到乌兰阿尔奇地方。只见帐幕重重，炊烟袅袅，牛羊成群，骡马嘶风，很热闹的屯市。剑道人道："你们腹饥么?"黑侠点点头。于是师徒三人走向帐幕来，见三五个孩子团坐着，正唱蒙歌呢。见有客来，都停了歌，跳跃而出，一个稍大的孩子就跑向后帐去报信。后帐走出两个人，瞧光景是父子。蒙古重的是佛教，行的都是僧礼，两蒙人都合十致敬。问起情形，知道剑道人等都是远客，十分敬重，请三人坐地，各敬上一杯牛乳。红侠渴极了，举起杯一饮而尽，剑道人与黑侠也饮了，觉着甘润适口。一时奉上牛脯羊脯，黑侠道："我是出家人，如何好吃这个?"

剑道人笑道："蒙人不会耕种，五谷五蔬是没有的。将就点子吧，此间僧俗都把牛羊作粮食，你要茹素，如何能够?"

黑侠道："弟子就为吃东西上不惯，所以前回来时带了点子干粮，挟剑飞行，一两日就回去。"当下黑侠无奈，只好权时开戒，勉强充饥。不过吞入口中，只觉着腥臭。

晚餐已毕，就引入帐中安置。地上点着一盏牛油灯，照得满帐通明。见东西两边，铺有三个毡炕，剑道人据了东边一炕，红、黑两侠分据西边两炕。红侠道："哪里去弄一点儿水来洗洗脸？"

剑道人道："这里就是水少，差不多是金子呢。要洗脸洗澡，哪里有内地舒服？"

红侠道："蒙古人难道就不洗么？"

剑道人道："也未必不洗，为了水少，总没有内地那般便利。"

红侠听了无奈。过了一宵，次日辞了蒙古人起行。临走酬与银两，蒙人不肯领受。

从此昼行夜宿，一路无话。这日行到喀路地方，离瀚海只有百数十里了。大风起处，尘沙扑面，见来往行人所跨的牲口，驴不像驴，鹿不像鹿，不知什么东西，也不知叫甚名儿。走了两日，已入瀚海边界，黄漫漫一望无际，都是黄沙，浅的地方一二尺，深的所在有到三四尺。道旁树草全无，只有臭蒿野葱以及地骨皮，点缀风景而已。剑道人道："黑侠到过此间，可知道戈壁中的厉害？"

黑侠道："弟子挟剑飞行，离地有二三十丈，所以下面的厉害没有仔细。"

剑道人道："瀚海中有一种害人的东西，最是厉害。碰着了，好好的眼珠子就要瞎掉，并且防不胜防。只有一件东西可以防患，一件东西可以除祸。我们现在可不能骤然前进了。"

红侠听说要瞎掉眼珠子，就惊问何物，剑道人道："瀚海中有种小飞蝇，渺如点黑，隐约飞舞。最喜欢飞入人目中，一入目中，随会生出小蛆来，目睛顷刻长四五分，就要不治。满地皆是，无处躲防，你道厉害不厉害？"

红侠道："师父不是说过有件东西可以防患，有件东西可以除祸么？"

剑道人道："除祸只要炙熟羊肉一片，趁热敷目上，一会子蛆就会出来，目复明如故。防患是用黑纱罩住，小蝇就飞不进了。"

红侠、黑侠齐问师父黑纱总预备的,剑道人大笑,遂探手怀中,取出黑纱三方,每人各取一方扎在目上。红侠又把自己的红帕子,斗方似的扎在健骡目睛上。三个人牵骡调鹰,走向瀚海来。

　　走了五七十里,口中都觉有点子燥渴,向前瞧去,黄漫漫极目无际。忽然那头海东青在臂上举颈展翅地挣扎,大有奋翮凌云之志。黑侠道:"畜生,你又要做什么呀?"抬起头来,不禁道:"哎呀!"剑道人与红侠都吃一惊,只见空中红日高悬,天净无云。三五头大鹰,车轮似的翱翔盘绕,左旋右转打圈子,估量去怕也有二三十丈的高。

　　剑道人道:"瀚海中禽兽很少,禽类只有大雕与百灵两种,兽类跳兔最多,野骡也不少。"黑侠一纵手,那海冬青冲天而去,就去追逐大雕了。

　　欲知后事如何,且听下回分解。

第二回

沙漠海剑道人论寒暖
抗霭山噶尔丹猎奇兽

话说黑侠纵手海东青，只见那鹰奋翮追逐，大雕见鹰追来，拼命奔逃，霎时间，黑云似的一朵翩然下堕，是一头雕被海东青扑伤了翅膀跌下，跌到地还不住地奋扑呢。接着又是一头，被鹰啄伤了眼睛跌下来。红、黑两侠赶步上前，一人揪一头，都获住了。正在快活，不提防一个大黑团从空而下，堕到地，啪啪啪，不住地旋舞，舞得地上黄沙都飞扬起来，宛如烟尘相似。

红侠道："哎呀！海东青受难了，被大雕咬住了翅儿呢！"

黑侠听得，急把手中的雕交与了师父，腾出空身，啪，一腾身跳到那里。只见海东青衔住了大雕，死也不放，偏那大雕狠命地挣脱，力也不小，一争一拒，两个大禽就地上打起盘旋来。黑侠跳到那里，一扑身早揪住了。那大雕一挣着，便陷下了沙泥去，用力一抓，抓了出来。海东青得胜而回，异常欢喜，拨开两翅，不住飞扑，扇得地上黄沙如烟而起。

红侠笑道："咱们捕得三头大雕，雕翎可以做箭，雕肉可以做粮，今日可以不忧饥饿了。"遂把三头雕都绞了个死，交颈连住，载在骡儿背上，带着前行。途中又捕得十多头百灵，又走了一程，渐觉身上寒冷起来。红侠道："师父，我病了，身上冷得很。"

黑侠接口道："我也在寒冷呢，怕是天气么？"

红侠道："方才何等热，现在这么冷，天气转变，一日间哪里有这么快速？"

剑道人道："蒙古气候原与内地不同，况此间是瀚海，一昼夜工夫，四时之气候，无不全备。朝晨、晚上是冬，可以披裘。当午是夏，可以穿葛。午前是春，午后是秋。现在斜阳西度，差不多要冬季了。"

黑侠此时，俯着首行走，见夕阳射地，映得满地的沙光明璀璨，发出异彩奇光来，不禁连声称奇。剑道人道："瀚海中极多奇石，那种石子都有殊色，大的如马肝，小的如珠如玉，或如玛瑙、珊瑚、蜜蜡，中虚而外朗，并且起有螺纹，都是马肝石所孕的。"

黑侠听说，就俯身下地，拾取了两块。照着斜阳瞧时，也不见得怎么，遂道："师父，你说的珠玉、玛瑙、珊瑚、蜜蜡，不很像呀？"红侠此时也拾了几块，听黑侠这么说，接口道："这些算是宝石么？我也不敢说是。"

剑道人道："用水洗净了就光明的，现在宝光还没有洗出呢。"

红侠道："瀚海中哪里取水去？"

剑道人道："真要取时也不难，不过辛苦点子，掘地四五尺，可以得着水。"

红侠喜道："早知如此，犯不着耐着渴了。沙地土松，掘也很易。"

剑道人道："这里的水都作尸臭气，不能饮的。"红、黑两侠听说，也就罢了。当下两人各拾了几十块黑石，包成一个包，拴在骡背之上。

这夜，三人就在瀚海中露天宿夜，把大雕、百灵剥来炙食。三人都是剑侠，都精导引运气之术，盛暑严寒，用了术都不惧怕，所以幕天席地，不异绣帐锦衾。次日天明起行，只见有一种小兽，腾跃如飞，成群结队而来。红侠放出剑光，获住了十来头。取出一头细瞧，见形状大有似乎兔子，身长只有五六寸，尾长倒有四五寸，尾末色如银鼠，前股长仅寸许，后股长到七八寸。那两个耳，长有四五寸。瞧毕，笑道："今儿一日的粮食又够了。"剑道人道："你飞剑斩兔子，未免大材小用。"红侠闻言一笑。

当下三位剑侠在沙漠中旅行，走了两日，共走五百四十里，才抵瀚海西北边界，地名古鲁捧秃鲁。瞧见草绿泉清，人还不怎么，骡儿却饥渴很了，飞一般奔了去吃草喝水。剑道人等三人也至溪边，手掬清泉，喝了个畅。然后各洗了脸，漱了口，随地坐下，见溪边绿树成荫，溪中游鱼可数。那绿树很像内地的垂柳，叶儿却又不垂。红侠一见那清幽风景，欢喜得什么相似，遂道："坐在这里把竿垂钓，倒也是人生一乐。"黑侠道："我看不如对坐绿荫下，敲棋消遣。"剑道人听了，微笑不语。

红、黑两侠齐问："师父，瞧我们所讲如何？"

剑道人笑道："红蓼滩头把钓，好果然是好，就可惜杀念犹存。绿荫涧底围棋，好果然是好，就可惜胜心尚在。"

两人肃然道："师父教训的是。依师父该如何？"

剑道人道："依贫道看来，不如闲坐溪前，观游鱼之出没；逍遥林下，听山鸟之相呼。"红、黑两侠都很叹服。剑道人道："你们瞧这形似垂柳的是什么树？"两人都回不知。剑道人道："此树名叫查克，性耐霜雪，坚而且材，烧作了炭，放一寸在炉中，可以烧个三五日。又能够医病，治难产，治心痛，都很验。就可惜都是大树，非有大风，不易攀折。因为沙地都是盐的，树根儿很是难锯易朽。"当下红侠就把跳兔割剥了，炙熟分吃。

大家吃毕，红侠心想便便，遂步走到一株合抱的查克树背后，褪下小衣，蹲下地，静悄悄地小遗。遗毕起身，正在系裤带儿，忽闻草里骨碌碌一声响，回头见那边蹿出一头雪白的东西来，似猫非猫，似兔非兔，一阵风似的卷向前边去了。红侠急忙蹿步跟上，眼明手快，一掩就捕住了。红侠把它兜在怀中，趋向林中来见剑道人、黑侠。黑侠一见，就问怀中兜的是什么，红侠道："我也不曾识。"

遂解开衣兜，拾住那东西的项。细细瞧时，只见那东西比了貂略大，绒白毫长，白绒绒光亮如雪，瞧模样很是好玩。剑道人道："这就是扫雪，蒙古人取来做帽子的。"黑侠道："很和驯、很可爱的东西，伤残它性命何苦呢?"剑道人听了，点头赞许。

当下师徒三人调鹰牵骠，一路进发，遇着部落，就在帐幕中借宿吃喝，不遇见部落，就猎些禽兽自活。也不知赶了多少的路，一日，行抵一座高山，巍峨险峻，高可插天。最奇怪的，满山巅都是积雪，晶莹皎洁，白光照耀，耀得人眼睛都不能开视。红侠道："六月中天气，晨晚两时，怪道这么寒冷，原来这里还有雪山呢。"

剑道人道："此山名叫抗霭山，山巅上的雪是终年不烊的。越过了此山，就是厄鲁特四卫拉蒙古的牧地。"

红侠道："雪光照耀，耀得人两目欲花。满地冰滑，这个山岭倒很难越呢。"

剑道人向左边一指道："我们就从这山冈上抄过去是了。"

当下，师徒三人举步上山，腾挪纵跃，一会子已过了山冈。好在海东青与健骠，都不是寻常牲畜。畜随人走，翻过山冈，就望见山后帐幕重重，旌旗密密。有八九十个蒙古人，拉着骆驼走上山来。一个个背负角弓，腰悬雕翎。山脚下更有跨马的骑士二三百人，分两翼包抄而来。有两位少年番将在那里指挥，却是一男一女。男的英雄盖世，女的艳丽绝伦。瞧那光景，很像是围猎。黑侠见猎心喜，不禁将海东青纵放起来。剑道人见放了鹰，叫一声"我们下山去"，三人联步下山，健骠跟着奔驰。山下的番将一见，纵马迎上，喝问："三位何来?"

剑道人见那番将豹头燕领，虎目狮鼻，生得很是雄壮，年纪不过二十左右。那员女将柳眉杏眼，粉脸桃腮，也只二十来岁，却蜂腰猿臂，也很英雄了得，暗忖：蒙古中竟有这等人物，可见人杰地灵，也不很确呢。当下三位剑侠与两员番将攀话，各道姓名，两番将听说是剑客，都不禁肃然起敬。

看官，你道这番将是谁？原来是蒙古非常英雄，后来在西北干出不少掀天覆地大事业，劳得康熙皇帝三次御驾亲征。此人名叫噶尔丹，是蒙古绰罗斯卫拉台吉僧格之弟。原来元朝亡后，蒙古分为三大部，是漠南蒙古、漠北喀尔喀蒙古、西域厄鲁特四卫拉蒙古，那漠南、漠北两部，都是成吉思汗后裔，西域的厄鲁特四卫拉不是元太祖嫡裔，是脱欢太师及也先瓦剌可汗之裔。清初只有漠南蒙古早结和亲，那喀尔喀、厄鲁特两大部，都雄长西北，间通使问而已。顺治中，厄鲁特并吞西北，日渐强大。这厄鲁特有四个卫拉部，一叫绰罗斯卫拉，牧伊犁一带；一叫都尔伯特，牧额尔齐斯一带；一叫土尔扈特，牧雅尔一带；一叫和硕特，牧乌鲁木齐一带。明末时光，和硕特卫拉的固始汗，袭据了青海，又派兵入藏，灭了藏巴汗，尽取他喀木之地。绰罗斯卫拉也据了伊犁，兼胁旁部，成为极强的部落。康熙初，绰罗斯特浑台吉死，儿子僧格继立为台吉。这噶尔丹就是僧格的兄弟，自小英雄出众，干练超群，臂力绝人，弓马娴熟，更兼深明释典，精通蒙文，不论什么为难的事碰在他手里，杀伐决断，可以当机立断。那员女将，就是他的妻子，名叫阿奴，也是蒙古的女巴图鲁，并且遇着过汉人拳师，传授各种长拳短套，马战步战，无一不精，夫妇两个都是英雄。因此僧格虽然做着台吉，国中所有各宰桑、各鄂拓、各昂吉、各集赛，对了他倒还不很忌惮，倒是对了噶尔丹夫妇都栗栗危惧。

　　看官，蒙古的官名、官制，都与内地不同，管事官叫作宰桑，部属官叫作鄂拓，分支官叫作昂吉，专办供养剌麻事务官，叫作集赛。那时绰罗斯卫拉官众只怕噶尔丹，不忌僧格。噶尔丹的英雄，噶尔丹的威望，就不问可知了。现在噶尔丹夫妇率兵来抗霭山出猎，就为猎捕一种奇兽，名叫堪达尔汗。此兽形状生得前高后低，似麋而大，力气很大，毛粗而长，为裘是很暖的，角扁而厚，做器具是极好的。这堪达尔汗真是兽中珍品，它的唇方大而厚，膏油极多，味儿极美，八珍中的猩猩唇，就是这东西。它的角不但可以做器具，拿来试水，入水角色变绿就知是毒水。哪里知道奇兽未遇，倒遇着三位奇人。这也是厄鲁特数合当兴，噶尔丹自该干一番掀天揭地大事业。

当下剑道人见了噶尔丹，仔细打量，不觉大吃一惊，失声道："我们望得奇气，万里走访异人，不意就在此间遇着。尊驾狮虎其形，蛟龙其气，将来定成霸业。"

欲知后事如何，且听下回分解。

第三回

乱纲常索诺木弑父
扩版图准噶尔称汗

话说剑道人带了红、黑两侠，过了抗霭山，遇见噶尔丹夫妇，仔细打量，知道都是非常豪杰，遂道："我们万里投奔就为尊驾，照尊驾这么英雄，如果据了西北形胜之地，定可成霸王之业。"

噶尔丹道："我虽出身华贵，现在手无寸柄，如何好创霸称雄？"

剑道人道："从来说事在人为，只要尊驾发奋，霸王之业可以包在我身上，好歹总要帮助你成功。"

噶尔丹大喜，随命罢猎回帐，把剑道人师徒三人迎入大队，一同启程。途中红、黑两侠齐问师父为什么助他成霸王之业，剑道人道："顺治入关而后，中华豪杰再不能跟清朝抗拒，想来也是天命使然。现在蒙古发现奇气，诞生异人，我就何妨借此机会，用以夷制夷之策，借厄鲁特的地势、夷鲁特的人马，跟清朝见一个高下。胜与败都是夷人杀夷人，与我们中国什么相干？你们瞧此策可好？"

黑侠道："原来师父有这么一层用意，弟子愚昧，竟体会不到。"

当下师徒三个说说谈谈，同了噶尔丹大队，途中饮食起居倒很舒服，遇着水沼所在，尽兴地洗脸漱口澡身，一路无话。

不到一日，早来到伊犁牧地，但见旌旗密密，帐幕重重，牛羊成群，刀枪如雪，真好一个险要所在。噶尔丹道："这就是我们驻幕所在，我们台吉的大帐也在此地。三位在内地瞧惯了城郭宫室，尝

15

惯了果蔬鱼肉，到我们这沙漠所在，将就委屈，怕不很惯吧？"

剑道人道："我们玩剑的个个都是僻性人，不图安逸，不贪富贵，不要享福，喜管闲事，专打不平，起居饮食，倒都不在心上。"

噶尔丹特替剑道人师徒端整两座帐幕，被褥一切俱全，并拨几个蒙仆来伺候。剑道人住了一帐，红、黑两侠住了一帐。红侠见蒙古人男女装束不很分别，一般地戴帽穿长袍，一般地拖瓣，耳上一般地戴环子，不过女儿戴两个环子，男儿戴一个环子罢了。当下噶尔丹问剑道人："吾师远来，可要进谒台吉？"剑道人道："要的。"噶尔丹道："两位高徒自然同去的？"剑道人道："待我问了她们再定。"遂叫人请两徒到帐，问她们可肯同谒台吉，二人都很高兴。

于是遂由噶尔丹带领到台吉大帐，见帐外都是网城，笔管般粗细的麻绳结成网络，有一人多高，四面张布，都用硬木支撑，算作城子，就叫作网城。网城中穹庐大幕，旌旗飘荡，就是台吉的大帐，网城口也有蒙将站立守卫。剑道人师徒随了噶尔丹进得网城，见虽是穷荒大漠，倒也十分威武，一对对蒙将，背弓腰箭，相对而立，大帐之外有十多对骆驼，也相对而立，甲仗森然。一行人进了大帐，见台吉僧格席地而坐，坐在虎皮褥上。剑道人等上前通名行礼，僧格合十答礼。僧格道："道长们生长天朝，难得到此的，且请住下，盘桓个二三年，使弟子好旦夕请教。"

剑道人道："贫道等塞外云游，无非要领略点子蒙古的人情风土，现在荷蒙盛情，或者有一年半载的耽搁也说不定。"说话间抬头向僧格一瞧，暗说一声"不好！"只见他满脸凶光，一团黑气，印堂日角尤为昏黯，青中透黑，黑中现昏，即日就有杀身之祸。谈了几句，告辞出来。噶尔丹向剑道人道："吾师可以多住几年，台吉很殷勤呢。"

剑道人道："我瞧台吉气色不好，大有性命之虞，即日怕有杀身之祸。"

噶尔丹惊问："吾师如何知道？可有解救的法子？"

剑道人道："贫道不过从气色上断来，隐现肌肉之外皮肤之内的叫作气，全发现于皮肤之外的叫作色。现在台吉脸上气色很不好，这不过是预兆先知，哪有解救之法？"

噶尔丹听了，十分不乐，闷闷而去。红侠道："噶尔丹与台吉弟兄倒很义气，他听了师父的话，顿时不高兴了。"

剑道人道："弟兄同气连枝，关系着天性，本来一个人祭祀不敬，终身就无用敬之日，兄弟无恩，天下就无用恩之人。"

这夜，红、黑两侠在剑道人帐中点着牛膏谈话，忽闻帐外脚步声杂沓，哗传台吉僧格没了。剑道人出帐询问，蒙仆道："台吉是被他儿子刺死的。"剑道人大惊。原来台吉僧格有一个儿子，名叫索诺木阿拉布坦，这索诺的妻子不合是个美人，生有沉鱼落雁之容、闭月羞花之貌，偏偏被他老子僧格看上了。这僧格忘了自己身份是绰罗斯卫拉台吉，一邦之主，硬把儿媳占作了姬姜，叫索诺另娶一妇。索诺却就与僧格结下不解的冤仇。这夜僧格喝醉了酒，醉卧帐中，索诺恰好因事进帐，见僧格烂醉如泥，不禁大喜道："今日不动手，更待何时！"就抽取便刀，望准了僧格咽喉，切齿咬牙，狠命地一刀结果了性命。护卫的蒙将奔救不及，就此哗嚷出来。现在剑道人询问蒙仆，蒙仆就一字不瞒说了一遍。

剑道人向红、黑两侠道："厄鲁特要大治了。"

红侠道："事至弑父篡位，乱极了，师父怎么倒说他是大治呢？"

剑道人道："乱极必治，那是一定的道理。何况噶尔丹那么英雄，我料他总会应运兴起来。"

红侠听了，不敢尽信。黑侠道："红妹妹很不必疑虑。师父相台吉有杀身之祸，既然准了，料厄鲁特大治，总也不会错误。"

剑道人微笑不言。且暂按下。却说噶尔丹得着僧格被刺的凶信，披衣而起，从人也不带，赶向大帐来，见膏灯明亮，僧格横在血泊里，索诺正在指挥众人收拾僧格尸身呢。噶尔丹情关手足，不禁悲从中来，赶步上前，抱住尸体放声大哭，哭了一会子，才究问谁人行刺。蒙俗究竟朴实，索诺竟直认不讳。

噶尔丹道："台吉虽有不是，究竟是老子，究竟是主子，你这么行为，合理不合理？你自己说吧。"

索诺道："叔父，你老人家也有婶子，你们夫妻也很恩爱，我试问你，譬如婶子被台吉强占了去，你心里怎么样？"

噶尔丹道："臣弑君，子弑父，是日月所照的地方，怕都行不去吧。"

索诺道："台吉既死，我现在就是新台吉了，我是本邦台吉呢。从来法不加于国主，就是有弥天大罪，我也可以赦免了。"

噶尔丹见他蛮横无理，知道非口舌所能争，遂道："眼前且顾眼前，办结了台吉的丧事，再论别的。"

次日，举行殡殓，延请了不少的喇嘛，丧事完毕，索诺竟然自行即位称台吉，各宰桑、各鄂拓、各昂吉、各集赛都不来朝谒，索诺自觉没趣，下令征召。

噶尔丹道："群臣不来朝谒，可见公道尚在人心。"遂率了本部三百骑，奔向大帐来，进了网城，护帐蒙将瞧见势头不好，急忙上前阻拦，噶尔丹道："我要朝见新台吉，为甚阻挡我？"

蒙将道："未得台吉命令，从骑且慢进帐。"

噶尔丹喝道："这厮胆敢阻拦我，孩儿们冲进去！"一声令下，万马奔腾，霎时冲进大帐。索诺才待躲避，噶尔丹赶上，大喝一声，手起一刀，劈为两段，帐中大乱。噶尔丹大声道："尔等听了，索诺木阿拉布坦弑父篡位，罪不可逭，我奉法行诛，罪止一人，余众概不牵连。"当下一面收殓索诺尸身，一面宣布索诺罪状。于是绰罗斯卫拉六十二个宰桑、二十四个鄂拓、二十一个昂吉、九个集赛都来劝进，共奉噶尔丹做绰罗斯台吉。噶尔丹推辞不获，择日登位。剑道人师徒三人都来称贺，噶尔丹就尊三位剑侠为上客。剑道人于兵书战策，原是无所不通的，当下教导噶尔丹行阵战斗诸法、使枪舞刀诸术。噶尔丹真也聪明，不上一年工夫，通通会了。

一个人有了本领没处使，就要技痒，英雄生性又是好动不好静的，噶尔丹现在精通武艺，深明战阵，他的妻子阿奴偏与红侠十分要好，也学就了通身武艺。夫妇两人静极思动，恰好这一年，噶尔丹部下一个宰桑带了一群骆驼出外贩货，经过雅尔地方，雅尔的蒙人畜着十几头牝驼。那牡驼见了牝驼，就赶了去，再也拉不回，那宰桑向畜牝驼的人交涉，偏偏那蒙人一味地白赖，宰桑争他不过，只好丢了牡驼十多头，回到伊犁，诉知噶尔丹。噶尔丹怒道："土尔扈特欺我太甚，我必力报此恨。"遂起兵攻土尔扈特，人强马壮，所向无前，两个多月工夫，早已攻下雅尔，并掉土尔扈特卫拉。土尔扈特亡国消息传到都尔伯特，都尔伯特台吉大惊，急忙发兵守边，营帐密密，角声呜呜。噶尔丹怒道："都尔伯特这么防我，明明视我作贼子，不视我作朋友了。"遂移兵征讨都尔伯特，仗着战胜之威，势如摧枯拉朽，不多几时，都尔伯特也归入版图。

　　此时厄鲁特四卫拉，噶尔丹已并其三，地广兵强，部下各宰桑、各鄂拓、各昂吉、各集赛联名劝进，恭上尊号，噶尔丹推却不过，于是择日称尊，改称为准噶尔汗。噶尔丹改称汗号之后，向妻子阿奴商议一事，阿奴不肯应允。噶尔丹请了红、黑两侠代为婉劝，两侠应允，当下两侠就约可敦阿奴出去打猎。原来蒙地称帝为可汗，称后为可敦。这日，红裳女子、黑衣女僧带了健骡鸷鹰，陪着可敦阿奴出了伊犁，就在二三百里左近开围打猎。红侠与阿奴合跨在一头驼上，红侠暗忖："这真是讲话的机会。"遂开言问道："厄鲁特本来有几个卫拉，可敦大概总知道的？"

　　阿奴道："如何不知？我们厄鲁特共有四个卫拉，都是脱欢太师及也先瓦剌可汗的后裔，与漠南、漠北是各宗的。他们漠南、漠北，是大元成吉思汗嫡裔。"

　　红侠道："四个卫拉，现在还存几个？"

　　阿奴道："现在只存咱们绰罗斯与青海的和硕特了，土尔扈特、都尔伯特都已并掉。"

红侠道："听得明末时光，和硕特的固始汗率兵袭据了青海，又杀入藏中，灭掉藏巴汗，取得喀木之地，至今称为强邦，是不是？"

阿奴道："是的。"

红侠于是舌底生莲，说得阿奴心回意转。

欲知红侠如何劝说，且听下回分解。

第四回

噶尔丹用计灭青海
三剑客斫树骇蒙人

话说红侠开言道："厄鲁特四个卫拉，现在所存的就是本帮汗爷与和硕特汗爷两邦。从来说两雄不并立，咱们汗爷，厄鲁特牧地既已三分有二，自然想大大发展，奄有四卫拉，成为大汗国。可敦跟可汗是敌体，内外并尊，并且可敦天生的臂力，素娴弓马，又精晓各种武艺，很该帮助可汗成就大事。"

阿奴道："我本来很愿意帮助他成就大事，不料他羽翼未成，已想冲天飞去，现在有了三卫拉地，称了汗爷，富也富了，贵也贵了。人大志大，嫌我不好，竟要停妻再娶，丢下了我，另娶青海和硕特车臣汗的女儿做可敦了。女菩萨，你想我恨不恨，气不气呢？我还有气力帮助他么？"

红侠道："贫贱夫妻，到了志得意满当儿，就要另走别路，谁也不要气恼。不过我看汗爷还不是这么的人，他要娶青海格格，我知道他确另有一番作用，并不是丢下可敦。我这么愚笨，又是外人，尚且知道，难道可敦那么聪明，做了那么多年夫妻，还体会不到此么？"

阿奴道："女菩萨如何知道他娶青海格格是另有一番作用？"

红侠道："汗爷要袭取青海，苦于不得机会，现在就借求亲为名，只要车臣汗允了这头亲事，就好挑选人马，只说是迎亲，趁其

21

不备，把青海取了来，扩充吾国版图，咱们准部就成为大汗国了。青海格格要娶不要娶，都不成话了。"

阿奴道："他也这么向我说过，我总不信他，现在听女菩萨这么说了，好似他的求亲都是计策似的。"

红侠见阿奴已不是先前那么坚决，语气之间松动了好些，遂道："可敦究竟聪明，一会子就会悟过来。既然知道汗爷的求亲是用计，那就不必再闹意见了。"

阿奴笑道："这个自然，再要闹意见，那不成糊涂蛋了么？"当下一笑丢开。

打猎回来，红侠就把此事回复噶尔丹，噶尔丹再三称谢。于是一边检练兵马，预备出征，一边派使到青海求亲，偏偏青海的和硕特车臣汗是个忠厚人，不知是计，信以为真，当下向使者道："噶尔丹英雄，我也久闻其名，得这么的女婿，我也心满意足。"一口允了亲事，使者再三称谢，并言："我们汗爷为尊重贵邦起见，愿亲率仆从，备了驼轿，到此亲迎。彼此都是大邦，我们汗爷说这个亲迎仪注断断简陋不得，想贵邦汗爷听了，总也欢喜。"

车臣汗以为噶尔丹尊重自己，果然非常欢喜。使者回国报知噶尔丹，噶尔丹喜道："此番我事得成，红侠一说之功也。"当下特备盛筵，请剑道人与红、黑两侠赴宴。

坐定之后，噶尔丹开言道："此番三剑客翩然光临，实是敝邦非常幸事。剑道人说起满洲窃据中国，改明为清，神州有陆沉之痛，要敝邦动兵征讨清国，一泄中国人民之愤，我也很高兴办这一件事。不过自审国力，还不很充足，就此动兵，未免鲁莽。我们厄鲁特四个卫拉，敝邦已有其三，只剩青海一卫拉还受着清廷封号，一朝动兵，难保他不受清廷唆使，攻我后路，倒是敝邦的心腹大患，所以我想须先将青海取了来，免去后顾之忧，才可兴师南下。我这一个意思，三位剑客看是如何？"

剑道人掀髯笑道："很周到，很缜密，谁还说不是呢？"

噶尔丹道："剑道人既然赞成了，我还有一事恳求。此回到青海亲迎，可否恳求三位剑客同去走一遭？"

　　剑道人笑道："我又不是媒翁，迎娶的事，去做什么？"

　　噶尔丹道："此番我的亲迎，并不是真个娶老婆，不过借娶亲之名，行并吞之实，暗袭青海疆土罢了。我把将士都扮作了童仆，暗藏兵器，一入青海，一个暗号，就把大好山河夺了来。我想请你们三位帮我一臂之力好不好？"

　　剑道人道："既然谋定后动，不难马到成功，还要我们去做什么？"噶尔丹道："青海究竟也是大邦，车臣汗又很得民心，我并了他的地、他的臣下，难保不有一二不服，那就不免要重启干戈，生灵涂炭。你们三位剑客倘肯去时，到那紧急的时候，就请放出剑光，显出神奇的本领，唬唬他们，他们震于剑光的厉害，自然不敢妄动了。务望三位剑客允我所求，不再推让。"

　　剑道人道："那是很易的事，不过剑客的力量，怕没什么大效呢。"

　　噶尔丹忙问何故，红、黑两侠眼望着剑道人，流露出怪异的神气。只见剑道人掀髯笑道："青海那种荒漠地方，能有几多识见人儿？咱们使用剑光，正合了南边一句俗话：俏眼做给瞎子看，有什么大效？"

　　噶尔丹道："那边森林大树很不少，只要剑客使出剑光，削掉几株大树，唬他们一唬，事情就没有了。"

　　剑道人道："这个可以效劳。"

　　噶尔丹见剑道人应允了，心下大喜，遂道："但愿佛菩萨保佑，统一了四卫拉，我就亲提倾国之众，南征大清，替中国人民报仇雪恨。"

　　剑道人道："汗爷有此侠肠，不愁青海不得也。"当下高谈阔论，宾主尽欢而散。

　　次日，噶尔丹就派使到青海报命，定出吉期。噶尔丹挑选八千精兵，都扮作了童仆，暗藏兵器。剑道人、红裳女子、黑衣女僧三个剑客携鹰跨骡，随同噶尔丹，押着一行人马，齐向青海进发，一路无话。不到一日，早来到青海和硕特牧地，只见树木青葱，水草茂盛，牛羊成群结队，络绎不绝，比了满目荒苍的西域，大不相同。噶尔丹在驼背上不禁神怡心旷，笑向剑道人道："生就的锦绣江山，就可惜车臣汗庸懦，不善保守，眼见得就要易主了。"剑道人笑道："厄鲁特人瞧青海，已经是锦绣山河，在我们中国人眼光中瞧来，瞧惯了中华那么繁华富贵，这里青海，不过是一片荒郊罢了。"

噶尔丹道："我得了青海，已经心满意足，再不敢萌什么妄想。但等实力充足之后，专替中国人民报仇是了。"

剑道人才待回答，只见尘头起处，远远有大队驼马，直向平沙浅草驰来，噶尔丹忙令从人驻马等候。一会子，驼马已到眼前。那马上的人，一个个滚鞍下马，向噶尔丹合十致敬，口称："我们奉本邦车臣汗爷之命，来此迎接贵客。"

噶尔丹笑容满面地接见，温语慰劳，口称："多谢贵邦汗爷这么抬举，劳动众位大远地来迎，我心上很是不安。"敷衍了一会子，就并驼前进。

走了两日，又有第二排使者来迎，话休絮烦。一路走了十多天，这日已到青海和硕特京都，地名库库淖尔，车臣汗带了侍从文武千数百人出帐相迎。只见噶尔丹在马上一声呼哨，呼哨声中厄鲁特将士纷纷下马，一拥上前，把青海和硕特车臣汗及他的左右文武全部拿下。车臣汗愕然道："这算是什么？"

噶尔丹不答一语，厄鲁特将士齐声发喊，冲杀进帐，青海将士措手不及，早被斫掉了十余人。噶尔丹大呼："丢下兵器的免死！"青海将士于是纷纷丢下刀枪弓箭，口称愿降，顿时间收降了大半。那剩下的小半，却发一声喊，杀开一条血路，望西北而去。噶尔丹忙向剑道人道："青海将士冲出重围，定然收拾残部跟我作对，这倒是莫大之祸患。现在真是千钧一发时候，我师肯帮忙，就在此

24

时了。"

剑道人道："这个很易，我既已允下了汗爷，终不叫汗爷劳心。既是汗爷着急，我立刻就去干办。"说毕，一纵身，但见一道白光，早已不知去向。

红侠向黑侠道："我们师父总是这么性急，说去就去，我们左右闲着，何不同去瞧瞧？"黑侠说一声"好"。两剑客立刻掷剑天空，立刻化成两条青龙，纵身跨上，跟着白光而去。

霎时之间，就听得下面呼啸之声震天动地，向下瞧时，黑压压，乌阵阵，聚了一场的人。见剑道人舞动宝剑，闪电似的剑光，在树林左右不住地盘旋飞掠，掠得树林嗖嗖作响，树枝、树叶纷纷堕地。那班蒙人头回儿瞧见剑光，少见多怪，都各自目瞪口呆。

正这当儿，忽见剑道人大声喝道："青海蒙人听着，你们要抗拒噶尔丹汗爷，就请瞧这树林儿！问你们的头颈，比这树林儿谁结实！"说着，剑光一掠，二三十株合抱大树齐齐削了个断，倒下地来，激得尘烟四起，陷下有一尺来深。看官，这不是陆士谔打诳，哄骗看官。青海是沙漠之区，合抱粗的大树从空倒下，有多大力量，就是臂膊粗的树枝儿，也要陷个二三寸呢。

当下众蒙人见了，潮一般闹起来，都说："怎地厉害，你老人家竟是佛爷了，倘然不是佛爷，怎会这么佛法无边呢？佛爷助了噶尔丹汗爷，我们哪里还能够抗拒？"

剑道人道："你们都服了么？"众蒙人道："服了。"剑道人道："还有一个不服么？"众蒙人道："我们个个都服了。"剑道人道："个个都服了，可都要遵从噶尔丹汗爷号令，不准稍有违抗。"这时光剑道人已经瞧见红、黑两侠，遂向空中一指道："你们瞧瞧，我还有二个骑龙的天女在云里头。"众蒙人仰首瞧看，见了红、黑二侠跨龙游行，都各合掌念佛。剑道人知道他们绝不会再有变故，随向空中一招手，红、黑二侠应招而下，翩然堕地，向剑道人垂手侍立。众蒙人见跨龙的天女见了剑道人那么恭敬，那必是诸天菩萨降临，遂心悦诚服地听从号令。一传十，十传百，传了开去，青海全地人民把噶尔丹当作应运圣人，死心塌地地拥戴。

　　却说剑道人见青海蒙人已服，笑向红、黑二侠道："我们回去复命吧。"黑侠探指口中，吁然长啸，尖峭激越，宛如猿啼鹤唳。啸声过得才一会子，就见空中乌云似的一头大鹰翩然飞来，黑侠腾身跨上，那大鹰展开双翅，忒棱棱冲天而去。众蒙人见了，更是念佛不止。

　　欲知后事如何，且听下回分解。

第五回

剑道人游说噶尔丹
康熙帝袒护喀尔喀

话说青海大定，剑道人与红侠掷剑为龙，跨之而行，到噶尔丹大帐，收剑下降。黑侠跨鹰究竟慢，候了好一会子才到。当下三个剑客同行入帐，噶尔丹早起身相迎，剑道人把运剑斫树的事从头至尾说了一遍，噶尔丹合掌称谢，连说"费神得很"。

剑道人道："这也不费什么神，便当之极。不过汗爷初得青海，如何布置，我倒要听听。"

噶尔丹道："车臣汗是旧君，留他在此，不免引起蒙民故国之思，酿成事变，我想把他带回西域去。"

剑道人道："此策甚善，这里如何？"

噶尔丹道："我想只派五六个心腹宰桑分驻形势要地，管理一切事情。那青海的鄂拓、昂吉各种官职，一概暂不更动，免得人心浮动。"

剑道人道："办得很好，足见汗爷天才。"

噶尔丹听了很是得意。休兵半月，青海各事都已办理清楚，噶尔丹下令班师回国，只留少些人马驻防要害处所。噶尔丹带了车臣汗，同了三剑客，大队驼马车辆，众将士奏起胡乐，唱着胡歌，浩浩荡荡，一路凯旋。不到一日，早来到厄鲁特京城，可敦阿奴听得噶尔丹得胜回邦，遂全身披挂，率领将士亲自迎接出来。夫妻相见，可敦张开二手，抱住噶尔丹狼腰，开言道："汗爷鞍马劳顿，辛苦极了。我恭贺汗爷大胜，汗爷得了青海，威震四方，我望汗爷统一蒙古，做成功天可汗！"

噶尔丹笑道："多谢可敦！我定要依照可敦金口的。"说着，回张两手，把阿奴拥抱起来，二人就对抱在马上。众将士高唱胡歌，簇拥着进了网城。看官，这拥抱相见，名叫抱见礼，是蒙古极重的礼节。不光是夫妻才行，君臣父子凡是极欢喜极荣耀的事，都可以举行此礼。当下噶尔丹夫妇举行抱见礼，那些蒙将蒙兵都已习熟见惯，不觉得什么，独三剑客都是汉人，头回儿瞧见，很是诧怪。噶尔丹已经觉着，笑道："咱们蒙古风俗，抱见礼是最大的礼节，瞧师父光景不很知道么？"剑道人道："果然不甚明白。"可敦阿奴遂把抱见礼的缘故说了一遍，三剑客方才大悟。

却说噶尔丹灭了青海，统一厄鲁特，俨然成为大邦了，打足精神，一意地练兵。厄鲁特部众本来很强悍，经噶尔丹训练之后，精益加精，悍更增悍，差不多个个有寻人欲斗之势。噶尔丹知道部众可用，遂于这年八月出兵，征讨漠南蒙古。天朗气清，马肥人健，连战连胜，略地二千余里。回兵再征漠北，又连获胜仗。一来厄鲁特人勇悍，二来三剑客帮助，因此战无不胜，攻无不利。到次年春草盛时，又出兵征讨，把漠南、漠北、喀尔喀三部蒙古，杀得望影而逃，都弃了牧地，逃向中国来。噶尔丹虽是英雄，见了天朝大国，倒也有几分惧怕，当下就与可敦阿奴商议。阿奴道："天朝上国的天可汗，人大福大量也大，终不见跟咱们一般见识。咱们厄鲁特跟漠南、漠北、喀尔喀都是蒙古，蛮触相争，一丝一毫碍不着天朝疆土，终不然天可汗有那么闲精神管我们这一笔账。"

噶尔丹道："我的可敦，你哪里知道，中国有句俗语：捕快都是贼出身。清朝上代的天可汗，原也是女真一小部落的贝勒，起初也不过蚕食邻近各部落，后来声势大了，就敢与大明万历汗作对。连打几个胜仗，大明的疆土，都归了清朝，成为天朝天可汗了。现在咱们这么强盛，天可汗怕就要认咱们是他的祖宗呢，如何不忌？"

阿奴道："既然天朝忌咱们，那是要罢手也不由咱们做主。"

噶尔丹道："我就为这个样子，才跟你商议。"

阿奴道："那也不必多商量，两句话就可以决定办法。"

噶尔丹惊问："这么大事，两句话就能够决定么？"

阿奴道："自己估量自己的力，够得上他，就不妨跟他作对；够不上他，就只好跪地投降，不是两句话就结了么？"

噶尔丹道："可敦的话很是，但是军国大事，推究不厌求详。我想邀三位剑客来商议商议，听听他们主见，再行定夺如何？"

阿奴点点头，噶尔丹遂命请三剑客，帐中侍卫应着出去。

一时剑道人、红裳女子、黑衣女僧陆续都到了，见面之后，噶尔丹就把漠南、漠北、喀尔喀蒙古举族南迁，投奔中国的话说了一遍，请问如何处置。

剑道人道："我先要问汗爷一句话，要免祸还是要惹祸？"

噶尔丹道："如何是免祸？如何是惹祸？"

剑道人道："要惹祸时，就归顺清朝，称臣入贡，受清朝的封号，做清国的藩臣。那时清朝康熙汗，定然降旨申饬，叫汗爷归还漠南、漠北、喀尔喀各部侵地，封青海车臣汗仍主青海故地，却叫你仍旧做绰罗斯一卫拉台吉，稍一违抗，清朝就派大兵来征讨，这就是惹祸的下策。倘要求免祸呢，赶快起兵东征中国，好在我邦士马精强，连开几个胜仗，要中国疆土也不难，何况漠南、漠北，这就是免祸的上策。拣取哪一策，全在汗爷一决了。"

噶尔丹踌躇半晌，才开言道："下策果然不成话，上策好是极好，就可惜太急了，我想从上下二策里酌取其中，用尽管用上策，却从下策做起如何？"

剑道人道："请教如何做法？用如何一种手段做？"

噶尔丹道："我现在先派人去打听，中国对于南奔的蒙古如何处置，探明之后，我再看事行事。"

剑道人道："和能惹祸，战可免灾，这就是总决。"

噶尔丹道："这个我知道。"

当下噶尔丹差人往中国探听，不多几时，差去的人回来，报称康熙汗闻报漠南、漠北、喀尔喀三部蒙古南奔中国，就派出尚书阿尔尼等三五位大员，发归化城、张家口的仓粮给与他们，并赐予茶布、牲畜十余万。又把科尔沁水草地借给他们，叫他们安居游牧。

噶尔丹道："我也派使到中国进贡，一是探探康熙汗意旨，二是察看察看中国形势。"当下派了一个心腹宰桑充作贡使，备了三四十件贡品。那贡使驾着骆驼，载了贡品，带同护卫人等，离了厄鲁特，自北而南，直向中国进发。在路并无话说。

这日已进中国边界，早有守边将弁上来查问，贡使回称："我们是厄鲁特贡使。"边将验过贡品，把贡使留在边上，一面申报朝廷，得旨："厄鲁特慕义而来，殊属可嘉。该贡使着酌派干员护送来京，沿途地方官妥为照料，以示朝廷怀柔远人至意。"边将接到旨意，不敢怠慢，护送该贡使按站登程。到了京师，先到理藩院报名，理藩院尚书叫把贡使安顿在四夷馆，一边具本请旨，一边指导引见仪注。意旨下来：厄鲁特陪臣，着于畅春园勤政殿陛见，即着理藩院妥为指导，钦此。

一到次日黎明，理藩院郎中文清带了厄鲁特贡使直入畅春园敬肃恭候。一时康熙汗临殿，太监下来传旨："着厄鲁特贡使上殿觐见。"贡使捧着贡单，跟了那太监，直到勤政殿丹墀之下，依照仪注，行了个三跪九叩首之礼，献上贡单。太监接去转呈御案，康熙汗龙目观瞧，点了点头，随道："你们厄鲁特输诚归命，很是可嘉。朕躬为天下共主，对于各藩属、各蒙古，不分厚薄，一视同仁。厄鲁特归了命，我以后待遇尔邦，也与他部蒙古一般的待遇。"那贡使听了，就碰头代噶尔丹叩谢天恩。康熙汗道："尔邦无故兴兵，吞灭邻部，这就大大不该。漠南、漠北、喀尔喀，同是天朝的藩属，同是朕躬的子民，尔邦厄鲁特将他们逼得弃国远逃，大属非是。现在尔主噶尔丹既然知道顺逆，归顺了朕躬，朕也不与深究。尔回去可以传朕的旨意，叫他快快把喀尔喀侵地归还了原主，各守各土，安分度日，朕自有恩旨给他。"康熙汗讲一句，那贡使应一句"是"，等到讲完，才口头称"领旨"。

那贡使在京，住了一月开来，才陛辞出京，取道回国。到了厄鲁特，见过噶尔丹，把康熙汗的话详细回明，噶尔丹大笑道："果然不出剑道人所料，土地乃我血战所得，如何可以轻易还人？我还给他不打紧，就怕他没本领保守这地，朝晚终被人家夺了去，还是我保守着好得多呢。剑道人原献过上下两策，我因上策太急，没有做得。现在看来，逼得我不得不行上策了。"于是定计南寇中国，下令四卫拉特六十二个宰桑、二十四个鄂拓、二十一个昂吉、九个集赛挑选精壮，备齐驼马，克日到抗霭山会操。一面请三剑客入帐，商量起兵之策。三剑客闻请即来，可敦阿奴恰也在帐，大家见过礼，噶尔丹就把贡使回来，康熙叫归还喀尔喀侵地的话说了一遍。剑道人掀髯笑道："汗爷主见如何？"

噶尔丹道："决计听从先生的上策，我已经下令四卫拉特挑选精壮，到抗霭山会操，三位剑师，可高兴同去瞧瞧？"

剑道人还未答话，红侠早跳起来道："师父带我们去开开眼界，我久闻此间的人天生精悍，都有惊人的臂力，弓马又都是出众的。"

黑侠道："红妹妹总是这么孩子气，你候师父回了话，再请也不迟。"

剑道人道："红裳女子活泼可喜，汗爷这么盛意，我们就同去瞧瞧也好。"

红侠问可敦阿奴道："可敦总也去的？"

阿奴道："此乃国家大事，如何可以不去？"当下约定后日登程。

到了这日，噶尔丹、阿奴夫妻两人，剑道人与红、黑两侠师徒三人，都各跨上骆驼，从伊犁起身，望抗霭山进发。噶尔丹的禁卫军三万人前前后后簇拥着行走，此时各路蒙将奉令来会的，在半路上遇着也很不少，都各按照仪注，伏地跪迎，俟可汗、可敦驾过，才敢登程。三剑客是汗爷上宾，众蒙将见了，自然一般地敬礼，因此剑道人等三人也很风光荣耀。走了半个多月，抗霭山已经在望，噶尔丹在驼背上忽然想起一事，喊声："哎呀！我忘怀了一件要紧东西，如何是好？"众人都吃一惊。

欲知何事，且听下回分解。

第六回

考先锋斡旋里应征
战人熊浑铁汗身亡

话说噶尔丹道："此番大操，预备跟天朝开仗，天朝是世界上第一个大邦，兵多将广，我们出兵，这前部先锋一职，倒不能不仔细挑选。我那里有两个千斤铁轴铲忘了带来，不然，可以做挑选先锋的家伙。"

剑道人道："要较量力气，较量智识，法子很多，也不在乎定要那蠢家伙。"

噶尔丹道："师父有法子很好，不过又要师父费心了。"

剑道人道："这个容易，没什么费心，交给我办就是。"此时驼走如飞，高峰插天，雪光耀目，抗霭山已在目前。只见营帐叠叠，网城重重，旌旗飘荡，都是邻近各牧地宰桑奉命来此会操的，就为路近到得早。当下各宰桑、各鄂拓、各昂吉、各集赛瞧见噶尔丹驼骑，都赶上来迎接，一截齐地跪成一线，口里唱着"某某宰桑、某某鄂拓，跪接可汗、可敦；某地集赛、某处昂吉，迎接汗爷、敦娘"，众口同声，嚷成一片。噶尔丹夫妇微笑点头，众蒙官受了主子这温容相对，已经万分荣幸。当下噶尔丹就驼背上传令下寨，禁卫军就在山麓上扎起一座极大的营帐来，竖起中军大纛。噶尔丹下驼入帐，入帐的当儿，营中开放大炮九响，众将士齐声呼喝，威武非凡。那各路蒙将的营，分前后左右四面扎住，宛如众星拱卫北辰。

噶尔丹入帐坐定，传各蒙将进营，分排问话，随颁大令，催各路未到的蒙将火速来此会操，蒙官接令，分头飞马去催。剑道人道："汗爷部下共有多少户口？多少人马？"

噶尔丹道："我现在奄有四卫拉特厄鲁特全族，共计二十多万户，六十多万口。现在每户挑一人，就有精兵二十万了。"

剑道人道："有这么的势力，好好地做去，就可把康熙闹到个茶饭无心，坐卧不安。"

噶尔丹道："能够依师父金口就好了。"

从此各路人马陆续到来，不过三日工夫，六十二个宰桑、二十四个鄂拓、二十一个昂吉、九个集赛都已到齐。噶尔丹大喜，下令休息一宵，次日黎明开操。一到次日，噶尔丹绝早起身，披了一件紫貂雪衣，戴上一个皮帽，伺候的人早已生了火替他炙牛肉，阿奴也起身梳妆。噶尔丹叫把剑道人、红侠、黑侠请来，一同吃喝。霎时请到，大家团团席地而坐，左右送上五杯才酽的乳酪，各人取来喝过，又送上炙熟的牛肉，一时吃毕。噶尔丹传令齐队，大帐外顿时吹起胡笳，呜呜呜响一个不止。噶尔丹、阿奴、剑道人、红侠、黑侠五个人联步出了大帐，那禁卫蒙军拥护着上山。才到半山，见有一个山坡平坦如镜，噶尔丹道："就这里吧。"跟随的人早就在山坡上铺下五个皮垫子，噶尔丹等都各坐下。一个蒙将就山坡上竖起一面三军司命大旗来，只见山下人马走动，马队、骆驼队、弓箭队、刀牌队、长枪队、马刀队，一队队分排而列开，静候山上军令。

噶尔丹吩咐先阅弓箭队，掌号的吹动胡笳，那弓箭队蒙兵听得胡笳军号，就一对对走出阵来。红侠暗忖：厄鲁特操兵这么古怪，校场上没有红心箭牌，如何校射呢？终不然作对儿开射不成？想犹未了，就见弓箭队蒙兵两边对立，各距离半里光景，八九百对人站成一条很阔的甬道，各人拉开弓，搭上箭，嗖嗖嗖，飞蝗似的对射。真也古怪，那箭望空射去，射到当空，是箭头跟箭头互相激碰，只激得空中火星乱迸。八九百人相对射箭，射了空的通只数十对，差不多十个里只有得一个。剑道人与红、黑两侠都不禁连声喝彩。射过一班换一班，弓箭队操毕，已经是辰牌时候了。弓箭队归了队，山坡上胡笳吹动，下面骆驼队站队开操。那些骆驼都是训练成功了的，进退疾徐，动静倒都合法。蒙将跨在驼背上，显出各种武艺，并开弓射箭，都很娴熟活泼。这日，整整操了一日。

次日，噶尔丹一起身，就向剑道人道："今天我要挑先锋将军了，请师父如何想一个法子。"

剑道人道："汗爷要挑力还是挑智？"

噶尔丹道："自然智力并重，挑却先挑力。"

剑道人道："那么我就从力一边做起。"

噶尔丹道："不知师父如何做法？"

剑道人道："我在山地上推掉一株小树，只留尺许的干本，一足站上，叫他们尽力来推我，推得我身子有丝毫动摇的，就挑定他做先锋。"

噶尔丹听了，很露出不信的样子道："老先生，你休把厄鲁特人同中国人一般看待。咱们厄鲁特人天生的大力，妇人、小孩都能够力斗虎豹。你站在这尺许树干上，又是一足，能有多大步力？"

剑道人笑道："汗爷且别管，倘然不信，不妨先叫哪个上来试试。"

噶尔丹道："师父是剑客，你那本领就仗在一柄剑上，咱们徒手较力，剑是不能用的。"

剑道人道："自然不用剑，汗爷放心，这挑选先锋，是关着你军国大事，岂肯儿戏？再者我们师徒万里远来，无非要帮助汗爷成就霸王之业，说得到，做得到，自然不会耽误。"

噶尔丹见剑道人这么说了，方才相信，遂传令六十二宰桑、二十四鄂拓、九集赛、二十一昂吉：今日全厄鲁特蒙将大比赛，谁最勇，就封谁为先锋将军。众蒙将听了此令，无不精神抖擞，兴高采烈。

内中有一个马纳斯宰桑，名叫斡旋里的，越众而出道："汗爷，像我这点子力气，还不致辱没了吾邦，可以将就充数先锋将军么？"

众蒙将见了斡旋里，暴雷也似的喝了一声彩。

原来这斡旋里是出名的孝子，十二岁上就替父报仇，干过一桩惊人大事业。蒙古是沙漠地，产生野兽，都很猛烈骜悍，内中要算熊这一类最为凶悍。熊类中狗熊、马熊、人熊，又要算到人熊的力量为伟大。那人熊的形状生得和人一般，两个前足如手，可以握拳，可以抓物，走起路来，只用两个后足，人立而行，其快如风。也不知它共有几多力气，只见它斗大的石块，用前足抓起，捏捏就变了石粉，合抱粗的大树，拔草般拔起来，丢在半空里。全身皮肉坚固，不异铜筋铁骨，凭你刀枪剑戟，尽力斫去，终是斫它不入。因此厄鲁特人民听到人熊两个字，早已心惊胆战，三十六个牙齿，捉对儿厮打。这斡旋里是马纳斯人，马纳斯到吐鲁番一带，恰好是熊类出没所在。

斡旋里的父亲名叫浑铁汗，英雄干练，尝自称为巴图鲁。一日，押了三五千头羊，从吐鲁番回来，行经天山山麓，朔风起处，黄沙扑面如雾，瞧那山头落日，奄奄欲堕，浑铁汗向童仆道："天快夜下来了，咱们赶过了那山麓再打尖吧。"众童仆听了，把手中牧羊的鞭子挥得呼呼地响，冒着风，踏着黄沙，一步步赶将去。那群如雪的绵羊滚滚上山，宛如匡庐瀑布。不意才过得一半，就见背后的羊队泼风也似的奔上来，好似有人在那里驱策的一般。那几个牧奴回头一瞧，唬得都跌下了地，口呼"哎哟"不止。浑铁汗心里奇诧，回过头去，只见一丈多高一头大人熊，头如巴斗，张开蒲扇般两个熊掌，在那里驱逐群羊，那两个铜铃似的熊目映着落日，发出异样凶光来。浑铁汗见了，免不得暗暗吃惊，只见那熊行走如飞，走得慢一点子的羊，被它一拍掌，跌到前边一丈有余，一个牧奴惊得滚下了山去。浑铁汗手里执着一柄极锋锐的铁枪，自负神勇，迎着那人熊，觑得真切，照准它肚子上用尽平生之力，狠命地一戳，满望把那人熊戳翻在地。哪里知道铁枪到时，那人熊并不躲闪，才钉得一钉，没事人似的。浑铁汗抽回铁枪，再想戳第二枪时，那人熊怪叫一声，一伸爪早把铁枪握住，抢到手中，只一提提将起来。浑铁汗想跟它争夺，不意人熊力大，连身子都被它凌空提起，离地已经尺许，唬得连忙放手，跌了一跤。回视那人熊，只见它握枪在手，两手只一拗，早拗成了一个大铁钩儿。浑铁汗唬得魂不附体，那人熊把铁枪只一搓，搓成了一个链条样儿，铿然一声，掷在地上，只见它回过头来，露出圆彪彪两个眼珠子，迸出凶光，不转睛地瞧自己。浑铁汗此时想要跑时，不知怎么，两个腿儿竟不肯听他号令起来，赖在地上，一步也不肯走。那人熊真也厉害，掷掉枪，俯身只一抓，早把浑铁汗抓在掌中。浑铁汗被它抓住了脚，倒挂着身子，再也使不出力，狠命地挣扎，哪里动得分毫？急极计生，翻起身，望准了人熊的臂，狠命一口，满望咬去它一块肉。哪里知道肉没有咬去，倒触怒了那人熊，被它执住两腿，只一撕，早撕作了两片，血淋淋心肝五脏都堕下地来。可怜浑铁汗一世英雄，就此断送于人熊之手。

此时斡旋里通只一十二岁，得着牧奴报告，说老子性命被人熊所害，大怒跳跃，立刻要去找人熊，替父亲报仇。他妈拦住不放，斡旋里虽是英雄，偏偏对了他妈很是忌惮，无论什么话，只要是他妈说出的，他总不敢显然违抗。当下他妈拦住了不放他去报仇，他也不敢怎样，只偷偷地打听牧奴，询问人熊出没所在、父亲遇害地方。问明之后，也不作声，一个儿收拾定当，次日清晨，偷出了营帐，举步向天山进发。

看官，地无论南北，人无论华夷，理只有一条。斡旋里不顾性命，一心只想替老子报仇，这一来孝感动天，竟然碰着一个救星到来，要不是这个救星，别说斡旋里一个人，就三个、五个斡旋里，哪里敌得住这凶悍的人熊？你道这救星是谁？原来斡旋里行了一日，将抵天山，看看日影西移，心里正在躁急，忽闻背后有人唤道："你那孩子走哪里去？再休行走，前面有人熊出没，要伤人的。"斡旋里回头，见是一个须眉皓白的老人站在那里，不住招手呼唤。

欲知此老是谁，且听下回分解。

第七回

红丸案忠臣被诬
朱屐计孝子报仇

话说斡旋里行了一日，天山已近，忽然遇见一个须眉皓白的老人招手呼唤，忙站住身问："老人家唤我做什么？"

那老者道："天色晚了，前面山路崎岖，人熊出没，你这小哥小小年纪，不知厉害，不是要送掉性命么？"

斡旋里道："我正要找人熊取它的命，替我父亲报仇。"

那老者听了，把斡旋里直上直下打量了一会子，开言道："你这小哥，人倒这么小，胆倒这么大，我真瞧不出你，你也忖忖自己有多少能耐，就敢只身打人熊。"

斡旋里道："你管我！我做我的事，我送我的命，与你什么相干？"说着要走。

那老者一手挽住他臂膊道："你到底为甚要只身去打人熊？说明了我才放你走。"

斡旋里想甩去老者，不知怎么衔住了似的再也甩不去，不觉着急道："人熊又不是你的，拖住了不放我去打做什么？"

老者见他稚气可掬，不禁笑道："你说不要我管，我却偏要管你。被我拉住了手，就这么挣不去，还想去打人熊？像我这么本领，犹且不敢独个儿跟人熊相搏。哥儿，你断了这个念头吧。"

斡旋里听了，不觉双泪直流道："这么说来，我这条命也不要活了。"

老者问故，斡旋里就把老子浑铁汗丧身人熊，自己拼命报仇的话说了一遍，老者听说，大为叹服，随道："小哥，仇不是这么报法。你要报仇，我来助你一臂之力。"

斡旋里大喜，拜问老者姓名，老者道："我是中华人氏，为在中国地方存不得身，逃遁来此，已有三十年，真姓真名，自己早已忘却，你称我天山遁叟就是。"

原来这天山遁叟，原本姓李，名叫幼灼，浙江人氏。他的老子李可灼，是明末三大案中红丸案的钦犯。看官们瞧过《明史》的，总也知道，但是《明史》的史笔，很是不公，把这李可灼当作弑君逆犯。其实光宗的死，与李可灼并不相关，李可灼虽进红丸，红丸究竟不是毒药。光宗虽服红丸而死，究竟得病死，不是中毒。可惜当时的朝臣，一因不知医理，二因党见太深，他们兴风作浪，酿成这一件红丸大案。并非全由于忠君爱国，不过借题发挥，趁这机会干掉方从哲罢了。

你想照《明史》所载，光宗在谅暗中，郑贵妃进美女四人，皇上就病了。内医崔文升用大黄药，一日一夜，泻到三四十起，头目眩晕，不能动履。御史杨涟上本参劾道："崔文升进大黄，是有心之误，还是无心之误？若说是有心，果然齑粉不足偿；若说是无心，一误岂可再误？"皇上宣杨涟进来，目注了许久。此时大学士方从哲特上一本，荐幼灼的老子李可灼入宫请脉，光宗准奏，特旨征召可灼。

可灼见了驾，请过脉，献上红丸一粒。光宗本来饮汤即喘，服过红丸之后，就能够喝汤了，龙颜大喜，连声夸赞李可灼是忠臣。一时内监门传说圣上服过了红丸，龙体暖润舒畅，好了许多。李可灼见药已对症，就再进了一丸，不意次日惊信传出，说皇上忽然驾崩了。方从哲拟旨，赏李可灼银子五十两，朝臣大怒，交章参劾，说崔文升情罪不减张差，李可灼的罪，只亚文升一等，并带参方从哲。方从哲上本自辩，并请削夺，于是崔文升发遣南京，李可灼充发边疆，遂成为三大疑案之一。

这一大案，李可灼冤枉不冤枉？只要审定光宗的病，该服红丸不该服红丸，红丸这东西，是不是主治此病的要药，就可以明白。光宗所患之病，是阳明实而太阳未疲，就为服过红丸后，龙体暖润舒畅，那么崔文升用大黄时，必恶寒无汗、周身拘急之症悉具，不问可知。恶寒无汗、周身拘急是太阳未疲之症，用得大黄，必是不大便，不大便是阳明腑实证。崔文升不知恶寒未疲，不能攻下，见光宗说好多天不大便，肚子里闷不过，就浪用大黄一下，汤饮不受，明明是误下成结胸之症。

有人问士谔："你要翻三百年前的旧案，替钦犯李可灼呼冤，你可知他的红丸是什么药做就的？"这一句话可把作书的陆士谔问呆了。从来说仙人不识丸散，何况士谔是个极平常的凡人，又生在红丸案三百年之后，不过据了这简略的《明史》文字，替古人呼冤罢了。"红丸"两字，不过知道它丸而色红，究竟所用何药，除李可灼外，怕就没有第二个人知道了。不过据我看来，必是开太阳兼陷胸之品，是表里双解法。倘说不是开太阳兼陷胸之品，如何会服丸药后暖润舒畅？光宗病于进美女之后，或者是太阳经腑均病，配红铅为经腑双解，也说不定。那明旦驾崩，或因小愈而复犯女色，宫闱邃密，外庭如何能够知道？

当时可灼充发边关，幼灼天性纯孝，跟随不舍，到了边上，遇见一个拳技大家，一眼看上了幼灼，收他为徒，教授各种拳技。幼灼拳技学成之日，正可灼边上绝命之时，举哀尽礼，棺殓之后，就此盘柩回乡。不意幼灼才回故乡，国家就此多故，边上疆土被清朝夺去了。后来国事日非，神州板荡，大清定鼎而后，幼灼跟随浙中六君子，几次图谋光复，几次被执，都是脱狱逃出。后来见事不可为，就逃到天山来隐居，上了点子年纪，就自号天山遁叟。

现在见斡旋里一片孝心，说出替父报仇的话，不禁大大叹服，随道："哥儿，人熊悍猛，你一个儿空手去，不是白白送掉性命么？"

翰旋里道："如何才能够报仇呢？"

天山遁叟道："你随我来，我会教给你法子。"

翰旋里道："你现在就对我说了，不爽快多么？"

天山遁叟道："天已晚了，就教给了你，也不能够报仇。"

翰旋里没法，只得跟随遁叟，曲曲弯弯，到一所山深林密地方，见一个帐篷孤零零地扎在那里。天山遁叟让翰旋里进了帐，席地坐定，见天已经黑将下来。遁叟点亮了油灯，到帐后取出些鹿脯，请翰旋里吃嚼，随道："哥儿，你要捕杀人熊，谈何容易。你知道人熊有多少力气，人熊所爱的是什么东西？"

翰旋里茫然道："可怜我要紧报仇，哪里有工夫探听这些？"

遁叟道："哥儿，那么你就太颟顸了。我来告诉你，人熊这东西，最爱的是酒，你要捕它，须先要备上十坛上好的好酒。这东西偏喜欢学人，偏很爱红，性儿偏又狡猾，十坛酒之外，更须备一双朱漆大木屐，都置在人熊出没之所。"

翰旋里道："酒是灌醉那东西，大木屐要来何用？"

遁叟道："你不知道人熊最爱穿木屐，但是它要不是喝醉了，见了木屐，就疑心到有人算计自己，再也不肯穿上。要朱漆，就为它爱红之故。"

翰旋里道："那么我就要告辞了。"说着，站起身要走。

遁叟问："到哪里去？"

翰旋里道："回去预备酒和木屐呀！"

遁叟道："天已黑了，野兽出没，路上如何走得？"

翰旋里道："老丈，几曾见过捕熊的英雄畏惧野兽起来？"

遁叟听了，不禁掀髯大笑道："哥儿，你人虽小，口气倒大，难道你此刻已经是捕熊英雄么？忙也不在一时，坐下吧，且在老汉帐中暂宿一宵，俟天明了，由你回去预备。不过捕杀人熊是一件大事，你一个儿无论如何断不能够办理，还得老汉帮你忙，教给你种种法子，你可愿意？"

斡旋里见遁叟这么周密详慎，心下十分欢喜，合掌膜拜道："我斡旋里全仗老爷子照应了。"

遁叟含笑扶起。这夜，斡旋里就在天山遁叟帐中住宿。次日清早起身，就向遁叟辞行，遁叟留他早膳也不要，只得赠了点子干粮。斡旋里别了遁叟，撒开大步，啪啪啪，一路往马纳斯进发。哪里知道他妈因他不别而行，十分放心不下，已派了十多个干仆分头找寻。在路上遇着了，同行回帐，见过了母亲。他母亲问他在哪里，斡旋里知道报仇的事说明了定不放行，只说遇见异人天山遁叟，蒙他一见如故，愿收作徒弟，教授本领，因恐母亲牵挂，回来禀知。他母亲道："你要学习本领很好，我们又不是惜费的人家，备了份厚礼，就聘这遁叟来帐教授，不是一般的么？不必去了。"

斡旋里道："母亲教训的果然不错，但是这位遁叟脾气很古怪，只许来学，不肯往教。再告诉母亲，孩儿已经拜过师父了。因为师父要孩儿赘仪，所以回来禀了母亲筹备呢。"

他母亲道："既然拜了师，赘仪是不能短的，送十头牛、二十头羊去就是。"

斡旋里道："我那师父牛和羊都不要，他要的是上上烧酒十大坛，朱红漆大木屐一双。"

他母亲道："十大坛烧酒倒也罢了，红漆大木屐要来作甚？"

斡旋里道："师父吩咐要定的，孩儿哪里敢问？"

他母亲虽然爱子情殷，学习本领是为将来立身大计，倒并不阻挡，就依他的话，叫人采办了十大坛烧酒，又办了一双红漆的大木屐，驾上牛车，叫人押着，陪他到天山来，见过遁叟。遁叟把酒坛、木屐留下，叫来人自回去。斡旋里道："老爷子，东西齐备了，现在可以动手了，咱们就此去吧！"

遁叟道："忙不在一时，总在老汉身上，替你报仇雪恨是了。"

这日中午过后，遁叟带了斡旋里，到山中来踏看人熊踪迹，只见沙地上印有一尺多长的脚印，相离两三步一个，参参差差，错综不一。遁叟指着脚印道："这就是人熊足迹，咱们跟着这迹儿找去，就可以相定办事的地方。"

斡旋里闻言大喜，走了一程，见一片大松林挡住去路。那树都有合抱来粗，青翠翠，乌阵阵，凌霄插汉。遁叟喜道："这地方可以干事了！大凡干事，总要先找一个能够躲藏身体之所，这所林子很合藏身，咱们回去取东西吧。"

斡旋里连声应诺。于是爷儿两个找原路回来，把十坛烧酒、一双朱屐都运了来，遁叟又藏了一柄极锋利的尖刀在身，叫斡旋里带了一根铁棍，都到松林。遁叟瞧瞧日影，是时候了。

欲知人熊是否到来，且听下回分解。

第八回

孝感动天遁叟诛熊
鼙鼓匝地剑客伤鹰

却说天山遁叟带斡旋里到大松林，一瞧日影，时光已到，两人一齐动手，先把酒坛的口打开，安放在临风处所，把朱红木屉放在旁边。遁叟向斡旋里道："咱们攀上树头躲藏吧。"于是两个人一先一后，猱身而上，手足并用，霎时已到树巅。只见大风呼呼，吹得地上黄沙飞扬如雾。两个人静悄悄地等候，好一会儿，只听遁叟叫道："熊来也！"

斡旋里从松叶稀处望去，果见一头人熊远远地走来，身高丈许，头如巴斗，竖起了两个熊耳，其行如飞，两个铜铃似的眼珠儿，绿幽幽发光如电。只见那熊行近松林，已闻着了酒香，张头探脑，不住地瞧望，霎时行到酒坛所在。见了酒，顿时现出一种馋涎欲滴的样子，大有举坛欲饮之势。张开两个前爪，忽然想着了什么似的，停住了，从山前山后抄了一遍，抄到那里，又要喝酒。举起了坛，已凑到嘴边，忽又放下，重又搜寻，山上山下，山左山右，又搜了个遍。又到酒坛所在，酒香扑鼻，再也忍耐不住，忽又住手暴出了两个绿幽幽熊目，径入松林来搜寻。这一来把树上的遁叟、斡旋里都唬了一跳，那人熊蹿东跳西搜了个畅，不曾搜着什么，回身出去，此时再也不能忍了，捧住酒坛，凑着那血盆大口，咕噜咕噜，吸了个尽。吸完一坛又一坛，不多几时，十大坛烧酒，都吸了个尽，兀

44

自舔嘴咂舌，不住地弄着呢。

忽见它一眼瞥见了那双朱红木屐，伸足穿上，踢橐踢橐，举步直向山下走去，冒着风，身子摇荡荡似要跌下的样子。遁叟向斡旋里道："咱们可以动手了。"两人从树上跳下，遁叟藏了刀，斡旋里执了铁棍，走出松林。

遁叟悄悄道："咱们奔上，先把它尽力一推，推得它扑下，再行动手。"

斡旋里点点头，拖了棍，迅步上前，看看临近，只见遁叟健步飞上，举起两手，尽力地推向熊身来。斡旋里急忙举棍，看准了熊背点去，手棍并到，只听山崩似的一声响亮，那头人熊宝塔似的倒了下来。因为人熊一来酒醉，二来脚上套着这双光滑无比的木屐，身高体重，倒在地上，一时爬不起来。斡旋里不敢怠慢，举起铁棍，照准了人熊脊梁，一高一下，着实地奉敬，一口气敲了三五十下。

遁叟道："这东西最是熬打，白费气力，你这个样子，宛如替它捶背呢。"

斡旋里道："依老丈该怎样?"

遁叟一边拔刀，一边回答道："请你看老夫手段，待老夫来收拾它!"说着，已拔刀在手，腾身跳上。

那人熊才仰起头来，遁叟奋臂而前，只一刀直刺进目眶去，绿幽幽的熊目早戳瞎了一只。那熊弯过前爪，想抓遁叟时，斡旋里眼明手快，就是一铁棍，正击在熊腕上。人熊负了痛，翻过左爪，把铁棍抓住了，遁叟趁这当儿，反手一刀，把那熊的右目又戳瞎了。可怜力大无比的人熊，霎时间成了瞽目。

遁叟笑道："任它凶狠，瞎了这一双目，就容易服侍了。"于是跳起身，把光刀望准了熊鼻子狠命一刀，直戳了进去。那熊负了痛，把铁棍放掉，掩在鼻上护痛。斡旋里抽出了棍，望准了熊的脑袋，夹七夹八，着实奉敬，只见那人熊痛得满地乱滚，把地上的黄沙激起，宛如烟云，鲜血淌了满地。最后遁叟接棍在手，拦腰两铁棍才结果了它性命。

遁叟、斡旋里见人熊已死，两个人对坐在地上休息，看看天色已晚，遁叟道："我们把这东西拖回帐去。"斡旋里说"好"，于是两人动手，拖了死熊，直到帐中。

次日，斡旋里辞别遁叟，回家告知母亲，说已把人熊打死，替父亲报仇，他母亲大惊，叫人跟他到山中，把死熊扛回。从此斡旋里的勇名，就四远齐闻。斡旋里却自己明白，此回大功告成，全仗遁叟，自己一个儿，并没甚惊人本领，哪里敢自满？就拜遁叟为师，学习中国拳技。

到十九岁上，遁叟无疾而终，斡旋里哀恸如丧考妣。到二十一岁上，得补了马纳斯宰桑。噶尔丹统一厄鲁特而后，斡旋里的骁勇，遂名震六十二宰桑。现在噶尔丹要南犯中国，挑选先锋将军，当众宣谕之后，斡旋里就越众而出，向噶尔丹道："汗爷，像我这点子力气，还不致辱没了吾邦，可以将就充数先锋将军么？"

众蒙将见了斡旋里，暴雷也似的喝了一声彩。噶尔丹笑道："今回的事，我是至公无私的，尔等各凭本领吧。"随向剑道人指道："这位剑师父，一个足站在尺许高的树干上，尔等谁能推得他动，就谁做先锋将军。"

斡旋里应了一声，回头瞧剑道人时，只见他须髯飘荡地站在树枝上，那抗霭山山麓，蒙将、蒙兵乌压压站了个满。斡旋里估量剑道人不有惊人本领，断不敢如此夸张大口，笑向众蒙将道："汗爷恩命，挑选先锋将军，一秉至公，众位宰桑请大家来。"

那众蒙将听了，就有几个自负力大的上来推剑道人，真也奇怪，猛如虎豹的英雄连上来了八九个，哪里推得动分毫？

斡旋里见众人都遭失败，自己不得不动手了，遂迈步上前，笑向剑道人道："师父，请你站稳了，弟子要来放肆了，先向你老人家告一个罪。"

剑道人道："不要客气，请尽管用力推吧。"

斡旋里却偏不肯用力，把两只手搭住剑道人腰际，扭股糖似的扭，扭了足有半个多时辰，剑道人见他如此，简直莫名其妙。初时也还矜持，后来见他不过如此，也就不介其意了。不意斡旋里用的是计，见剑道人心已懈怠，运足气，冷不防就是一推。剑道人不曾防备，身子竟然摇了一摇，急忙站住，已竟不及，大笑道："真是可儿，老夫都吃你骗了，你这人，真不愧先锋之任。"

斡旋里听了，脸上顿时露出得意的神气来，随道："全仗师父栽培。"

剑道人跳下树桩，向噶尔丹拱手道："可贺可贺，先锋将军已经选得了。"

噶尔丹就行营大帐中，封斡旋里为先锋，叫他率领厄鲁特兵三万先行出发。噶尔丹夫妇同了三剑客，带领驼军大队，过了抗霭山，浩浩荡荡，直向东南进发。

先锋斡旋里真也厉害，兵锋所到，宛似风吹落叶。先抵喀尔喀，喀尔喀汗仓皇迎敌，战不半天，阵中忽然乱起来，只听乱兵大喊："喇嘛僧应了厄鲁特了，应了厄鲁特了！"喀尔喀兵顿时大乱，夺路奔逃，自相践踏，死者不计其数。喀尔喀汗逃向土谢图牧地而去，斡旋里唾手而得喀尔喀，派人到噶尔丹大队报捷。

休兵两日，就率众杀向土谢图来，土谢图汗听得"厄鲁特"三个字，早已望风而逃。噶尔丹连朝大胜，就乘势攻打右翼车臣汗、左翼执萨克图汗，攻无不胜，战无不克，不到十天，又全都攻克，于是悉锐东犯。

到这年五月，先锋已及乌尔会河。噶尔丹非常高兴，以为指顾之间，不难直犯北京。不意警报传来，说中国大皇帝已派兵部尚书阿尔尼为钦差大臣，带领蒙汉大兵十五万，前来抵御也。噶尔丹道："斡旋里英雄无比，定能抵抗天兵。"哪里知道，才隔得五六日，先锋兵狼狈逃回，报说："斡旋里已经阵亡，清兵声势十分浩大，请汗爷快快做主！"

噶尔丹大惊，忙请三剑客商议，三剑客一时都到，剑道人道："听说吾军前锋失利，究竟如何情形？"

　　噶尔丹道："中国军非常厉害，那钦差大臣阿尔尼身旁带有剑客呢，所以斡旋里送了残生性命。"

　　剑道人大诧异道："清军中竟有剑客其人么？奇怪很了。"

　　红侠道："师父，你老人家的神课不是极验的么？何不占他一课，看是何人。"

　　剑道人听说有理，占了一课，细察卦象，竟然大诧起来。红、黑两侠齐声问故，剑道人道："你们不知课理，说给你们听也不明白。清军中的剑客，与我们一派上的人，你想我们通只这几个人，谁还愿助清军呢？"

　　黑侠道："别是白猿老人么？"

　　剑道人道："不会的，断然不会！我生平取友必端，何况徒弟？"

　　黑侠道："师父，何不替白侠也占一课，看得如何？"

　　剑道人又占一课，惊得直跳起来，大喊道："不好了！"

　　红、黑两侠见剑道人如此模样，知道必有缘故，遂问："究竟如何，敢是白师兄竟助了清军了么？"

　　剑道人叹气道："哪里讲得到助清军不助清军，你白师兄已经不在人世了。"说着潸然泪下。红、黑两侠听了，也自凄然。

　　噶尔丹道："中国军中既有剑客，那就不可轻视，我想亲自去瞧瞧，见机行事。三位的侠驾，最好一同起行。"

　　剑道人道："那个自然。此回起兵，原是我一人主张的。"

　　噶尔丹见剑道人一口答应，心下大喜，随令帐前宰桑鸣角聚队，立刻起行。一时大帐中角声吹动，那骆驼队、马队、弓箭队、大刀队，一队队摆列整齐，徐徐出发，烟尘滚滚，旌旗翩翩，走成一线，足有二十多里长。噶尔丹夫妇、三剑客师徒，也就跨驼徐行，在路无话。

　　这日，行抵乌尔会河，早见河南营帐重重，旌旗密密，随风飞舞，尽是清军旗号。噶尔丹遂令据住北岸扎营，临河靠山，形胜非凡。红侠自告奋勇，愿入清营探视，黑侠道："我的海东青许久不用了，还是让我跨鹰一游吧。"剑道人点点头，红侠道："既是大师兄高兴，就去一回也好。"

黑侠调好了鹰，只见那鹰奋开两翅，乌云似的一朵，啪啪啪，离地一丈来高，不住地盘旋。黑侠一招手，那鹰就一拍翅伏下地来，待黑侠腾身跨上，展翅高翔，渐飞渐高，望去宛如乌鸦似的一只，飞向清营去了。约有顿饭时光，大家正在焦心，海东青飒然下落，伏于帐前，黑侠跳下地，向众人道："清营中果有能人，此回胜算未必能操矣。"

噶尔丹夫妇、剑道人师徒齐声问故，黑侠道："好险好险，我此刻未暇讲话，先要瞧我那头鹰，伤势厉害不厉害。"说着，急乎乎地抚视海东青，好一会儿才道："还好还好，所幸伤不很重。"

欲知后事如何，且听下回分解。

第九回

服药求神弄璋绝望
妻娇婢美术士动心

话说黑侠抚视鹰伤，见左翅膀下打去了钱大一块细毛，余外并无伤痕血迹，剑道人也过来瞧视，黑侠道："师父，弟子出道以来，第一回儿受人亏呢。"

剑道人问怎么一回事，黑侠道："清营中有一个和尚，十分厉害。我骑了鹰到那里，落下察看，离地四五丈高低，忽一缕白光自清营射出，我知道是剑气，急忙放剑跟他抵抗，抗斗不到三刻，不妨他口吐弹丸，打伤我的海东青，我急忙收剑逃回。那和尚还紧紧追赶，过了河才罢。师父，你看这和尚该如何对付？"

剑道人道："这和尚是谁，究竟有几多本领，我还没有查着呢。"

红侠道："现最要紧先查明这和尚的来历，然后才好做事。"剑道人道："那自然如此。"

看官，你道这和尚是谁？有多么狠，会把跨鹰飞行的黑侠打得逃败而归？这也是陆士谔不好，不能够双管齐下，叙述明白，突然而来，看官们自然要茫无头绪。现在先向看官们赔一个罪，然后抽出秃笔，细细补叙。

这个和尚，是南北两侠过渡时代的要紧人物。俗家姓胡，名叫瑶峰，浙江石门人氏。石门胡氏，原是浙西望族，瑶峰的祖上在外经商，挣着上百万家私，偏是财旺丁不旺，三代单传。胡瑶峰既无

50

叔伯，终鲜兄弟，十九岁上娶了亲，二十岁上父母双亡，小夫妇两口子守着这笔大家财，过那逍遥日子。偏是娘子汪氏，又是个绝世美人儿，但有一桩不足，成亲三个年头，女花男果，都不曾见过，百计延医服药，求神许愿，都没有应验。

看官，这子嗣一件事，半关人事，半由天命，可怜胡瑶峰一点子医学知识没有，以为不生子女，总是制造不力之故，遂拼命地加工制造。要知寡欲精浓，多淫精薄，精浓易孕，精薄难胎，这关于男子的人事一端也。妇人天癸行经，一月一泛，旧血去尽，新血才生，所以经净后一二日，血室中的生气蓬蓬勃勃，正如初升之旭日。此时以寡欲精浓之男子与之交合，最易受孕。倘经后过了七日，血室之气已衰，虽夜夜合欢，何能成孕？现在外面新流的"节制生育论"，主张夫妇异居，我每笑他是笨伯。那投机家的绝孕良药，更是害人不浅。这关于妇人的人事，又一端也。可怜胡瑶峰，此种妙理，一点儿不曾知道，除把结制造外，求医求药，忙乱非凡，除男妇方脉医之外，江湖卖药，符咒术士，一概延请到家，虚心请教。因此声名远震，各处方士无不联袂偕来，把胡瑶峰当作衣食父母、第一个好主顾。

一日，瑶峰在家闲坐，门上进报有一个远方术士求见，说他怀有种子灵药、必孕金丹。瑶峰听得"种子灵药"四个字，喜得直站起来，口中连说"快请那仙人进见"，家人应着出去。不多一会儿，就引了个肥头胖耳、三十来岁的精装汉子来。

瑶峰见了他那副浓眉深目、阔口大鼻的样子，不觉暗吃一惊。那汉子状貌虽然凶恶，礼数却甚谦恭，见了瑶峰，一恭到地道："胡大财主在上，下士周吉祥有礼。"

胡瑶峰连忙还礼，随道："贵姓是周？"

周吉祥道："下士叫周吉祥。"

瑶峰请他坐下，细问邦属，才知道是江南常州府武进县人氏，素精医术，怀有神丹，遂道："一向少候。"周吉祥笑回"彼此彼此"。胡瑶峰道:"听先生口音,不很像是常州人,倒像是广西人呢。"

周吉祥道:"因素来是在广西,久客成故乡,倒惯说广西话了。"

胡瑶峰道:"到了石门有几时了?"

周吉祥道:"才只三四天。"

胡瑶峰问住在哪里,周吉祥回住在客店里,胡瑶峰道:"我们一见如故,就请搬来舍间住吧。"

周吉祥道:"怎好叨扰?"

胡瑶峰道:"正要请教,如何好不住在一起呢?"遂命家人跟周先生去取行李,一面吩咐厨房备酒,随道:"周先生,请你快去搬了行李来,我们再长谈。"

周吉祥起身道:"那么恭敬不如从命,我就暂时告别了。"

胡瑶峰直送出大门才回。

不多一会子,周吉祥果然搬了行李来,胡瑶峰快活得什么相似,置酒款待。席间周吉祥谈起他的神丹妙药,非常灵验:"某县某宅,某地某家,都由我的丹药治愈,连举数男,现在往来如旧相识。"胡瑶峰道:"佩服得很,不知先生可要候脉?"

周吉祥道:"那如何不要?男女脉都要候的。"

胡瑶峰道:"那么我们吃过饭就请教如何?"

周吉祥连说"可以可以"。

一时饭毕,洗过了脸,胡瑶峰就请他诊脉。周吉祥原不懂什么脉理,执住胡瑶峰的手,胡乱诊一下子。看官,诊脉一道,别说这周吉祥,就有市上很行的医家,连脉的部位都不曾知道,常常诊脉不诊在脉位上。现在的诊脉法,是秦时扁鹊发明的,扁鹊以前,原是上候人迎、下候跌阳,从头颈候到脚背,每一处不按到,扁鹊行出独取寸口之后,只诊两手了,但是寸、关、尺三部丝毫不能差误。可笑那一班混蛋,有只按寸、关两部的,有只按关、尺两部的,并且一边诊脉,一边谈话,更谈不到凝神数息了。现在周吉祥诊过胡瑶峰的脉，随说了几句阴亏阳亏的套话，偏是胡瑶峰相信非凡，竟把他神明般奉承，又问："内子的脉，可也要看一看？"

周吉祥道："那自然要看的。"

胡瑶峰道："最好就请费神。"

周吉祥道："这个容易，还是请奶奶出来，还是门下进内室去？"

胡瑶峰道："就请先生劳步吧。"

周吉祥站起身道："那么就请大财主带领。"

胡瑶峰道："我来引导。"

于是两人一前一后，瑶峰在前，吉祥在后，兜抄便巷，曲折进内。兜过中门，见一带长廊，碧纱窗齐齐敞开，因为天静无风，帘儿都高高卷起，廊外疏疏花木，小小假山，布置得精雅宜人，宛如一幅名人图画，长廊尽处，一个秋叶式门儿。推门进去，就是内书房了，四壁图书，窗明几净，一应器具，且都是水磨楠木，抄过内书房，又是一条短廊，短廊尽头，朱扉双掩，铜环静垂，这才是内室的门。胡瑶峰道："这里是了。"

周吉祥暗忖：这厮的宅子，精致得不亚洞府仙房，我此番得偿所愿，真不枉了一片心血。想着时，瑶峰举手叩门，早有人开出门来。周吉祥偷抬色眼一望，见是个十七八岁的俏丽丫鬟，暗忖：其婢如此，其主可知。只听瑶峰唤道："先生，请进来。"连忙答道："大财主请。"

跨进了门，闻得一缕幽细甜香，透骨酥麻，熏人欲醉，举眼瞧时，满屋中的陈设耀眼争光，叫不出是什么名儿，四壁都有壁衣蒙着，台椅凳子都是紫檀嵌螺钿的，金炉里焚着兰麝，花瓶插镜无一不精。只听胡瑶峰道："周先生，请你这儿暂坐，我去知照内子。"随向丫头道："客人在此，小春倒茶。"

那丫头就熏炉上金壶里倒了一杯茶，十指尖尖捧过来，笑吟吟向周吉祥道："先生请用茶。"

周吉祥直站起来，急忙双手来接，却有意无意间，在那丫头玉腕上轻轻一碰，弄得小春丫头倒哧地一笑。正这当儿，胡瑶峰已经出来了，开言道："请先生内房去。"

周吉祥站起身，连说"请请"。于是联步同行，小春早轻移俏步，过去打起了软帘。

周吉祥此时眼观鼻，鼻观口，口观心，做出一派正经神气，跨进房门，就向上一躬到地道："奶奶在上，门下士周吉祥有礼。"

只听呖呖莺声似的回道："先生少礼，奴家万福了。"

周吉祥此时正眼也不敢觑视，只见胡瑶峰道："先生请坐了好诊脉。"周吉祥连声唯唯，一边坐下，一边偷眼觑那汪氏奶奶。只见她一个鹅蛋脸，两泓秋水目，鬓发如云，翠眉似黛，雪藕似的皮肤，海棠似的容色，笑盈盈站在那里，不长不短，不瘦不肥，真有沉鱼落雁之容、闭月羞花之貌。就这一觑中，酿出塌天大祸来，胡瑶峰蒙着奇耻大辱，弄得荡产倾家，告当官反倒身遭缧绁，投名师潜心技学惊人，开南中八侠之先河，为北派剑客之尾煞。

欲知后事如何，且听下回分解。

读者诸君，士谔以小说贡献诸君之前，凡三十年。而近年所著剑侠历史诸作，尤蒙诸君所谬赏，一书出版，万里风行，自问笔墨芜秽，何堪滥登大雅。是以销数愈广，抱歉愈深，应向诸君告罪者，此其一也。士谔以医问世，亦已二十年。前十年三指生涯，虽未必门庭若市，尚不致顾问无人，日诊三四号，暇时颇多，故得以诊病余暇，从事小说笔墨。近十年来寓居松江，应酬日繁，作品已不能如期贡献，故《八大剑侠》印于民国六年，而《血滴子》之出，迟至十年冬季始付印。诸君驰函催促，积叠盈尺，有奖励者，有质问者，虽措辞有温和、严厉之不同，而厚爱士谔则一也。不知诸君伸纸濡笔之时，邮人仆仆递函之日，士谔正劳神于望闻问切，日与病客周旋也。约而屡爽，抱愧兹多，应向诸君告罪者，又其一也。去秋江浙启衅，松寓为墟，士谔同家人狼狈逃沪，沪地生活极高，不得不鬻医自给。沪人以士谔无时医习气也，许为小道可观，而拙方投病，偏有药缘，因之应酬之繁，较之松江，几增倍蓰，深宵午夜，犹自仆仆风尘，实无余暇再事小说，《三剑客》之作而未竟，职是故耳。应向诸君告罪者，又其一也。

　　施君济群，学问之博，笔墨之高，实胜士谔十倍，而温恭长厚，与谔又一见如旧相识。谔因以未竟之稿，恳之赓续，幸蒙慨允，乐何如之。诸君诸君，此后一十一回《三剑客》，均吾友施君绞心沥血之作，琳琅满纸，庶几稍盖吾愆。诸君不信，试揭下回，光焰万丈，已直透此纸也。陆士谔谨启。

第十回

论人参胡瑶峰服膺
炼丹丸周吉祥起谋

话说胡瑶峰引周吉祥到内房分宾主坐定，小春送上一本账簿做脉枕，汪氏奶奶伸过左手，周吉祥轻舒三指，就寸、关、尺部位按住，做出凝神静气的样子。诊了一会儿，又换上右手，也诊过了，又看过舌苔，重复退出外房，向胡瑶峰道："尊夫人脉象甚佳，不过尺部微涩，大约每月行经不很准确吧？"瑶峰唯唯，叫小春入内问过，回说："周先生说得不差，有时四十天左右，有时三十天不到。"周吉祥点头道："这就是了。"更向胡瑶峰道："照贤孟梁的脉象看来，还是尊驾的贵体太弱，所以未能庆获祥麟。当务之急，第一要把尊驾身子先行调理，一方面也把尊夫人的经期调准。半年之后，在下敢担保尊夫人梦熊有兆，那时候须请在下多喝几杯喜酒咧。"说罢哈哈大笑。胡瑶峰欠身道："那是全仗周先生的灵丹妙药，使胡氏宗祧不致中断，不要说多喝几杯喜酒，鄙人还当供一个长生禄位，天天拜谢呢。"周吉祥谦让一番，从此便耽搁在胡氏宅内。

下一天，周吉祥开出一张方子，叫胡瑶峰照节采办。胡瑶峰瞧那单上开着：吉林人参三两，珍珠三两，海狗肾十条，鹿茸一两。胡瑶峰道："是不是单服这四味东西便有效验？"周吉祥摇头道："非也非也，药味多得很咧。不过这四味是最贵重的，必须先行采办，照古法炮制。譬如吉林人参，并不以肥大洁白者为佳，倒是短小色黄的好。"

胡瑶峰问道："这是什么缘故呢？吾系平素买参，总是拣臃肿胖大的。"

周吉祥笑道："这就是上当了，所以吾现在先要着急去采办，拣可用的入药，不可用的，还是认吃亏些钱，退还店家。因为这人参并不是古书所说的人参，古书所说的人参，乃是产于山西上党府的，现在名叫党参，质劣而力薄。现在的人参，产于吉林长白山中，最好的名叫老山，采时极不容易。吉林地方专有一种资本家，名叫参主，集合了数十万资本，每年到了秋天，便招人入山采参，名叫放山。那地方自有一种苦力，一到农事完毕，便去应募捉参。先投一个参主立好合同，说明采到人参，尽数由这个参主收买，并先取川资数十元。立好合同之后，便招集同侣，各备草屐干粮，结伴入山。"

瑶峰问道："这种土人真傻，伴侣一多，捉的参便少了，何不一个人入山呢？"

周吉祥摇头道："东翁，你只知其一，不知其二。原来这参多生在深山穷谷之间，人迹罕至之处，倘然一个一去，岂不是送给虎豹当点心么？所以他们伴侣愈多愈好，并且一定要公推一个武艺高强的为首，才敢成行，其余也各执利器，因此每队多者百余人，少亦数十人。倘然个个都是有些本领的，便至少也要有十几个人，才敢入山。披蒙茸，涉荆棘，露宿风栖，备尝艰苦。往往有时欢欢喜喜的一队出去，回来便七零八落地少了几名，因为他们虽有戒备，但是偶一不慎，便不免膏了毒蛇猛兽的馋吻呢。老山人参捉取既这样不易，价值的昂贵便可想见。因此有人把参秧移种的，名叫秧参，也有把参子来培植的，名叫子参，又称园子货，其精力就远不及老山了。世人买参，往往拣壮大的买。其实生在山野间的参，虽受日月精华，雨露滋润，终不及在园圃间土质腴美，灌溉得宜，所以有经过数十年或数百年，而不过长得寸许的，比不得人家种的参，只需一二年，已有拇指般大小唡。"

瑶峰道："那么老山参和园子货有甚分别么？"

周吉祥道："有有，老山参的须很长，比较本干长出有三四倍，园子货至多不过两倍罢唡。况且参的年数多寡，在参柄上一看便知，参多一年，柄上便多一个螺旋。现在市上卖的，多用糖质制过，制法也很别致，先把人参洗去泥污，然后用针吸取糖质灌在里边，使参饱满，再在锅上蒸过，取出晒干。粗壮白嫩，外观既佳，味亦甘美，用玻璃锦匣装好，便可售得兼全。实则精力远不及生晒得好，生晒的，只需将泥污洗去，在日光之际，用纸覆晒，日久收敛，永不变坏，但是颜色远不及水蒸的美观。现在我们用参，只需讲实力，不必论颜色，所以门下要反复申说明白呢。"

胡瑶峰道："佩服佩服，聆听先生一席话，使我长进不少见识。"

周吉祥道："不但人参一味如此，即如濂珠，也更拣精圆鲜湛的好；鹿茸，以血片为贵；海狗肾一物，尤须有眼光去鉴别，而且真的极不易得。因为海狗终年蛰伏海底，不肯轻易上岸，不过到了秋冬之季，夜间有时浮出海面，冬天更喜现卧在冰上。据说此物极爱拜月，每当明月皎洁之夜，渔户常见有和尚一般的动物在海面上向月膜拜，渔户叫它作海和尚，其实就是这东西。性极灵敏，稍有声响，便窜入海底，所以捕捉极不容易。从前捕捉这东西，是有一种练就轻身术的猎户，每到极冷天气，海中结了厚冰，他们便在海边巡逻，见数里之外的冰上隐隐发现黑点，急忙飞一般地蹿过去，将它拦腰一棍，打得它不能动弹，便算捕获，但是十九总给它们听得脚声逃了。有时因为冰薄，人踹在上面，忽而崩裂开来，连人带兽都陷入冰窟，你想危险不危险？"

胡瑶峰咋舌道："危险危险！"

周吉祥道："现在捕这东西又有新法子发明唡。"

胡瑶峰道："新法子比老法子怎样？"

周吉祥道："听说有一年，有个住在海边的渔户，因为庆赏中秋佳节，烧了几头五香鸭子，预备全家乐一乐，尽量吃喝一顿。岂知隔了一夜，那几头五香鸭子都不翼而飞了。渔户很觉诧异，仔细察看地上，见汁水淋淋漓漓地滴向屋外，知道不是家里人偷吃的，一定是外来的贼吃了。不过既是梁上君子光顾，为什么只偷几头五香鸭子？难道这贼伯伯因为从没有吃过鸭子，便冒着偷窃的名义来尝尝异味么？这渔户气愤不过，当日又烧了几头鸭子。到了夜间，拿着木棍，躲在黑暗地方瞧着。十六夜里的月亮，依然冰盘一般地照得如同白昼，到了二更敲过，听得门窗发响，知道偷鸭子的贼来了，于是屏着气瞧看。海边渔户的茅屋本不结实，一会儿，门开了，走进一个和尚，两个眼珠子绿幽幽发出光芒，径向放鸭子的所在走来，揭起罩拿着鸭子就吃。那渔户喝一声：'贼秃！你吃素吃得口淡，怎的专到我这里来偷鸭子吃？'那和尚听得声响，向外便逃，渔户怎肯饶舍？执着棍赶出屋外，就月光下一瞧，呀！哪里是和尚？原来是个海狗。

"渔户益发追赶，海狗逃到海边，扑通跳入水中去了，当下渔户怏怏而回，累得他一夜未曾合眼，居然给他想出一个法子。明天和同伴几个渔夫说了，大家都赞他好法子。当下又杀了一头鸭子，烹调得加意考究，芳香四溢，放在那海狗跳水的地方。第一夜不见来吃，众渔户知他因为上夜吃了惊吓之故。第二夜依然摆在那里，又不见吃去。过了十几天，有一夜却不见了，众渔户好生欢喜。下一天再烧了一头，放得离昨夜地方远一些，果然又吃去了。第三天离海边再远一些，又吃去了。如是十天开外，离海滨已有一里多路。这时已到九月中旬，月光又显，众渔户便预备一应家伙，那夜，海狗正把鸭子吃得起劲，忽然人声鼓噪，海狗想逃时，渔户早已远远布好网罗，投入里边，休想逃脱。众渔户把那海狗杀翻，单只一条狗肾，已卖了好价。从此便把这个法子作为捕捉海狗的捷径。那些海狗虽则灵敏，终及不到人的计巧，以为有现成食品可吃，又比了乌贼海鱼鲜美，哪有不中计之理？而且这真的海狗肾，还有几种灵验。"

胡瑶峰问道："怎样试得出呢？"

周吉祥道："只须把海狗肾放在普通草狗旁边，那狗会惊得跳起来的，这便是真海狗肾。还有一种试验法子，把海狗肾放在桶底，倒下五斗米去，用盖盖好，叫一个女人坐在桶上，那海狗肾却会跳到米的上面。"

胡瑶峰啧啧道："想不到这东西竟有这样厉害。"

周吉祥道："东翁身子亏弱，非用此物大补不可。"

胡瑶峰见周吉祥说得有对有证，便道："我想买这些东西，别人都是外行，哪里辨得出真假？还是索性拜托了先生去采办吧。"当下便叫小春捧出六百两银子，点于周吉祥收了。不上几天，周吉祥已去办就，胡瑶峰哪里识得真假？听周吉祥说好便好，说坏便坏，当下周吉祥便在胡宅替胡瑶峰修炼丹丸，这周吉祥见胡瑶峰家财巨万，婢美妻娇，不觉动了一点儿邪念。

欲知后事如何，且看下回分解。

第十一回

止渴饮鸩体毁蚕室
含沙暗射艳猎深闺

　　却说周吉祥投入胡瑶峰家中，眼见得胡瑶峰这样显赫家私，又羡他绣幕锦幔，娇妻美婢，心下早暗暗怀着鬼胎，一面替胡瑶峰采办人参、珍珠、海狗肾、鹿茸，修炼丹丸，一面自己暗中打算，装着个格外恭敬谨慎模样。胡瑶峰只道为他计量后嗣，必是合什么壮阳固本种子神丹，真是十分感激，十二分巴结，特地收拾了一间书房，专为周吉祥制药炼丸。胡宅内外侍从人等，见主人这么恭维优遇，个个把周吉祥当作仙佛般看待。周吉祥就此在书房中秘制起来，遇有个呼唤，仆从等直应奔就。周吉祥也更玩弄手段，个个贴服谨从，直比主人还更尊奉。约莫三五天光景，周吉祥丹丸已经炼成，便跑出书房，移步到胡瑶峰这边，胡瑶峰见是周吉祥，笑吟吟迎将出来，让周吉祥坐下，随道："先生屈留舍下，觉得有什么不便么？缺什么，要什么，只管吩咐小弟去办。"

　　周吉祥连忙欠身道："哪有这话！下士奔走四方，冰餐露宿，无处不可，况承东翁这样优遇，岂有不便之理？"说着，右手向怀里一探，拿出个纸包，递给胡瑶峰道："下士知东翁心急，连夕赶制，幸已炼成。"

　　胡瑶峰不防周吉祥已经炼就，大喜道："好快呀！劳先生费神。"周吉祥道："下士本随身携有种子药品，为的东翁体弱气虚，故摄取

61

珍珠、海狗肾等精髓，加上滋养，因此耽延数天。"胡瑶峰连连称谢，随手打开纸包，只见似豌豆大的红丸四粒，外面很是潮润，也有点香味，也有点腥膻，觉得从来服药，未曾见过的，料是神品无疑的了。

当下便问周吉祥道："不需别药配服么？"周吉祥道："不需不需，只要用白开水吞下，早晚吞服两丸就是了。包你药到补元，子孙延绵。"说时带笑拱手，显得浑身本领。胡瑶峰哪敢怠缓，立即奔进内房，与他妻子汪氏看了。汪氏自然喜欢，当下就叫小春端上开水，把药服下。周吉祥见胡瑶峰已经吞服，遂放心回至书房。下午又叫胡瑶峰准时吞下，胡瑶峰自然依法服药，不敢耽误片刻，这夕无话。

第二天清早，胡瑶峰便觉浑身瘫软，骨肉奇痒，辗转反侧，心坎中十分难受，叫汪氏双手抚摩搔爬，谁知越搔爬越发奇痒，真是叫苦不迭，连连披衣起身，跑到书房。周吉祥已经起来，一见胡瑶峰，故意愕然问道："东翁如何这早？想是有什么吩咐？"

胡瑶峰不待坐定，忙忙央告道："昨日服药，今日天明就觉遍身瘫软，奇痒不耐，却是何故？"

周吉祥定睛望了一望，慢慢伸出手来，把胡瑶峰额角一摸，胡瑶峰实在熬不住奇痒，拼命乱搔。周吉祥道："东翁，可是昨宵与东家太太敦伦过了么？"

胡瑶峰闻言，迟疑不答，周吉祥知道不差了，随即叹了口气道："唉，我错了，我欠关照，这药服后是万不可如此的，糟了糟了！"

胡瑶峰听到这话，不免大吃一惊，一面拼命乱搔，一面皱眉央求设法。周吉祥欲语不语的，行到床前，打开一白布小包，又拿出一丸黑色药来，说道："且把这丸吞下，看是如何。"

胡瑶峰无法，携着黑丸回至房中，照法吞服。谁知吞服之后，不但奇痒未除，而且下部发烧，夹着酸痛。胡瑶峰向是养尊处优惯的，哪里经得起这样痛苦？坐立不稳，几乎要直跳起来。他妻汪氏见了，心下十分难忍，又听得周吉祥告诉胡瑶峰的话，是昨宵闯的祸水，真是懊悔万状，说不出的苦楚。

言时胡瑶峰狂奔乱跳，满屋子叫嚣，唬得小春及仆役人等个个都垂手咋舌。一会子，胡瑶峰疲极了，倒在床上，汪氏叫小春帮同掖入床内，自己坐在床沿，不免感伤下泪。言时忽听外面有脚步声，小春忙出去招呼，回告周先生来了，汪氏不待说完，忙道："快请他进来！"小春遂回身去请周吉祥。只见周吉祥阔口鼠目，摇摇摆摆地跨进房中来，见了汪氏，早现出眉牵目斜的怪形，偏又歪着身施礼，轻轻地说道："怎样了？"

汪氏道："方才满屋奔跳，真是什么似的可怕得很。这时乏了，睡了。"

周吉祥点头道："这是小的大意，昨天欠关照，原是药性浑厚，偏忘了忌讳。"说到这里，偷觑汪氏两颊晕红，越显得娇羞美丽。周吉祥直害得欲火欲跳，却知道再不能说下去，便又转过来说道："太太休急，如今服了戒药，定能宽舒些了，一切由小的担当就是。"汪氏连连称谢。

这时汪氏站在床沿，与周吉祥说话，周吉祥挨身过去，走到床前，望了望胡瑶峰，偏拆开一只大腿，靠住汪氏，俯身下去，往胡瑶峰头上抚摩了一回。忽听胡瑶峰醒来，突然喊道："啊哟，痛极了！"吓得汪氏也俯下去问。只见胡瑶峰双手捧住小腹，好像是下身刺痛不堪。周吉祥对胡瑶峰敷衍了一会儿，渐渐立起身，谓汪氏道："小的再去寻寻戒药，这种痛苦，东翁是受不消的。"

汪氏怎生感激，也不知怎么是好，只听周吉祥打发，随叫小春打帘子，让周吉祥出去。一会子周吉祥拿药进来了，亲侍胡瑶峰服下，见胡瑶峰仍是喊痛，又出去拿药，随又进来，足足把周吉祥忙到酉末戌初，胡瑶峰精神也疲极了，人也发热了，反而觉不得什么痛痒，便自昏沉睡去。只可怜汪氏兀坐床沿，服侍疾病，终宵不敢解带。

直到东方特白，忽听胡瑶峰醒来，叫道："哎哟，不好了！怎的，我难道是梦么？"汪氏听得这话，以为她丈夫梦中呓语，也不打紧，望望他的面孔，灰白得已无生气。只见他双目直视，双手不住地往下厮摸，正在汪氏凝神注目的当儿，胡瑶峰突然执住他妻子的手，往自己大腿间一挥。他妻子知道是别有缘故，从小腹以下，肛门以上，四处一摸。这一摸非同小可，惊得汪氏失声叫道："哎哟，这是怎么了？"急忙打开薄被，解下胡瑶峰裤子仔细一瞧，谁知胡瑶峰下体完全缩入里面，宛如女子一般，寻不出什么凸体，便是肾囊也已空坍，睾丸也缩入无踪影了。最奇怪的是皮毛端好，无一点儿破绽，也无半点儿血迹。

此时胡瑶峰已强支病骨，靠床坐起，夫妻相视骇异，抱头痛哭。汪氏还痴心答答地想周吉祥医治，忙叫小春起来，哭着去请周吉祥。哪知这都是周吉祥下的毒手，正是引狼入室，止渴饮鸩，可怜胡瑶峰夫妇还在梦里，当作周吉祥是一等好人，岂不冤哉枉也？

看官，你道周吉祥用的什么手段，把胡瑶峰受了宫刑，变了个阉宦呢？说来话长，原来广西有一种毒蛇，名作蚺蛇，身上有斑纹，常栖息于大树上，能绞杀人畜，小的三四尺、五六尺，大至三四丈不等。筋力是最强打不过的，凭你用万夫之力拷打，不但不受伤，而且越拷打，体质越坚实，因此蚺蛇胆便有止痛御打的功用。绿林好汉每每身上藏有蚺蛇胆，遇到官家拷掠，就把蛇胆服下，你打到哪里，蛇胆力量就会运到哪里，身体上便分毫不觉痛苦。明朝有个杨椒山，因参劾严嵩，判了杖刑，当时他的朋友就劝他服这蚺蛇胆，这便是胆的功用。再讲蚺蛇的骨，里面有一种骨骼，名叫如意钩，用了这钩含在口中，能壮阳固精，一登褥席，圆巫山好梦，真有一夫当关，万夫莫敌之勇也，是借用蚺蛇的精力。至于蚺蛇的皮呢，就是乐器中三弦上所棚布的也，可见蛇身的粗大，力量的雄足了。再讲这蚺蛇有一种特别性质，是非常好淫，见了妇女，就如吸铁一般，必要钻入妇女下体去，娘娘们遇了这淫蛇，再也挣逃不脱。像这种大力毒蛇，要用什么可以制服呢？却有一种刺树，名作观音藤，是制服蚰蛇的唯一武器。凡是产蚰蛇的所在，附近必有观音藤，也是天生天化，造物自然之理。妇女们上山行路，必须执住观音藤，那蚰蛇就害不及了。因此捕蛇的，往往以妇女为饵，以观音藤为武器，蚰蛇见了妇女自然奔来相就，众人各执观音藤四圈伺候，等到蚰蛇走近了，就把藤与藤相接，团团围住，蚰蛇在此藤圈中，再也不敢动一动，正如蜗牛围蜈蚣。凡是蜗牛沿过的圈子，蜈蚣就夺不出围。岭南一带，着实有捕蚰蛇为业的，因蚰蛇的皮、骨、胆都有用处。尤其稀奇的，是蚰蛇的油。凡人一吸了蚰蛇的油汁，就会缩阳，缩阳之后，正如受宫刑过的，与妇女们一般模样。至于缩阳后能不能恢复原状，要看蚰蛇的生产年数了。蚰蛇是八年九年的，那缩阳也就八年九年，渐渐能够恢复。要是七八十年百多年，那便终身受了宫刑，无恢复的时候了。

周吉祥在广西多年，搜罗蚰蛇的胆、油、骨及他种药品，专事设计毒人。这回要谋夺胡瑶峰妻财，遂把蚰蛇的油汁炼入丹丸，叫胡瑶峰服下，果然药到病发，如响斯应。两日之间，胡瑶峰竟成了废人。这日清晨，汪氏叫小春去请周吉祥，周吉祥早已料到今日病体必变，正思探听，闻小春来叫，赶忙过去。跨入内房，见胡瑶峰夫妻相对下泪，周吉祥故意惊惶着说道："怎样怎样，难道痛痒还未止停么？"

胡瑶峰定睛望着周吉祥，半晌不语，略把手指点了点下体，含泪说道："先生，你瞧，这是什么怪病儿？"

此时汪氏已退开床侧，让周吉祥走近去瞧。周吉祥撩开被褥，把胡瑶峰下体审视了半天，皱着眉头想了想，开口说道："东翁，这并不是什么怪病儿，这道理是很容易解得的。东翁原是体气虚弱，前天服了大补品，就运用到全身血脉，好比干涸的河流得了灌注了，突然经过房事，自然全身牵动，正如满溢的河流开了堤坝，哪得不更干涸？这缩阳的缘故，便是太盈转成极亏，所以昨早东翁说起，

65

我就有点儿害怕。"

胡瑶峰急着说道:"先生,且不论这病如何来源,请先问先生现在能治不能治?"

周吉祥道:"万物皆有病,万病皆有医,有什么不能治?不过东翁如今最要平气养神,才能恢复。还有一句不中听的话,东翁须独自幽居一室,完全隔绝女色,那身体就无痛苦。至于下士,既承东翁另眼看待,自当始终服侍,什么劳苦都不敢辞。"

胡瑶峰闻知尚可医治,心下暗喜,便问道:"据先生看来,这疾病到何时始能恢复呢?"

周吉祥道:"少则三个月,多则半年,必然可以痊愈,包在下士身上。只是东翁须依下士布置始敢遵办。"

胡瑶峰道:"自然自然,一切遵命。"

当下周吉祥便言须择一幽静所在,四围封固,不准外人进出。胡瑶峰自然唯唯答应,便命仆役把东侧厢打扫干净,胡瑶峰病榻即日移入,一切均由周吉祥亲自检点服侍,不准男女仆役一人入内。这不过是周吉祥调虎离山之计,哪有什么可医?只可怜胡瑶峰受了宫刑,幽居蚕室,被周吉祥捉弄到这般田地,却是至死不悟。

周吉祥见诡计一一已售,心下暗喜,便全副精神注在汪氏身上。他更有一种鬼药,名作美人脱衣,是由朝北房屋中所结的燕巢,操取雏燕制成的。这雏燕必须雌雄一对,假如老燕孵化时,有三只或两对,那就不行。雏燕既限于一对,又要无人窥见时活捉生剥,然后隐埋于十字街口之土中,待过三年取出,研为粉末。由这粉末用指甲弹到妇女肉体上,那妇女必然欲火上升,遍身奇痒,务要把衣服脱个干净,一丝不挂,又非与那弹粉的人交合,或经其遍身抚摸,始能解脱,因此名叫美人脱衣。周吉祥怀此鬼药,早想在汪氏身上一试,怎奈胡瑶峰夫妇形影不离,无从下此毒手。如今胡瑶峰已成弃疾,幽居别室,周吉祥少不得立即弹向汪氏。

欲知周吉祥如何弹法,汪氏是否上钩,且听下回分解。

第十二回

试魔术恶霸占家私
启铁锁义婢拯主人

　　却说胡瑶峰被周吉祥幽居在东侧厢中，不准仆役进出，一切由周吉祥检点服侍，就如茶饭各项饮食，只准仆役送到门口，周吉祥亲自接进，替胡瑶峰服侍得非常周到。胡瑶峰仍当是替他医病，依然不疑。汪氏与胡瑶峰伉俪甚笃，向日偎红倚翠，从无别离，这回被周吉祥隔绝之后，汪氏万分不安，每日带小春往东侧厢望病。周吉祥只许汪氏与胡瑶峰在门外通话，不准进去，却开口便说："太太原谅，东翁的疾病非同小可，小的巴望东翁早日痊愈，故敢如此无礼。幸亏太太是明白人，当不见怪。"

　　汪氏以为果真替她丈夫尽忠调治，心下却十分感激，哪里敢说半个不字。有一天晚上，汪氏又来探望胡瑶峰的病状，却巧小春因收拾厨房，不曾同来。周吉祥一见，喜出望外，略与汪氏周旋数语，暗中预备满指甲粉末，直向汪氏颈上弹去。汪氏并不瞧见，只觉颈上蚊子似的触肤生痒，便伸手一按，这一按，把粉末都匀散了，登时觉乳部怪痒，真有点站立不住，略与周吉祥语毕，反身急走，走到中途，不觉腹部、大小腿以至脚跟，均生奇痒，幸喜内房已近，加足气力，跨入房门。此时汪氏身上如万虫钻营，吮皮吸血，痒入心窝，急于脱衣检视，再也无暇关门。

　　周吉祥度汪氏粉毒已重，早潜步尾随而进，一转身闪入房中。

汪氏不防有人蹑后，乱忙忙卸去衣衫，挣开查视，这时玉山毕露，花蕊怒放，周吉祥再也忍不住，汪氏去掉衣衫以后，奇痒尽在下身，待要褪去下裳检觅，周吉祥早已踏上两步，抱住汪氏腰身，趁势撩下衬裤，吓得汪氏直跳起来，回头看时，才知是周吉祥，但身被扭住，挣脱藏匿不迭。正不知所可，周吉祥忽然转身把汪氏挈到床上，汪氏身被粉魔，心神奔乱，娇力不支，自然身不由主。周吉祥抽空关住门户，含上如意钩，施行兽欲。汪氏果然奇痒立解，周吉祥百般劝慰，万般调度，汪氏只是不语。从此周吉祥与汪氏陈仓暗度，高唐约会，也写不能尽。只可怜汪氏神清气爽时，想前思后，知身被贼污，必要扑杀此僚，始可雪莫大之耻，怎奈她丈夫被幽别室，半面不见，一弱女子又无人扶助，只晓懊丧哭泣，日夕以泪洗面。及至遇了周吉祥，不知怎的又自会欢愉起来，正如遇着狐祟，凭你矫健万状，终究事不由主。

　　如此约半月之久，不但作囚的胡瑶峰毫不觉得，便是胡宅内外仆役，也都在五里雾中，不曾闻点风声，唯有小春是汪氏贴身女婢，一回竟被撞见了，她也不敢作声，只从门缝一看，历历清楚，便立即退后，心想主母为人素来正洁，必是被周吉祥那混蛋强诱。小春虽是个女婢，人却聪明能干，平常见周吉祥遇着自己，那副鬼头鬼脑的样子，早已疑虑到周吉祥不是良东西，待要禀明主人，又恐主人增损疾病，而且被周吉祥隔住，也苦无从入禀。再三思量，想到老家人胡顺，是胡家两代老用人，平日忠恳诚实，很是可靠，不妨与他商量。计议已定，就趁着无人时，到外厢去找胡顺，把所有一切从头至尾告诉了一遍。胡顺闻言，不由得怒发冲冠，狠命地握拳切齿，恨不得立刻杀死周吉祥，便道："姑娘，你是好人，亏你有这样眼力，可是我们都是奴才，奴才管不住主母闺中事。这事非由主子出面不可，你且趁着那周吉祥贼子不在时，暗地禀明主人。我这一面便吩咐听差、打杂、厨子、轿板一切人等，把前后门看守，定要把周吉祥杀个五马分尸，才得快心呢！姑娘，你如今不可声张，你赶快乘机进行。"小春声声答应，别了胡顺回至内房，依然照常服侍。

过了两天，小春从厨房里出来，行过西侧厢，见周吉祥立在东厢门口，慌忙四瞧，知道又有把戏，才把身体一藏，从明瓦窗缝里望去，见周吉祥轻行缓步地走入里厢去了。小春绕转角门，打听动静，刹那已不见周吉祥踪影，便潜身至汪氏房外，果见房门关上，打从门缝中窥去，几乎要失声喊出来。原来周吉祥进门，汪氏恨毒已极，早在手中执住一柄剪刀，对准周吉祥脑壳钉去。周吉祥不慌不忙，把剪刀顺手一按，安放桌上。汪氏见剪刀不中，又把桌上花盆向周吉祥猛掷，周吉祥依然收住花盆，安放如故，行近汪氏床前，抚摸了两回，见汪氏笑颜逐开，也不挣住，当下携手登床。

小春见了，气得手脚冰冷，急极生智，一溜烟跑至东侧厢，到胡瑶峰那边去告密。胡瑶峰正坐在床上打盹，突见小春，喝道："小蹄子！周先生吩咐的，你这么大胆进来干什么?!"

小春连连摇手，请勿声张，走近胡瑶峰面前，轻轻说道："家中闹出大乱子来了，主人还在梦里呢。"

胡瑶峰经此一揭，便凝神问道："怎么了?"

小春遂把一切目见情形禀过，又把与胡顺商量的话、适在门缝窥见汪氏抛掷剪刀花盆情形，统统说过。胡瑶峰气得目瞪口呆，一脚跳起，喝道："杀！杀！"马上要冲出厢门前去，小春拦住说道："主人，我看这贼子气力雄伟，况是主人久病，哪里敌得过他？让我告知胡顺，立即率众齐集围打，主人且慢才是。"说毕，飞也似的跑到胡顺那边去了。

这里胡瑶峰哪里还等得及胡顺那班仆役？早已跳出东厢，转过西厢，走入厨房，拿了一把厨刀，直奔内房，拼命顶撞房门，连喊："周吉祥恶贼，死有余辜！"

里面周吉祥听得是胡瑶峰打门，知事已发觉，却也毫不慌忙，即行穿好衣服起床。外面胡瑶峰已把房门劈破，猛撞进来，高擎厨刀，顶对周吉祥脑袋杀去。周吉祥随伸左手一格，执住胡瑶峰右臂，从后反拗，胡瑶峰忍不住痛，早把厨刀掷下。周吉祥又用左脚一鞭，胡瑶峰不禁跪在地下，周吉祥便大声喝道："你是何人，胆敢杀入内房来！"

胡瑶峰乘怒猛进，反被困厄，真有万箭穿心之痛，气得双目直突而出，口中半句不能言语。此时汪氏迷媚已醒，眼见她丈夫忍辱被困，再不能默忍，急忙拾起厨刀，双手执住，用尽全副精力，向周吉祥左臂斫下。周吉祥只把左臂一动，厨刀早飞空触壁，耆然堕地，汪氏也随即倒退数步，晕厥地上。

这时小春、胡顺及众仆役等已蜂拥而入，眼见主人跪地，主母晕倒，个个气愤直奔，胡顺更是气得发指目裂，手执利刃，蹲身前进。周吉祥一见胡顺势头，知道也曾学过拳棒，便释了胡瑶峰迎将上来。胡顺本用利刃直刺周吉祥小腹，不防周吉祥侧身一纵，刃入桌脚，胡顺拔刃转击，周吉祥借用来势，对腰钩踢，幸亏胡顺躲避敏捷，不被所中，两人遂大打起来。周吉祥见地小人众，不能运施，夺出房外，站住地位，胡顺哪里是他对手？终究被周吉祥打倒。众仆役见胡顺已伤，都不敢前进，空是摩拳擦掌，怯立不动。还是小春拿了一块尖角石，对准周吉祥面上掷去，周吉祥一俯身，又是不中。

此时汪氏已经苏醒，胡瑶峰经周吉祥把臂反拗，不禁上膊肿痛，也勉强支持起来，两人闻得外面厮杀，直奔而出，便听得小春喊道："众位哥哥司务，我们食息在主人家，今主人遭此厄难，众位怎不奋力杀贼？"

胡瑶峰也喝道："快杀快杀！灭了贼子有重赏！"

众人这才赶上周吉祥，混打一阵，哪里在周吉祥意中，周吉祥只一个乌风扫地，把众人都跌退了数步之外，其中也有受伤的。众仆见此情形，噤得不敢声张。内中有个打杂的，突然跑到胡瑶峰面前叩头说道："小的服侍主人，着实受过主人恩惠，如今主人遭难，小的白白地被恶霸拳伤，没法救主，便是死也无益。求主人大恩，愿放小的回去。"

胡瑶峰尚未回答，更有两个也照打杂的跪地请求，胡瑶峰含泪说道："随你们的便，我胡瑶峰抵注一命，有什么不好办？起来起来。"这时胡顺因受伤甚重，倒在檐下，胡瑶峰道："你们且把胡顺抬到外厢去将息。"

一语未完，周吉祥忽然大声喝道："众人听着，你们走你们的，不必多管闲事，如果情愿在此服役的，我也好好看待。如今是姓周的家了，胡瑶峰有什么话说！"说着，捉拉胡瑶峰跑向外去，仍在东侧厢幽囚起来，把门外扣，加上铁锁。一面叫仆役曳胡顺外厅去，谁知胡顺年老气虚，经周吉祥痛打一阵，早已气壅胸塞，一命呜呼了。小春闻讯，跪地大哭，周吉祥便命仆役把胡顺草草埋葬了。此时仆役们也有去的，也有留住的，周吉祥命留住的仆役照常服侍，另外又叫了几个狐群狗党来。

诸事已毕，周吉祥跨进内房，想来劝慰汪氏，正值汪氏与小春楚囚对泣，悲苦万状。汪氏再三觅死，小春含泪劝道："现在事已如此，还请主母含垢忍辱，乘机把这贼除掉，便是小奴与主母死也放心。"话未说完，瞥见周吉祥进来，怒目对小春道："你这小蹄子，早晚总要把你拆开两片！你又是讲什么鬼话？"小春是何等聪明伶俐，听了这话，便转过脸儿说道："我为的是主母，主母再三要死，我正在劝她，难道这又是劝错了么？你若是待我主母好，我又有什么话？"周吉祥听她娇声滴滴，心下早有五分顾恋，便不再说。

当下小春也就退出，周吉祥便与汪氏牵缠起来。这晚周吉祥大模大样，做起胡瑶峰替身，竟高枕而卧，毫无顾忌，叫小春斟酒劝汪氏对酌。小春此时报仇转计，百样依顺，立刻热酒斟上。周吉祥接到酒，先要小春喝尽一杯，小春初不解意，后忽悟到周吉祥鬼贼，是怕毒药下酒，故叫先尝，心想：这厮厉害，恐日后报仇不成，反受其毒，居此终非长策，不妨就此一走。转想：主人幽囚东厢，性命旦夕难保，我小春闻难逃脱，又是何心？不如伴同主人一路，到官司告发。又思东厢室门坚锁，锁匙在那厮身上，势必窃得锁匙，始可启封。思议既定，打从角门行至房外，偷看周吉祥动静。只听周吉祥对汪氏说道："你不要三心两意，你既然舍不得胡瑶峰，我今晚就把胡瑶峰杀了，看你怎样！"

汪氏道："你要杀他，先杀了我，然后再去！"小春听了这话，越发着急，偷望周吉祥这时因喝酒已多，已脱去长衫，小春心想：这锁匙如在长衫袋里，那就容易办了。故意装着笑脸，站在门口，问周吉祥要添酒不要。周吉祥正与汪氏抢白，却又素来羡艳小春，急忙说道："要要！你进来。"

小春轻步进房，特地绕到周吉祥后面，看明长衫袋里果然有物耸起，知必是锁匙无疑，便立在周吉祥右旁，似靠非靠地替他斟了个满杯。周吉祥见小春娇态可掬，不禁兽性冲动，就在小春大腿上扭了一把，听得小春"啊哟"一声，早伸着左手把锁匙捞住，一面擎起右手执壶，出房斟酒去了。

到了厨房，把锁匙安顿好，重来服侍周吉祥。待周吉祥与汪氏睡下，始行退出，又暗地里转过西厢、东厢外厅绕行了一圈，知道众仆役及新来的一班狐群狗党都睡足了，便偷偷地到厨下携了锁匙，跑到东侧厢，开锁启门而入，听得胡瑶峰隐隐啜泣。小春就俯下头去，与胡瑶峰说了几句，携着胡瑶峰出门，重又锁上门户，直往厅外打开大门而出。

欲知胡瑶峰、小春主婢二人如何下落，且听下回分解。

第十三回

白刃黄金铸冤狱
红灯黑夜访名师

却说胡瑶峰、小春主婢二人脱逃出险，已是四更时候，夜黑地荒，不知从何处投奔。一是富家公子，一是芳年弱女，素来深居简出，不曾步行独走，这回惘惘出门，只好见路便行，不管东西南北。行了好久，胡瑶峰道："小春，我方寸已乱，尔我究到哪里去歇呢？"

小春道："可不是咧，我也想不出什么去处。"又行了半里路的光景，小春忽道："主人，从前老太太在日，我记得陪她去烧香，此地北门外有一个什么紫霞寺，那寺的方丈倒很和气，我们不妨先去歇歇，再作计较。"

胡瑶峰满口称好，于是主婢二人就定准了方向，从北门而行。约莫走了半个多时辰，已是北门，却是城门紧闭，不能出去。胡瑶峰就叫管城的开门，管城的从城楼上回道："县太爷近来有告示，非得天明不能出城。你是哪个？听你的口音好熟悉呀。"

胡瑶峰道："原是熟人，请你方便。"

管城的听说熟人，也就下来了，双手研着眼睛，望着胡瑶峰、小春身上打量一番，说道："你不是胡大少爷么？怎么五更半夜还要出城？"

胡瑶峰也无心回答，说道："是的，我有事出城，费你的心了。"

管城的道："不要紧不要紧，我是王七，向来种你家田的，老财

73

主了，有什么不可以呢？"说着，拿锁启门，胡瑶峰随手探了钱给王七，王七连连称谢，主婢二人出了城，心意稍稍放松，便向紫霞寺进发。

小春一壁走，一壁记旧路，好容易寻到紫霞寺，天也鱼肚白了。打门进去，香伙出来招呼，见了二人，心下十分疑虑，专问哪里来的。有几个烧火和尚也窃窃私议，当是哪里拐逃来的野鸳鸯。胡瑶峰就对他们说要见方丈，香伙只好通报。停了一刻，方丈出来了，一见胡瑶峰，打量了好一会儿，说道："尊驾可是胡大少爷瑶峰么？"

胡瑶峰道："正是，请教方丈法号？"

方丈道："惠灵。"又道："从前令尊堂是常时光降的，却是敝寺老檀越，不知尊驾今来何事？如何恁早？"说着，又瞧了瞧小春。

胡瑶峰便道："这是舍间婢女。"

惠灵知道必有要事，随道："请到里间谈话。"说着，侧身引路。

胡瑶峰、小春跟随惠灵经过三道回廊，至一处小客室坐下，胡瑶峰道："清晨骚扰禅室，很是抱歉。寒舍近遭无妄之灾，要请禅师搭救。"

惠灵听了，不觉一惊。胡瑶峰遂把一切情形和盘托出，惠灵很是气愤。听毕，离座而起，说道："天下哪里有这种禽兽？老衲可以帮忙的，自然竭力。"又对小春道："小娘子确是义肠婆心，很可敬服。"又问胡瑶峰道："你现在打算怎么办呢？"

胡瑶峰道："我想即日告到官司，必要惩办那贼子周吉祥，要请禅师宽容，想在宝寺暂住几天。还要请禅师费心，替我找个做状子的。"原来胡瑶峰是富家子弟，不曾念过什么书，所以万万做不了状子。

惠灵也是明白的，点头应道："可以可以，只不过托人去做状子，一则招摇，二则出家人也有不便的地方。如果尊驾不嫌荒陋，那就老衲替尊驾代写是了。"

胡瑶峰连忙立起，拱手说道："那好极了，诸事拜托。"原来惠灵是个举人出身，素性慷慨好义，因厌世太深，遂出俗参禅，此番听到胡瑶峰的话，不由得愤激起来。当下就叫香伙收拾两间铺房，留胡瑶峰、小春住下，一面写了状子，交与胡瑶峰，胡瑶峰立即进城到县衙门告发去了。

这石门县知县唐浩昕是个湖北人，本是私盐贩子出身，遇着案件，有钱的拿钱，没钱的就含糊了事。也是胡瑶峰命里合做和尚，遇着这位黑天大爷。当下胡瑶峰状子递进，唐浩昕看了之后，就叫个近身跟班高升过来，问道："胡瑶峰告周吉祥霸占财产、妻子，这胡瑶峰是不是从前你所说的本城首富？你带人去查一查，要查得十分清楚，才好知道该如何办理才妥。"

高升答应出去，马上带了两个差人到胡宅。那胡宅中盘踞的周吉祥，如今预备安分享福，红日高起，尚未下床，听得外面通报县太爷派人来查问，心下略有点不快，忙叫小春服侍盥洗，才知小春已踪影不见。又查东侧厢幽居的胡瑶峰，说门户依然加锁，里面并没声息，周吉祥知道有变，待要取锁匙启视，摸袋中已不翼而飞，心下暗暗一惊，却也处之泰然，大模大样踱到外厅，见有三人在外厅坐等。一人见周吉祥，起立问道："你是周吉祥么？"

周吉祥道："我先问你们干什么来的？"

那人道："你何必假惺惺？胡瑶峰告你霸占妻子，你难道连自己的事情还要问我们么？"

周吉祥道："请问尊姓？"

那人道："我名高升，县太爷是自己人，派我带两位兄弟来查的。"

周吉祥心想：天大官司，地大银子，有什么稀罕？便道："你们也不打听打听，胡瑶峰就是我，那是我的账房姓陈的，因我痛责了他一番，因此恨怨谎告，有什么周吉祥不周吉祥？如今你们既然来了，我也不要你们白走一遭，请你们喝一杯酒吧。"说着，叫打杂的去拿出一百两银子递给高升，高升收了银子，说道："敢是有了这么一个情节，我们回去禀明县太爷再说。"

周吉祥道："好好，县太爷要有什么吩咐，随传随到。"

当下高升等三人辞了周吉祥，回到衙门，禀过唐浩昕，唐浩昕道："这么大的官司，岂可百两银子就了？你须着实向左右邻舍察访，究竟此事如何根源。"

高升应命出去，至晚才回。唐浩昕招入内室，细细探问，高升道："这人是周吉祥属实，据说为胡瑶峰医病，诱入胡宅。近来与胡瑶峰妻子私结起来，把胡瑶峰逐出，也是属实。唯这人阔口鼠目，做此等不法之事毫不介意，必有所挟持，老爷还需审慎。"

唐浩昕闻言大喜，心想：胡瑶峰被逐，周吉祥当然是不应得的，这笔财产就可以充公，倒是非同小可，着实有点官运来了。想毕，说道："凭他有什么挟持，这种不法之徒非办不可，我自有道理，你去。"

高升退出，唐浩昕喜得笑逐颜开，进了内房，扬扬得意，正在斜倚床上，想如何办法。忽然摸着一包厚重物件，打开一看，是一大包银子、一柄锋棱棱的尖刀，里面还有一封信，信内略说：胡瑶峰的账房陈某，告胡瑶峰捏称周吉祥，全属荒谬，汝若秉公判断，赏汝五百两银子。否则，索还银子，取汝首级。

唐浩昕这么一吓，直吓得魂灵儿飞去半天，意想衙门深严，这笨重的东西如何拿进？这人本领必是非凡，明明知道周吉祥霸占属实，待要严办，怕脑袋不保，若是不办，又觉五百两银子太少。思前想后，总究没有法子。做官的或者要钱不要命，他偏偏要钱而且要命，只好将就五百两了。当下收藏银子，一点儿不敢作声，幸亏也没个人知悉，总算唐浩昕小小一点儿官运了。

看官，你道这银信自哪里来的呢？原来周吉祥是武当派的劲手，又会轻身飞行之术，听了胡瑶峰告到县里，就此潜入衙门，用黄金利诱，白刃威吓，果然唐浩昕吃的是这一帖药，被他擒住了。第二天，唐浩昕居然坐堂审讯，胡瑶峰原告，小春证人，周吉祥被告，还有周吉祥手下一个党徒做证人。胡瑶峰供状就是照上面书中所说的话，并没增减。周吉祥供称自己是胡瑶峰，原告姓陈，本充账房，因痛责记怨，捏造谎告，小春是自己所置女婢，被陈姓账房拐诱，有家仆做证属实。唐浩昕听了两边的话，倒爽爽快快也不提及案情，便道："这小小事情，闹到本县面前来干什么？你们既然从前是宾主，理当善始善终，本县仰体皇恩浩泽，来此治民，有罪的减轻，无罪的不及。本当重办你们，念你们无知愚民，姑且从宽下去，下次不准告状。"说毕，径自退堂，钻到后厅去了。

这里周吉祥和他党徒笑吟吟出了衙门，衙役因他用过钱，着实恭维照料。胡瑶峰、小春冷不防有此一着，还想向县陈明，竟被衙役一把拖出。可怜主婢二人无路可走，只好仍回到紫霞寺。惠灵见他二人神色懊丧，急忙上前问询，胡瑶峰略把堂谕说了一遍，叹口气道："法师，我一世做人，就此完了。"

惠灵也顿足道："从没听见过这样的官司，竟是无法无天的了。"

胡瑶峰俯首不语，一会子，对着小春说道："小春，我害了你，你可有什么亲戚？你且自己寻生路吧，我要披发入山去了。"

小春闻言泣道："我情愿跟主人，死也干净，我哪里还有亲戚？"

胡瑶峰摇摇头，转对惠灵说道："还请法师想个法子，替她安插一下，我也得放心。"惠灵转了一念，说道："这且不难，明天张凤标太太要来烧香，我来体问体问，看有什么法子，只是尊驾如今怎么办咧？"

胡瑶峰道："我此仇不报，死也不安，那厮拳术精明，我非得学一身本领，不足报仇，只没有个门路怎好？"

一句提醒惠灵，惠灵便道："这倒也不难，前年敝寺来了个赤足和尚，行径非常奇特，与老衲谈得要好，结为兄弟。这人本领极大，很有来历，现在住舟山清凉寺中，你若要精学技术，找此人必然操胜。"胡瑶峰道："那便很好，请法师备一封信，我明天就走了。"惠灵答应了。

第二天早上，那位张太太果然烧香来了，惠灵便把小春的来历说了一说，请她收留，张太太满口答应，当下小春见过张太太，来与胡瑶峰作别，主婢又不免一番伤感，从此小春跟着张太太去了。再后张太太收小春为义女，小春与胡瑶峰重逢，着实有一段佳话，暂且按下。单说胡瑶峰拿了惠灵的信，要到舟山寻赤足和尚，即日拜别惠灵，出了石门，由水路往宁波进发，重由宁波再到舟山，一路风霜雨雪，不能细述。像胡瑶峰向来养尊处优，一旦孑身奔波，自然苦觉倍徙，只是为人做到哪里就哪里，也并不难随境迁移。

　　胡瑶峰在路上足足走了一个多月，方始到得舟山，登岸一问，果然有个清凉寺。不想这寺在山腰深谷之中，尚距三十余里，时天色已晚，路又不熟，胡瑶峰求师心急，迫不及待，遂加紧脚步，往清凉寺而进。不意走上山麓，天已昏黑，竟辨不出路径来，幸遇着一个樵夫，问了路，樵夫回说："再过两个山头，你就瞧见一盏仁灯，这便是清凉寺的天灯。你望着仁灯前进，百无一失。"

　　胡瑶峰答应了，依着言行去，攀藤缘葛，好容易过了两个山头，果见半空中悬着红灯，心下大喜，望着红灯前进，路也坦平可行。约莫两个多时辰，到了清凉寺。只见一座黑团团屋宇，四圈围着森林，也不知多高多大。走了几百级石梯，才见了山门，摸着门环，便剥啄剥啄敲起门来，只听淅沥一声，屋瓦上突地跳下一个人来。

　　欲知此人是谁，且听下回分解。

第十四回

报怨毒腹背受伤

排患难风尘遇侠

话说胡瑶峰到清凉寺，正在敲门当儿，屋瓦上忽然跳下一个人来，把住胡瑶峰右臂说道："深山半夜，你干什么？"

胡瑶峰心想这人飞墙走壁，定是赤足和尚无疑，急忙跪下地来，叩头说道："小弟胡瑶峰，特来寻师。"

那人道："你寻的是谁？"

胡瑶峰道："我从石门紫霞寺来，寻我师赤足大师。"说着，把惠灵的信递上。

那人道："那是我们师父，你起来，让我前去通报。"

胡瑶峰起来一瞧，才知这人是个小和尚，便问小和尚法号，小和尚回说名叫静智。说话之间，又有一人从空跳下，问道："什么牵缠的事情，半天不进去？"

胡瑶峰又疑是赤足和尚来了，打躬作揖地招呼了一回。静智道："这位是我的师兄普仁。"说着，又把胡瑶峰的话告诉了普仁。

普仁道："既是这样，你快进去禀告师父。"

静智道："是了。"说着，往空中一跳，早已不见踪影。

一会儿，听得屋脊上有人呼道："普仁师兄，你带了他从偏门进来。"

普仁答应着，携着胡瑶峰转过一弯，走去只是白茫茫的墙壁，黑森森的树林，脚下只觉大小乱石，兀兀挡路。行了一会儿，普仁停住脚步，推门而入，胡瑶峰跟在后面，便有点灯光自房屋中星星射出，但不知怎样的房屋，却也辨不清楚。只觉转一弯又一弯，又一条长巷，闻得普仁问道："进去么？"

胡瑶峰初以为和自己说话，定睛一看，前面站着个静智，知道是问静智的。静智道："直进去见就是。"于是普仁、静智引着胡瑶峰又走过三间客厅，至一所僧房，普仁向胡瑶峰道："到了。"二人先跨进门去，胡瑶峰恭恭敬敬随入，只见赤足和尚宽衣大袖，科头赤足地坐在弥陀榻上。普仁、静智进去，站立两边，胡瑶峰便跪地叩头，口称："弟子胡瑶峰愚钝，请求大师超援。"

赤足和尚笑嘻嘻地叫胡瑶峰起来，说道："坐下谈谈。"

胡瑶峰又叩了头起来，站在静智下面，哪里敢坐。赤足和尚瞧着普仁、静智道："没有事了，你们自去。"普仁、静智退出，这里香伙端上茶来，赤足和尚重叫胡瑶峰坐下。

胡瑶峰侧身告了坐，赤足和尚道："惠灵平安么？"

胡瑶峰道："平安，这回弟子幸亏惠灵大师援助。"

赤足和尚点了点头，说道："我瞧惠灵信上，说你原系夫家，迭遭奇辱，人亡产倾，孑身无归，究是怎么一回事？"

胡瑶峰见赤足和尚这样和气体帖，他弟子普仁、静智又那样劲秀敏捷，真是佩服得五体投地，遂把一切遭遇之事，应有尽有，陈说了一遍。

赤足和尚仍是笑嘻嘻地说道："色相本空，空中觅空，不是更空。你说的周吉祥，想是一流人物，可惜他依仗声势，误用了。你须知禅门五戒，入禅门学技术，更是丝毫动弹不得。如果不信，那就贪一时便宜，遭终身大祸。你既是千里而来，又是惠灵推许，老衲容可为识途之马，赖的是你自己振作了。今儿且去休歇，明日再话。"说毕，叫香伙领着胡瑶峰到一间僧舍宿下。

第二天，胡瑶峰就削发受戒，赤足和尚替他起了个名字叫作涵信。原来这赤足和尚是精深少林派拳术，十年以前，也曾读书习礼，因世乱心悔，逃入山林，学得一双赤足，有万马举腾之势，从此埋灭姓名，浪荡天下，人人就叫他赤足和尚。往前这座清凉寺被妖道占据，专养些毒蛇猛虎，设计害人，没有个敢进去攀谈。自从赤足和尚艺成来舟山，就把道士打退，灭了毒蛇猛虎，附邻也就平安了。只是道士打退以后，赤足和尚防他再来图报，就叫两个徒弟普仁、静智看守山门，还叫个徒弟散义看守后门，故此山门、后门，凭你一等本领，也走不进去。就是偏门也都设有机关，不是普仁推门，就开不开来。其余还有二三十个小和尚，也都精通拳棒，着实有点声势。

涵信进了清凉寺，赤足和尚就知道他将来必有造成，故列入普仁、散义、静智一类，除了普仁、静智是涵信已经见过的，还有散义，赤足和尚也叫他们师兄弟见了。当下就把涵信交给他们三人轮流指教，普仁先教涵信踏沙。这踏沙是有一间房屋，特地平铺细沙，要踏到一点儿脚印没有。先是光身学踏，再后就叫他挑上半担水，再后又加上整担。到了后来，挑上整担水跑去，水也不荡漾，脚也没有印儿，那就身轻如叶，力能扛鼎的了。这是赤足和尚的绝技，凭你是草灰细粉，也能跑过去，纤毫不飞动。涵信是报仇心切，何等勤学，日夜娴习，果然学便能会，会便能精。其余如单刀、双刀、长枪、铁尺种种拳棒，渐渐依次指授。不到两年，都已领会，居然与静智不相上下。又上一年，着实可以与普仁、散义串架，再后居然赛过普仁，由赤足和尚亲自指教。这且不在话下。

且说周吉祥自从霸占了胡瑶峰家眷私产，淡淡地用了一封信，共花了六百两银子，弃了一把尖刀，就此了却大狱，心中好觉圆满自在。既有钱财，又有威势，真是无事不做，无做不成，凭你什么东西，先用利诱，继用威迫，世上就无难事了。石门县中，谁看见他也要短去三尺，都是敢怒而不敢言。

再讲那汪氏，可怜夫离婢散，一身受罪，心中滚油般焦熬，偏遇周吉祥要笑颜逢迎，几回寻死不成，周吉祥就派了个如虎似狼的丑婢监视她，更使汪氏钻天无路，入地无门。这般光景，虽是钢铸铁打，哪得不坏？却偏那周吉祥夜夜口含如意钩，狂风暴雨，无所不至，只可怜汪氏花枝般的娇柔，冰雪般的聪明，如今是骨瘦如柴，神薄于纸的了。这种地狱生活，汪氏足足过了一年零八个月，就一命归阴去了。临死的时候，还口口声声叫着胡瑶峰。周吉祥听了，气愤不过，随即草草丧葬，另选新妇。听说石门城中有一家姓金的小姐，生得花容月貌，不管她肯不肯，就挽媒婆强说，一说便成，立即过亲。却是世上偏有这种女子，也相信多财多势，嫁了过来。夫妻倒是很好，那金氏却喜欢周吉祥的如意钩，真是歪瓜烂桃，件件搭配，也正比叫花子吃死蟹，没一事不有个人儿合对的。周吉祥从此愈觉美满，锦帐绣帷中又添了一层福气。

有一天，来了一个和尚，说要见周吉祥，仆役们通报进去。周吉祥意道是化缘的来了，也就踱出外厅，一见那和尚，生得眉清目秀，非常面熟，便道："大师何名？有什么公干？"

和尚道："衲名涵信，慕居士高才，特来领教。"

周吉祥一听不对，这是江湖上的规矩，来则必受，便道："下士庸庸，既承光顾，也只好领教就是。"

和尚道："那便很好。"说声请，双手一拱，前后进退三步。周吉祥也同时做起姿势，搭了架势，让和尚打进来。和尚就蹲身挺着单拳打进，周吉祥侧过身，用右手往下一抹，意在托住和尚的左腕反拧。和尚也就变了样儿，直起身紧伸两指，使用那"蜜蜂进洞"一手，周吉祥见来势不佳，闪过身，飞起左腿，照定和尚右腹踢去。和尚却也敏捷，略俯身去托脚跟，冷不防周吉祥使了个"黑虎偷心"。亏得和尚使劲一避，却已腹背受伤。和尚飞起屋瓦，周吉祥也即腾上，又在屋瓦上打了一套。到底和尚退败，拱手出门窜去了。周吉祥望他去远，回来暗想这和尚可就是胡瑶峰那厮，从此日日戒备，不敢疏荒，暂且不提。

单说涵信和尚在清凉寺苦学四年，前来报仇，他师父赤足和尚劝他敛形再去，涵信图报心切，哪里肯依？不想遭此挫跌，心悔意激，真个万分难受。原来周吉祥学的是一手武当内家拳经，那少林派的涵信，哪里是他对手？幸得性命保住，也因是周吉祥久荒不习，涵信蓄精养锐的缘故。要不然，早被周吉祥结果了性命。

当下涵信出了门，自己医治伤处，意想：如此一来，其无颜对师父、师兄，本想去拜望惠灵，也就没有颜面了，此仇不报，怎能做人？必要再觅内家名师才是，闻得天台、雁荡向多师父，不妨再去访寻。计议已定，一路浏览风景，往名山求寻。

一日，路过宿州，游行街市，忽见一群人蜂拥蚁集，怪声四起。涵信走近一望，只见五六个汉子，抓住一个十八九岁的女子，连劝带吓地扶持着，女子只是哭骂，其余不过是看热闹的旁人。涵信见了气愤，从旁一询，知是谁家抢亲，一语提起涵信旧恨，更使涵信火气中烧，立即奔入围中，把五六个汉子打得落花流水，救出女子，使她回家。旁人也有路见不平的，都说和尚慈悲。

涵信打毕，正要游往他处，忽地有人把涵信肩膊一搭，说道："老弟，咱们出家人，管甚闲事，又何必这样盛气？"涵信猛回头一看，见是黄蜡脸儿，五六尺身长的一个和尚，披一件白灰海青，踏一双黄布僧鞋，浓眉鹰眼，非常伶俐，被他一搭，便觉上膊酸软，直到脚跟。再听他说话模样，知必别有来历，却是涵信气盛，心中不服，回道："你既晓得出家人管甚闲事，我的事，又关你什么？"这一句话，倒把那人呆住无语，只伸出一只粗大的手来，执住涵信就走。

欲知二人走了何事，且听下回分解。

第十五回

嚣市论交拳认赤足
冷衙相见刑止罪魁

话说涵信从丛人中，打了抢亲汉子，忽遇一陌生和尚，把他肩膊一搭，劝他不必多管闲事。涵信心中不服，那和尚伸手执住涵信就走，走了数十步，到一处幽静所在，那和尚释了涵信的手，说道："那边人多，不便说话，叫你来此，我有句话问你，你不是赤足和尚方大成的徒弟么？"

涵信经此一问，呆了一呆，意想自己在赤足和尚门下足足四年，从未知道他俗名叫方大成，不想这和尚能道得师名，定是前辈，随即答道："正是，不知大师从何知道？"

那和尚笑吟吟的，又拍拍涵信的肩，说道："因是老弟正在解围，运用拳术，与赤足丝毫无二，足见勤业。可也是老弟少年之气太盛，锋芒全露，故而相戒。"因问赤足现做何事。

涵信听他言实意诚，也一一照实回答，心下早已十分钦服，便问："大师何名？向习何所？想是精深此道，敢请指教一二。"

那和尚道："衲名了因，我师白侠。此道玄奥难尽，安敢精深自许？"

涵信早知道白侠乃是剑客之魁，听到了因这话，真如得了宝贝一般，不由得双膝跪下，连连叩首请道："弟子愚昧，不知礼法，若承师父收作徒弟，那就一生衔恩不尽。"

84

了因随手扶起，笑道："可以可以，你若潜心用功，确是可造之才。"

　　于是师徒二人携手缓步，说说笑笑。涵信因急于求学，路中便问内家如何入门，了因就把祖师张三丰其人的拳经大概说了一遍，又把八种禁忌、六路总诀略略讲毕，说道："如此口授，绝难深造。我在外已久，急要探看洞庭山茅棚，你我同去就是。"

　　涵信喜出望外，接着说道："承师父栽培，此生感激不尽。"于是师徒二人就离开宿州，到洞庭去了。

　　看官，你道这了因是什么人呢？作者在《白侠》书中，已经叙明，他俗家姓吴，名叫天巍，是广东佛山镇人。吴家上代在明朝是有名武世家，天巍得了家学渊源，又自勤心练习，造诣精深。适值满清入关，天下大乱，天巍为家境所迫，遂逼上梁山，着实干过几桩没本钱生意，到后来居然劫财采花，无所不为。凭他一番能力，强劫妇女，固是唾手可得。末后抢劫一个江湖卖技的少妇，遭了众怨，在剧场被卖技的围住，亏得珠江霸王金刀梁虎搭救，方始出险，就与梁虎结为知交。

　　那时梁虎正在做南海县快班头儿，因为平南王尚藩府中的窃案，结识了一个江洋大盗，名叫红柳儿唐五，因此吴天巍就拜唐五为师。哪知尚藩府王爷饬命制台就要拿这唐五正法，梁虎不晓吴天巍与唐五已成师徒之谊，却叫吴天巍探访。天巍急忙报知唐五，于是唐五、吴天巍商量一夜，剃光头发，扮作和尚，唐五叫柳和尚，吴天巍就叫了因，一溜烟跑道琼州海岛上去了。

　　师徒两人就在琼州雁塔峰上一座古庙安歇下来。却值琼州府沈知府来游雁塔峰，遇见柳和尚，两下攀谈，很是对劲，居然结交了朋友，倒是志投情契。不想尚藩府查得唐五已改扮柳和尚，密旨琼州知府限日拿到，沈知府明与柳和尚说了。柳和尚毕竟是一条好汉，为着朋友义气，情愿自己牺牲，保全沈知府，从此柳和尚绑缚法场，王命处斩。

了因眼见这种情形，大受感触，决意悔改前非，当日离开琼州，由珠江流域到了长江流域，由长江流域到了黄河流域，南穷海岛，北出塞外，中国十八行省都已走遍。路中见了不平的事，也着实仗义施法，行过好几桩劫富济贫、救死拯溺的功德。后来到了湖南，在衡山岣嵝峰上结了个茅棚，诵经修道，却也自在。

只是他行为虽改，性情终是不移，好勇斗狠，丝毫不肯让人。这时衡阳有个土豪，名叫金宝书，仗着财势，专事欺人。邻近有个姓王的老秀才，祖上传下一块坟地，就在衡山山脚，共有两亩多地，已经有了好几只坟墓，都是姓王的祖宗。左旁有半亩多空地，单是王老秀才葬他父亲的一只新坟，没钱起墓，还放着个草包棺材，盖了个竹棚，歪歪斜斜在那里，旁人再也瞧不起的。偏那姓金的土豪请了个葬师勘择坟穴，四处架盘察视，独指着王老秀才的半亩空地，是得来龙精髓，五年之后，必然出三朝元老，富贵极品。说得金某心花缭乱，当下派人与王老秀才商量，情愿出重价购求。

那王老秀才偏是个按部就班的人，说祖上传下坟地绝不可卖，无论如何，只是不肯。金土豪急得没法，索性叫了几个人，连夜把王家的草包棺材移到祖茔，自己去做了一只空坟，中间还立了一块姓金的界石，四圈也都做了个石栏。钱可使鬼，人多手多，一夜工夫，件件舒齐。第二天，又把一口棺材通到空坟去，一不做，二不休，土豪仗着财势，怕不了老秀才动怒。不想王老秀才毫不动声色，也依样画葫芦，暗地里叫了几个人，连夜把自家的草包棺材通到姓金的空坟去，把那姓金的棺材移到别块荒地里，盖上一个草包，又把那块界石掘掉，一忽时，这块地又姓王了。

于是土豪得知，勃然大怒，立即告到官府，说姓王的盗发祖茔，霸占坟地。一告告准，居然把王老秀才捉到官里去。因这案关于起动坟墓，由衡阳知府姓田的亲审，竟把王老秀才判个死刑。这时市上哗传，都说王老秀才冤屈，了因一怒之下，怀着匕首，深夜跳入知府衙门，去杀那田知府。田知府正在灯下批阅案卷，旁无一人，

86

了因打从窗下闪入，转过后面，对准田知府后心刺去。不想举刀使劲刺下，正如遇着薄棉一般，并不中肉，眼目一晃，就见前面站着一个白发老人，突目狞笑，行状怪异，一手执住刀头，一手向空指挥，意在劝了因远去。

了因哪里肯依？突然飞起右腿一踢，老人随手托住，毫不费力。这时老人只需望空使动，了因就此结果。不意老人仍是轻轻释放，了因受此屈辱，盛气不服，不觉失声喝道："贼子！为甚袒护恶官？"一言未了，惊得田知府从座跳起，蓦见一和尚、一白发老人在前，待要声张，噤住不能出语。

老人笑道："你这小子太不懂事，田知府只是失于检点，要知这案罪魁，是府署幕友陈佐卿一人，我已办了，要你慌忙干甚？来来，咱们一同出去吧。"说毕，挟了了因从空一纵，早已不知去向。

田知府东张西望了半天，如梦始醒，命人去找幕友陈佐卿，果然已死，案上一纸，写明："金王两姓争夺坟地案，陈佐卿得金姓贿银八百两，罪应处死。"田知府彻查根底，果然不差，就把这案平反过来，土豪处斩，王秀才无事，土豪起造的空坟，也就送给王秀才了。

从这案发生，了因就结识了白发老人，当下老人挟着了因飞出府署，了因跪地下拜，请求收作徒弟，并问老人尊姓台甫，老人道："我师剑道人命我取名白猿老人，却无名姓可言。"

了因重又叩头道："原来师父就是白侠了，了因狂妄，得罪师父，叩乞海量涵容。"

白侠受了半礼，一口答应收留。了因要请白侠上峋嵝峰茅棚谈心，白侠道："这时已是丑末寅初，我须到济南了一桩公案，明儿到雁荡找人。这三五天内，诸事均可了毕，你就在峋嵝峰等我，我自会前来挈你。"说毕，袖剑望空一掷，只见白光一条，扑空而飞。了因望影下拜，见白光远远灭寂，方始返身。

欲知白侠去后如何消息，且听下回分解。

第十六回

传绝技同门试剑影
雪大耻故里添风光

话说了因见白侠既去，方始返身回到衡山。这时衡阳城中，传说王老秀才已经释回，姓金的土豪被官中捉去正法，个个拍胸称快。了因听到市上喧传这话，知案已平反，心下暗喜，更又悟到白侠所以不杀田知府，是要他反此冤案，从速了结。假如杀了田知府，自然案情扩大，一面要呈报严查，一面更要调大员复审，王秀才的生死未卜，自己倒有点不便行动，因此更佩服到白侠做事敏捷，又悔自己鲁莽，心神不定，日日巴望白侠到来。

过了四天，了因立在茅棚外等候，一闻空谷足音，便伸着脖子去瞧，瞧不多时，无意中抬头仰望，见东边来了一片白云，飞也似的一般冲前过来。了因一想：这必是白侠无疑的了。正在想时，瞥见白侠望空闪下，已站在面前，了因急忙上前施礼，问道："师父，事已完毕了么？"

白侠道："完了，如今我们可到峨眉山去，峨眉山上已有四人盼待我了。"说着，挟住了因，把剑腾云，一道寒光，师徒二人飞向四川而去。了因只听得耳边万马奔腾，面庞尘沙直扑，从未见过这样世面。虽是浑身本领，不免提心吊胆，且喜且惊，却是身飞如矢。

一忽儿，飘飘扬下，只听得有人在对面呼道："师父回来了！"了因举目看时，见己身已在山上，有四人齐齐跪下，向白侠施礼，礼毕起来，都有言语禀过。白侠听了点头，就叫了因上前见过四人，说道："这都是你师兄。"遂把四人姓名说了，就是路民瞻、周浔、曹仁父、白泰官，了因向四人叩礼，四人齐下答拜。

看官记清，言四人都是白侠徒弟，各有来历。路民瞻、周浔两人，本是海外延平王郑经所设储才馆的上客，是南派武当宗拳技大家。只因康熙帝那年御驾出巡，诏搜国中名画师，路民瞻会的画鹰，周浔会的画龙，两人就密约混入康熙帝禁内。后来康熙帝巡狩泰山，命两人画南天门风景，两人就用笔杆行刺，行刺不成，反被众侍卫围困，亏得白侠一道白光，救出两人到峨眉山巅，遂收为徒弟。

那曹仁父也是海外郑氏旧部，武当专家，因康熙帝有个兄弟封和硕恭亲王的，名作常宁，贪财好货。那年悄悄私行扬州，括索盐院金银，被曹仁父得知，就在安德地方拦路去劫。那恭亲王侍卫非常厉害，几乎把曹仁父擒下，适值白侠游行而过，望见围中一人使用峨眉枪法，不禁好才心动，遂飞剑相助，早把侍卫辟开，救出曹仁父，曹仁父遂拜白侠为师。末说即白泰官，是江南常州府武进县人氏，本也是储才馆的人才，只因与大将刘国轩意见不合，回到江南，在常州设了个镖局，以保镖为业。有一天，来了一个和尚，要与白泰官交手，白泰官见来势凶悍，狠命地使用了摘阴一手，把和尚活活摘死。过了一年多光景，又来了个女子，要替和尚报仇。白泰官吓得不敢见面，从此逃到京都，在路上遇着曹仁父，两下本是相识，这回旧遇重逢，自然喜不胜言。白泰官就把自己逃避的情形讲了，心想找个名师，再去精习，曹仁父便说遇到剑客白侠，已经拜为师父，要白泰官同去，白泰官自是喜出望外，于是二人同入白侠之门。

这一番话，前在《白侠》书中已经详细叙明过的了。当下路民瞻、周浔、曹仁父、白泰官、了因，五人在峨眉山已经聚集，练习剑术，白侠就教他们练气、运神、吐纳、种种剑法。五人本都有根底，又感着失败而来，自然潜心勤习，不上三年，都能驾空排云。

偏是后来居上，倒算个了因格外敏捷。五人趁着白侠出门当儿，就在峨眉山顶试行飞剑，如自袖箭登山，依次排列，向空一掷，只见白光五道，驾云驭空，闪电般地飞进，满天寒光，万山生阴。眨一眨眼，那剑影就变了花门儿，大的似龙蛇般的矫健，小的似蚯蚓般的柔软，戛然收住，便一点儿气息都无。

五人正在排列试剑之时，白侠刚从山后回来，远望剑气，好生惊异，仔细一看，才认得是五个徒弟，心下十分赞叹。五人见白侠来了，一齐迎上施礼，白侠率了众徒收剑下山，说道："方才见了五剑排空，知道你们功夫大进，从此勤习不惰，自然能抄极顶，不必老朽指教了。如今天下未定，民间很多疾苦，你们应各下山布施才是。"众徒唯唯答应，剑客一言立决，毫无留恋。当下路民瞻、周浔一路，曹仁父、白泰官一路，了因又独自一路，一声再会，各个御风散去了。

这五人就是后来南中八大剑侠的主体，暂且按下不提。单说了因下山以后打定主意，周游天下，招收英雄，先在西洞庭山结了三间茅棚，由洞庭起身，走湖南、湖北、江西、安徽，不想到了安徽宿州，就遇着涵信。见涵信一副俊秀之气，学得一手赤足拳技，虽属皮毛，却也伶俐可观，遂收作徒弟。

涵信既拜了因为师，再三请问内家门径。了因因久客在外，打算回去洞庭，一瞧茅棚。于是师徒二人，就向洞庭进发，不上两日，早到茅棚，便有个烧火和尚出来开门。了因叫涵信见过那和尚，知那和尚也是了因徒弟，名作慈云。后来在八大剑侠中，闹出不少事来，就是这慈云逆徒，如今按过不表。

且说涵信来到茅棚，了因从头指教，先教内家拳经，如练手、练步、练耳、练目，练手三十五法，练步十八法，练耳六法，练目四法。又教他十段锦、七十二跌、放开四十九法、归总五法，再讲点穴法、飞行法、枪法、剑钺法，逐一指点，逐一练习。涵信自是格外勤慎，不多几时，就赶过慈云。了因见他内家拳技精熟了，遂教他剑术，怎样运气，怎样敛神，怎样吐纳，涵信一一领会，早夜练习不息，总共五年多光景，居然成了剑客。所有了因一切本领，都教给了涵信，便是了因一身绝技，也付与他了。原来了因能口吐神弹，与飞剑一样使用，别人只有一剑，他偏有两剑的能力。路民瞻等一般同学，唯有了因能此。

当日涵信艺成，辞了师父，第一件事就是要报那终身切齿之仇，杀那石门周吉祥去，心下却恐那周吉祥死了没有，如果死了，那不是枉费心机么？一壁想念，一壁就飞剑直向石门而进。刹那到了石门，先在石门北门外荒地上收了剑，疾步进城，直到自己故宅，探问看门的周吉祥在不在。看门的一见涵信，从头至尾打量了一回，飞快地跑入里面通报去了。涵信已知周吉祥预先戒备，怕他脱空逃去，便紧随看门的飞跑而入，只听看门的喊道："和尚来了！"

周吉祥一听大惊，立刻起身，拿住飞刀，从房中一跳迎出。这飞刀是周吉祥十年精练之力，触着就会糜烂，万分厉害，不必细说。周吉祥不待涵信说话，主意先下毒手，早将飞刀对准涵信掷来，涵信笑吟吟地动也不动，刀触涵信头上，一滑而落。周吉祥这一惊非同小可，知道再没有救药了，连连跪下叩头，说道："奴才该死，佛爷海量！听佛爷发落就是。"

涵信笑道："不必如此客气，起来起来。"周吉祥哪里敢起身？涵信道："起来有话说，你把家内大小人众一律召来，我有话吩咐。"

周吉祥连忙起身命人呼召，自己又不敢走开一步。登时大小人众均齐集涵信面前跪下，涵信见是五个男仆、两个女仆、一个婢女，还有一个三十多岁的中年妇，涵信道："却召齐了么？"

周吉祥打恭作揖地答应道："齐了。"

涵信指那中年妇道："这人是谁？"

周吉祥叩头回道："汪氏太太升了天，已有七年了，这是奴才配娶的。"

涵信只笑不语，又看那五个仆役中有两个好生面熟，忽然记起是从前旧仆，一个张思义，一个顾小冬，遂叫那两人立起。又见两个女仆也还纯厚，也叫她们站在一旁。这时跪在地下的是三个男仆，一个婢女，一个是周吉祥的妻子金氏，涵信看毕，对周吉祥道："你把这五人都杀了。"

周吉祥叩头道："这是奴才一人该死，不干他们，请佛爷开恩！"

涵信大怒道："黑心贼，你如今倒会说出这样体面话来！"随即由地上拾起飞刀，望周吉祥心窝一掷，刀风扇去，早把周吉祥推到庭柱上，刀穿心窝，锋入庭柱，把个周吉祥活活钉了。

这里金氏与三个男仆、一个女婢吓得魂胆逍遥，金氏连七连八地磕头，请求饶命，涵信遂叫三个男仆卸去周吉祥下衣，立命执行宫刑。三人不敢违背，只好拼命去干，把个周吉祥下体割得满处血淋，几乎要痛得死去，却又不死。于是涵信就把三个男仆、一个婢女也都杀了。这时金氏又不晓磕了几多头，声声求"佛爷开恩"。

涵信转了一念，也就停杀，命金氏配与张思义为妻，张思义忙过来与金氏并跪谢恩。金氏这流妇女，自然是无所不可，倒笑颜逐开，毫无其事。这时周吉祥不死不活地钉在柱上，真如滚油煎心，比死难受，口请"佛爷方便，赐我速死！"

涵信道："你如今也知害人的痛苦了。"当下叫顾小冬去到紫霞寺请惠灵，叫张思义去请本地绅士。惠灵闻讯，立即奔至，见了涵信，真是痛快已极。一会子，本地绅士陆续到了，涵信告明情形，都道："佛爷的冤屈，哪个不知？我们受这厮痛苦也够了。"个个含笑称快。

涵信便问本县知县唐浩昕到哪里去了，绅士们回说："早已升调嘉兴府知府。"

涵信点头不语，当下将自己家产、田地、簿据、契约等当众分散，内提三分之一给与惠灵修造寺宇，其余都助入公款，交绅士们处理，散给本县贫民，也留了千把两银子与张思义、顾小冬及两个女仆分派。一面托绅士们处理尸身，叫张思义、顾小冬看守房屋，又与惠灵交头接耳地讲了好些话。说毕，向惠灵与绅士们团团一拜，说声"再见"，一道白光绕过庭柱，飞向屋外去了。

这里众人呆了半晌，去瞧那庭柱上的周吉祥，已焦头烂额，正如天雷打的一般。惠灵知道是用的飞剑，不由得暗中惊服。这事传播开来，石门县中作为奇闻逸谈，倒是一般平民，叨了不少的风光。石门县令虽有耳闻，也不敢细查详上，后听绅士们解说，才知是应得之报。在这个当儿，峨眉山上忽然闹出一件大事出来。

要知如何根源，且听下回分解。

第十七回

了因走蜀弑师父
涵信回乡探故人

话说涵信在石门城中，报了终身耻辱，大仇已雪，一剑横飞，很是逍遥自在。他心中牵挂的还有两桩事情，一桩已经托了惠灵去办，一桩就是要寻石门县知县唐浩昕，问他那年断狱的情形，就是个什么道理。听得石门绅士们说唐浩昕已经升调嘉兴府知府，就挥剑前飞，往嘉兴而去。行不多远，只见旁边也来了一道剑光，掉头看去，见他形影好像是很熟悉，只是一时记不起来。掠近一瞧，不是别人，却是慈云。慈云见了涵信，也就细看了一会儿，两下收剑而下。涵信问道："师兄，你从何而来？怎么会到此地？"

慈云道："我特来找你的，知你必在石门。自你出门，师父就上四川朝太师父去，如今不知怎的，师父的几个师兄弟跟住他听说必要他命，不知师父闯了什么大祸。我本也不知道，今朝师父回来，忙忙乱乱地叫我避去，把茅棚焚化。一会儿，就有几个人捷飞而至，听他们口气，大的是师父的师兄弟。我幸亏避去，没给他们瞧见，因此特来访你。尔我既同出师门，理应往助才是。"

涵信道："话是不差，可是我们怎样助他呢？"

慈云道："听说师父从前在峨眉山习艺，我们不妨前去一问。"

涵信也只好把嘉兴的事暂搁，就与慈云挟剑飞行，向四川峨眉去了。

看官，你道了因和尚闯了什么大祸呢？原来了因艺成之后，也有好几年了，心想搜罗天下英雄，做个头儿，平日往往妄想，要成就比他更好的本领，只苦无从求学。他想到师父白侠怕有不尽教他的技术，待要问他，却又不便，每想乘机一试，又碍着师生之谊。他虽这么好长进，然而他的本性终有时豁露，不尽悔改。白侠遇他时候，总要告诫一番，他越发疑心白侠必尚有绝技，秘不肯教。

这一日，乃是白侠师徒集会峨眉之期，路民瞻、周浔、曹仁父、白泰官、了因均准期到齐，白侠就问："众徒下山，做了点什么事情？"

众徒听了，个个上前禀过，白侠总有点不放心了因，也就谈起剑客身份最要是远色、远财、远气，了因也明知白侠此言为他而发，心中未尝不感激。只是这一语，又引起了了因好奇之念，就想乘机试试师父究竟还有别的技术没有。主意已定，忽然吐出神弹，对准白侠脑袋飞去。

白侠正在欢谈之顷，冷不防有此一招，及耳边听得冷气，急要退避，已被神弹中伤太阳穴。路民瞻、周浔、曹仁父、白泰官惊见飞弹，同时并发四剑，击弹保驾，却已不及，只把那个神弹打得粉碎。早听白侠跳起喊道："逆徒！逆徒！"喊了数声，登时淡光满室，飞散空中，转眼看时，只剩得一个白侠躯壳了。

众徒忙跪下举哀，了因也从着跪下忏悔，路民瞻、周浔等见了因如此荒谬，急着飞剑斫去，了因也飞剑抵御，毕竟众寡势殊，了因退败，乘间逃脱。路民瞻、周浔等一律追上，毕竟了因剑速飞疾，早到洞庭，便吩咐慈云焚化茅棚，自己扬长竟去了。

这面路民瞻等赶到，见茅棚焚化，不知去向，只好仍回峨眉。后来被白泰官撞见，了因把自己谬想妄为所以然的缘故，统统说明，白泰官传与众师兄听了，众师兄集议，罚了因居丧两年，诵经忏悔，两年之内，不得远离峨眉。了因情情愿愿答应，于是路民瞻、周浔、曹仁父、白泰官、了因五人也就解了怨嫌，不提。

再说那涵信被慈云邀去寻师，到了峨眉山巅，四望毫无踪影，只得怅怅而返。慈云偏要涵信再去找寻，涵信道："人海茫茫，你又没个地点，叫我们到哪里去找呢？"

慈云道："他不是天台，便是雁荡，我们先到雁荡去看看，再作计较。"

涵信拗他不过，只得同伴而行。一会儿已到雁荡高峰，四望声息都无，哪里来的人影儿？涵信道："如何？真是徒劳无益。"

慈云也急得没法，正在此时，忽闻淅沥一声，一人自后闪出，两人急忙跳起一看，却是了因。上前见过礼，问道："师父来了，怎的我们四围都寻不到？"

了因也微笑不语。原来这雁荡高峰上，有一座石塔，了因怕路民瞻等追上，故藏身在石塔上面，塔黑石高，约略一望，哪里见得？了因闻得语声是涵信、慈云两个，就跳下和他们谈话。

当下慈云便问了因究竟是怎么一回事，了因但说："我与我师父练习剑术，失手误伤师父，遂至瞬息仙去，真是命数难言。"说毕，不胜叹息。涵信、慈云都暗暗吃了一惊。了因又道："如今无事了，你们散去吧，下月底再到这里一会就是。"涵信巴不得师父放他走，站起身来辞别，了因、慈云也各散了。

涵信离了雁荡，直往嘉兴，就在城外收剑而下，缓步蹀入酒馆，探听唐浩昕下落。他心中设想，如果唐浩昕吏治清明，那一桩案件，或是一时失检，也就算了，若有虐民贪财种种不法，非取他首级不可。主意打定，就问酒保："府衙门在什么地方？这里知府可是姓唐的么？"

酒保回说："府衙门在大直街，知府是姓张的。"

涵信一听，不免愣了一愣，又问道："张知府来了好久呢？"

酒保回说："从前是姓冯的，大约有三年了。"

涵信也不问下去，意想酒保的话未必可靠，想找旁的再来复问，遂蹀出酒馆，到府衙门瞧瞧。果然见告示上写着是姓张的，在嘉兴过了两夜，问来问去，没有唐浩昕这人，只得另觅路径，再行打听。这时涵信与惠灵约的期限已到，涵信回石门的时候，托惠灵一桩事，惠灵曾约在这期间答复的。因此涵信更不能滞留，究竟涵信托惠灵是什么事呢？看官记清，涵信逃出门的时候，不是幸亏那义婢小春么？后来涵信到清凉寺出家，惠灵不是把个小春荐给张凤标太太的么？如今涵信回来复仇，把三分之一的私产给了惠灵，其中就要惠灵分给小春，所以报从前一救之恩，也要惠灵打听小春情形，自己觉得可以放心。因为已与惠灵约定时期，涵信就不得不去听消息了。

且说惠灵在那日与众绅士们帮同处理涵信私产，把涵信所吩咐的话一一排布妥帖，自己就回到寺中，收拾行李，连夜由石门起身，到镇海去了。原来那位张凤标如今在镇海关当提督，他是个极骁勇的武将，七八年前，他在统营充协统，为的海盗扰乱浙境，时起时伏，浙府命他统兵在海门、石门一带剿抚，因此他到石门北门外紫霞寺，与惠灵结识起来。他虽是个武将，却也通识文墨，为人很是潇洒干练，部下着实有几个无名英雄。那时康亲王杰书任侠好武，知他是一等名将，就把他升到镇海关提督。他妻子程氏，本也是个大家闺秀，和顺柔婉，绰有妇礼，只是夫妇二人年逾五十，膝下没个女儿郎，张太太是何等心焦？烧香供佛，为求后嗣做功德，不一而足，故此紫霞寺中张太太也去过几遭。那年张太太适到紫霞寺还愿，惠灵把小春荐上，张太太正思好行善德，又听小春是这么来历，更加看重，当下满口答应，带回家去见过张凤标，张凤标也不胜矜恤。张家待遇小春，便与寻常婢女不同，小春偏是伶俐聪明，凡事不待吩咐便做，做来便十分合意。更有主子想不到的事，亏她先前预备，因此张家老夫妇格外爱惜小春，直同自己女儿一般。后来为着自家无子，索性把小春做个干女儿，如今小春已是张提督的小姐了。

闲话休提，且说惠灵由石门起身，不上两日，已到了镇海关，却不到提督衙门去找张凤标，先问明提督大人的公馆投去。张凤标正在纳闷，听说惠灵来到，心下暗喜，忙吩咐请进。只见一长身老僧大踏步进来，张凤标迎将出去，两下施过礼，分宾主坐下，略谈寒暄数语，惠灵就把涵信如何复仇，如何散财济贫的话，详说了一遍。张凤标一面细听，一面点头沉思。听毕，绝口称道："痛快，痛快！"又道："这一个富家子弟，不上十年，要练成这么一个绝技侠客，饮水思源，都是大师超拔之力。"

惠灵连说："哪里哪里，多承提督夸奖了。"随把涵信这回托自己前来探问小春，并由涵信派分产业给与小春的话说了。

张凤标呵呵大笑，意下非常愉快，立即起身说道："大师宽坐，暂容失陪。"说着，蹀入内厅去了。

不知张凤标进去何事，且听下回分解。

第十八回

延义士宾主尽欢
惩贪官夫妻惊疾

话说张凤标听了惠灵的话，知他受涵信之托，来探小春，当下亲自进去告知张太太，适值小春在旁伺候，听了这个喜讯，几乎要欢笑出来，张太太道："我们也去与惠灵谈谈。"

张凤标道："是呀，我所以自来通知你们，惠灵还不知这小妮子现在是我家的女儿了呢。"说毕，返身回出大厅，仍陪惠灵坐下。

一会儿，听差跑向前来，说太太与小姐出来了，惠灵兀自站起，劈面见一个二十二岁的女子，袅袅婷婷，齐齐整整，扶着张太太出来，一望而知是闺阁千金。旁边跟着个丫鬟，也很秀丽可人。惠灵正在正身合十，冷不防那女子突地跪下，说声："大师万福。"吓得惠灵扶也不是，退也不是，也只好跪下回礼。

听差忙着扶起惠灵，一面丫鬟也扶起那女子。惠灵定睛一看，酷似小春模样，却也不好动问，于是宾主按次坐下。

张凤标道："惠灵大师，你看我家小妮子苗条了么？"

惠灵侧身答道："小姐清福，自是超人一等。"

张凤标又呵呵大笑，于是张太太只好把小春收为养女的话讲了一遍，惠灵这才恍然大悟。虽事不关己，心中亦喜悦万分。当下惠灵又讲起涵信托自己来此探访情形，张凤标正色道："老朽无儿女，膝下只是这一个丫头，荒舍虽是清寒，却有一点儿薄俸，想不至于冻馁，这一层，倒可请涵信师放心。不过老朽听大师之言，像这么年少英雄，埋没真是可惜，很想见面领教，不晓他肯来不肯来？如果不肯劳驾，老朽当专程到大师那边奉访，这话还请大师转言。"

惠灵声声答应，说回山之后，遇到涵信，便遵命吩咐是了。这时张太太已携着小春辞了惠灵内去，张凤标与惠灵又闲谈了一会儿，惠灵就要辞别，张凤标再三留住，惠灵哪肯滞缓？即日出镇海关，乘水路回到石门。

惠灵左思右想，十分怡乐，晚上一榻维摩，灯下诵经，听窗外草虫叽叽，分外清幽。忽见闪电一烁，似乎有人在窗外轻呼自己名儿，开门出去，不觉一惊，却是涵信来了。涵信微笑跨入惠灵僧房，便道："劳吾师大驾，诸事办妥了么？"

惠灵拍手道："妥极，只有一事须得你老弟应允，便是老衲之幸，也不虚此一行。"

涵信道："吾师吩咐，有何不可遵命？难道昔年照顾之恩，就会忘了么？"

惠灵听得涵信满口答允了，便把小春现为张家义女的话先行说过，涵信自是感激欢欣，惠灵末后就说："张老既当小春是自己女儿，家里也着实有产业，老弟所托分给钱财一层，倒是小事，嘱老衲转告放心。只是张老慕老弟英俊，必要见面就教，要请老弟光降。如果老弟不去，他便来此拜访。"

这一句话，倒把涵信噤住了。看官，你想剑客是何等飘忽自在，哪里经得起与官长拘束？涵信待要不去，却是说话在前，又想惠灵这样热肠的人，怎好冷淡过去？辗转一想，很是不乐，只有两桩事情，借此倒可以聊慰自己，一则小春可以见面，二则那唐浩昕究在什么去处也可查得，当下没精打采地问惠灵道："大师怎么回答他呢？"

惠灵道："我已答应他了。"

涵信闷闷不欢，半晌不语，末后叹了口气道："也罢，从此我涵信多事了。"

惠灵故意问道："老弟为何骤出此言？"

涵信道："大师不是不知，自寻烦恼，有何可乐？"

惠灵拍着涵信的肩笑道："老弟不独绝技炫人，便是五蕴皆空了。"

涵信道："大师莫这么说，怕涵信一身，就此要断送了呢。"

惠灵也正色道："既是这样，我们去去就来是了。"

涵信笑道："哪有这事？老张既说得到，不去要来此访寻，自是心中另有主意，要么是始终不去，若是去了一走，请问干什么玩意儿？"

惠灵点头道："不差不差。"

涵信道："那么我们清晨就走。"

惠灵道："老衲适才回来，行旅小有疲困，不妨后天走吧。"

涵信道："也好。"

于是涵信就在紫霞寺宿了两夜，总算与惠灵长谈一回。

第三天早上，二人同伴起身，一路浏览风景，不知不觉就到了镇海，直赴张凤标住宅。张凤标闻阍人通报，知有两个和尚来了，必是涵信同来无疑，急忙亲自迎至厅外。早由阍人引了惠灵与涵信进来，宾主就在檐下见过礼，请涵信、惠灵入大厅坐下。

惠灵开口就道："幸不辱命，把我这位老弟请了来，如今就请提督指教。"

张凤标连连说："岂敢岂敢！老朽徒有虚名，闻得涵信大师义侠凌云，风姿卓异，果然名不虚传。老朽虽身列僚属，自问尚无习气，着实要执鞭聆教。"

涵信笑了笑道："老丈何必如此客气？"

张凤标接着道："自然自然，并不客气，咱们弟兄有什么不可将就？"一面自己端过茶来，一面就叫人去请太太、小姐。只见他一派潇洒之致，绝无俗吏之态。

涵信冷眼观看，暗想此人倒也是一流人物，早已有三分服帖。一会子，丫鬟自应门出来，说太太、小姐来了。惠灵站起，涵信立起身来，往那小春看去。只见她姿势更苗条，模样更庄重，玉样版玲珑，水样般清丽，真乃天仙化人，几乎认不出是当年弱婢。

惠灵、涵信见了张太太，上前施礼，小春要在涵信前仍行主婢礼，早经惠灵往前说住，张凤标道："也罢。"于是小春见了涵信、惠灵，小春一见涵信那副秃顶宽衣样子，早是心中一惊，又与涵信见面时，涵信说了个"小姐清福"，小春就忍不住掉下泪来。张太太见了，非常珍惜，再三劝慰。涵信一念往事，也不免中伤动情。这时宾主一堂，倒反黯然无话。张凤标只是暗暗忖度，意想涵信这人大有用处，必要设法收留，可惜他已经出家，却无名分可说。及见小春与涵信见面情伤，又微微转了一念，却又搁置不提。

这时涵信因追念前事，又想起那唐浩昕来，便问张凤标道："有个湖北人，名叫唐浩昕，是从前石门县知县，听说已经升调嘉兴府，不知究在何处，可能查得不能？"

张凤标道："能查能查，容易得很，我叫人到省里去问一问就是了。"

小春听得涵信提起唐浩昕，知必是从前断案的唐知县，张凤标也立即明白了，惠灵更是清楚，只有张太太莫名其妙，可是众人虽知，也都不问不语。当下张太太、小春因已见过，遂携着进去。这里张凤标办了一桌蔬酒，特地饯请涵信、惠灵，叫了他营里的一位绍兴师爷姓冯的陪客，四人围坐厅上，喝起酒来。席间，张凤标就请冯师爷写信到省城去问唐浩昕下落，冯师爷道："唐浩昕么，何必问呢？就是我们绍兴府知府呀！"

张凤标道："那么很好，省得再费周折。"说着，眼看涵信。

涵信点了点头道："好。"心下就悟到那石门县绅士所说升调嘉兴府，是把绍兴府传错的。

张凤标知道涵信必要报复，便迎合涵信意思，重又说道："大师如果要唐浩昕见面，我拿个札子，叫宁绍台道召他到镇海来就是了。"

涵信想了一想，回道："承老丈盛意，感激得很，再等数天，就烦老丈就此办理。"当下席终，也无别话。

涵信就要辞去，张凤标再三苦留，涵信道："恐师父在雁荡望候，不能久留，过三五日，再当前来。"

张凤标无奈，只好让涵信自去。涵信拜别张凤标，略与惠灵说了几句，一剑冲霄，瞬息不见。张凤标虽身列戎伍，却未见过剑术，心口赞叹不止。又与惠灵谈论了好一会儿，惠灵也辞别张凤标，回紫霞寺去了。

那涵信急着要寻唐浩昕，便托言师父等候，其实出了镇海关，早往绍兴进发。不到两个时辰，已到绍兴城中，市上一问，果然是唐浩昕做了知府。涵信见天色尚早，就游行街市，菜肆酒馆，一忽儿都已走遍，听了好几桩新闻，心中早已打定主意。等到半夜，纵身飞入府衙门，转弯抹角，已把唐浩昕内房寻到，立在门外一望，瞥见一个肥硕汉子，抱着个细小女子，讲些不经事儿的话。细细瞧去，正是唐浩昕那副鬼脸。

涵信一怒冲入，早把个女子吓到地上。唐浩昕是惊弓之鸟，见了色势不对，跪地求命，涵信道："你是唐浩昕么？从前在石门县干的什么好事，你记得么？"

唐浩昕独怕石门县那种危险，提起浑身冷汗，回道："小的正是唐浩昕，石门县送五百两银子、一把刀的，想来是你佛爷了。小的一切遂照佛爷办理，并没有错，小的敢斗胆说，佛爷太过分了。"

涵信不解什么意思，叫唐浩昕详细说来。唐浩昕从接着胡瑶峰状子，差高升去打听，夜来接着银信等事，句句照实禀上，涵信方才明白，喝道："贪官狗心！看你怎么做去！"

唐浩昕伏着不敢动弹，及抬头一看，早已人影全无，当夜就发起热来。他有个爱妾，就是那细小女子，也一吓成病，闹了个满衙鸡犬不宁。

　　过了十日，突然接到宁绍台道一道烧角文书，叫唐浩昕星夜赶往镇海，听候镇海关提督发落。唐浩昕这一惊，又吓得半死。

　　究竟唐浩昕性命如何，且听下回分解。

第十九回

款门客英雄入彀中
动边师皇亲出塞外

却说唐浩昕接到宁绍台道烧角文书，叫他星夜赶往镇海，不敢怠慢，立即带了一个仆从，当夜起身，由水路倍道而进，路上足足三日三夜闭不上眼。到了镇海，整整穿上袍褂，马上去参谒提督，递进折子，立即有人引入内堂，窥见炕上有两人坐着，一人便是提督张凤标，那坐在左首的，不是别人，就是十日前半夜里来的和尚。唐浩昕已知性命不保，怕也无益，上前请安，行过大礼。

张凤标道："唐浩昕，你在石门县贪赃办案，身为一县之尊，该当什么罪？"

唐浩昕道："职府知罪，却是大盗凶恶，无法办理。"

张凤标喝道："好狡辩，那么你在绍兴府任内，为什么又横行不规呢？把山阴县无故开缺，把学款任意侵吞，那黄姓争继案，你得了多少贿？那周家人命大案，竟搁置不办。身居府职，知法犯法，你既是私盐贩子，又做什么府县？"

唐浩昕听到这番话，真是个晴天霹雳，件件都是自己做的，不料件件都被涵信探听出来，哪里敢说半句话？只是打恭叩头，声声"大人栽培""大人开恩"。

张凤标道："本提督本当奏明皇上，处你个绞罪，姑看这位法师慈悲，恕你一条狗命，着即回到原籍，不准再有违法。"

105

唐浩昕真如得了钧旨一般，连连伏地谢恩，又在涵信面前磕了好几个头，退出内堂，已是一身冷汗，巴巴地回到绍兴去了。

这里张凤标详陈浙府奏康亲王，立即把绍兴府知府唐浩昕开缺。从此张凤标声名一震，州县违法以及疑难案件，唯张凤标早已明白，康亲王更是器重，江南军机事宜，暗中都嘱咐张凤标处理，便是浙府见了张凤标，也很有点畏惧。言都是涵信策划驰劳之力，张凤标待遇涵信，直同上宾，也是罗致人才的方法。

这时张凤标与康亲王每天总有密札往来，都是些军机政务、家国大事。有一天，忽然接到康亲王一道加密钧旨，叫张凤标于五日之内，彻查苏皖两省军实呈报。

看官，清朝初入关的时候，亲王个个想扩张势力，康熙帝几个兄弟，没有一个不是做小货的，康亲王这种谕旨，也是做小货的后备。只是张凤标接了这一道谕旨，不得不照办，可是五天之内，又怎么办得及呢？这一个难题下来，张凤标几乎吃不上饭，只好和涵信商量。涵信也不十分答应，但从此不见他的踪影了。不想过了两天，涵信居然一齐办到，而且非常详尽，张凤标直喜得莫名其妙。

看官，你道涵信怎么办到呢？原来他到苏皖两省督抚署里，去翻了档案，偷偷地拿出来，叫人抄了一份，仍把原卷归还，真是人不知鬼不晓。当下张凤标得了两省军实表，忙叫文案誊正，配上折贴，仍由涵信飞剑送到北京康王府，还只是第三天。

康亲王见了，非常怪异，倒有点疑惑起来，怕的张凤标凭空捏造。于是又叫人去查，查了半个月，却没有他详尽。后来在军机大臣处，见了两省军实表，对核起来，丝毫不差。康亲王心中万分佩服张凤标，终究莫名其故。康亲王又追查府内差役，问某日镇海关提督送来札子，来差是怎样一等人。差役查了回禀，说是一个和尚，康亲王这才有点明白。

又一个密札，叫张凤标收罗人才，择优送京使用。张凤标遵谕送去，康亲王又来同样密札招收。如此三五次，张凤标晓得必有缘故了，就问幕友这是什么道理。幕友回说："这必是王爷看不中，必要拣一个看中的，他就不来了。"

张凤标知道康亲王必要涵信了，只得把涵信送去，当下与涵信商量，涵信道："衲早知从此多事，既是老丈要衲去衲就去了。"于是张凤标办起蔬席，为涵信饯行，涵信立即辞别张老夫妇、张小姐，挟剑飞至京城，投入康王府。

康亲王见了大喜，即日密旨嘉奖张凤标，一面优遇涵信，特地举办酒席，为涵信洗尘。一时府中文武宾客毕集，有二百五十人之多，文的不算，武的有外家拳，有内家拳，有双刀，有单刀，有飞刀，有长锹、短棍，没一个不是雄赳赳气势，显得威武堂皇，正是孟尝门下，食客三千，天下英雄，尽入毂中。

一时酒席排成，康亲王要涵信坐了首座，亲自执壶斟酒，涵信大模大样，一饮就了，众宾客见了，都为涵信出汗。有的说只怕是妖僧，有的说这是江湖卖技的，背后着实有点不好听的话。涵信只扮得木偶一般，装着个不知不识，唯有康亲王晓得他是非凡之才，格外谦恭待遇。众宾客目见康亲王优遇涵信，也不敢多嘴，从此涵信就在康王府中住了。

这时候，正是剑道人率着他两个女弟子红侠、黑侠游行沙漠，遇着噶尔丹，不久噶尔丹做起台吉，并吞厄鲁特三卫拉，改称准噶尔汗，又灭了青海和硕特，大扩版图。三剑客就用了以夷制夷的计划，教噶尔丹杀伐清朝，噶尔丹果然言听计从，开发大队人马东进，选了个先封斡旋里，先率精兵三万攻打喀尔喀，杀破土谢图，直逼到乌尔会河。

警报到京，康熙帝吃了大大一惊，晓得蒙古人是雄悍无比，噶尔丹又是战胜余威，决计选派大兵抵御。就命兵部尚书阿尔尼为钦差大臣，分两路攻打，一路出古北口，命裕亲王福全为抚远大将军，皇子胤禔为副将军；一路出喜峰口，就命康亲王杰书为安北大将军，简亲王雅布、信郡王鄂礼为副将军，更派内大臣舅舅佟国纲、佟国维，大臣索额图、明珠、阿密达，都统苏奴喇克迟、彭春、阿席坦诺迈，护军统领苗齐纳扬岱，前锋统领班达尔沙迈图做了参赞军务。共是一个皇子、三个亲王、一个郡王、十几个国戚大臣，真是天翻地覆，大动干戈。

这班皇子、亲王、郡王、国戚大臣等，奉了圣旨，个个全身披挂，传点将士，限日出发。不说别人，单说康亲王自圣旨接到之后，当即点召王府内众宾客，叫他们谋划的谋划，出战的出战，哪知二百五十多个宾客听了这话，个个缩头缩胸，你看我我看你的，弄得没法。突然闪出一个和尚，拂袖说道："涵信是江湖弃人，本不想干什么勾当，承王爷再三征召，又是这般厚遇，今日出师，自问尚可以跟王爷北征。可是王府宾客虽多，却难得挑选二十人，照涵信看来，干练可用的只有六人，前敌可使得的，只有十二人。其余或是文人，或是别有用处，涵信是不知的了。"

康亲王听毕，连连说道："老朽早知大师超凡出俗，今日始见老眼不盲，一切就请大师指示。"涵信就点出十八个人来，安排了一回。

康亲王心中十二分悦服，当日率领涵信等十九人，点着大队人马，挂起安北大将军旗帜，出喜峰口，北征迎战。不多几日，前锋已到乌尔会河南岸，就搭起营帐防守。这里厄鲁特先封斡旋里已逼到乌尔会河北岸，两军夹河对垒，很是危急。康亲王不知如何攻打，召涵信商量，涵信道："论战首要审敌，究不知敌势如何，让衲先去探望。"说毕，挟剑飞空，从帷幕而出。

康亲王且喜且惊，方始知道涵信乃是剑客。涵信飞渡乌尔会河，在空中绕望厄鲁特军营，远远瞧见一人在帐下把杯狂饮，众兵士环着杀羊供上，知必是厄鲁特先锋，便飞行掠下，约距二十多丈，突飞剑锋杀去，正中那人头颅。听得番营一声哗闹，涵信立即收回，渡河返帐，告知康亲王。

随即有探子来报，敌军先锋斡旋里被流剑伤死，康亲王自是欢喜不迭，下令攻打敌营。原想乘其乱时袭击，不料敌垒异常坚实，又是临河，终不能进攻一步。打了三日，方见敌军气馁，哪知噶尔丹亲率大兵赶到，康亲王更是无奈，再召涵信计议。

涵信方与康亲王划策，耳闻冷风，觉着剑气，忙即飞身迎击，一见乃是个女子，骑着大鹰，剑先飞来，寒气森森，必然是个劲敌。两下就不住地拼斗，涵信一试剑术，就觉得女子非常厉害，遂使用神弹，对准大鹰吐去，把个女子打退了。

这女子是谁，看官当已记清，是黑衣女僧黑侠。当下黑侠败退，禀过剑道人，剑道人就要查明和尚究有几多本领，叫红侠前去，随即嘱咐红侠：“不要进击，只管后退，但细心留意他放剑如何、收剑如何、剑光有多远多长、前后左右是怎样影像，看得清楚，再来报我，我自有道理。”

红侠声声答应，也不跨鹰，当即飞剑驾空去了。

欲知红侠去后如何消息，且听下回分解。

第二十回

平噶尔丹夸功勒石
刺阿密达飞剑连珠

　　话说剑道人嘱咐红侠去察看那和尚剑法，红侠答应，飞空而去，渡过乌尔会河，直到清营，绕了好几圈，看看没有动静，因使劲掠下，引诱清营剑客。不及片刻，果见白光一道发出，红侠向后急退，剑光追至半路，即行敛入。红侠又复诱绕营前，白光忽自后面袭击，红侠退过一边，冲霄直上，转眼无复剑光。红侠更转至营后，做忽隐忽现之状，突见一剑飞出，一弹急起，红侠不慌不忙，斜行侧步，正如蝴蝶翩跹，也好像散漫无力的样子。那一剑一弹越发加速追击，红侠迅即转过，抄至后面，冷不防半空劈下一剑，早把那神弹格下，败气四散，已打得粉碎。红侠乘势进攻，那一缕剑光，知力不能敌，缩入清营中去了。红侠回顾，见黑侠已在面前，问道："师兄神奇非凡，超逸不群，不但敌人不知，便是身在局中也未曾觉得。"

　　黑侠道："这是师父教我居高临下，自然是力足气雄。"

　　二人说笑之间，已到营帐，剑道人道："这回得胜了？我知你们去久不来，必是敌人中计，这人技术尚可，功夫未深，你们遇到此中关键，最要谨慎。"

　　红侠道："师父这话，弟子未尽明白，敢问谨戒的怎么？"

　　剑道人道："一鼓而战，再而衰，三而竭，你去诱战，第一次不成，第二次又来，必有埋伏，第三次更来，这乃是夺人之气，养己之力，万不可与交战了。再讲剑术，原是以气为本，气衰易竭，气盛易折，诱战到了第三次更来，必是他心中愤怒，要直杀为快，一经交手，自然受挫，如此之类，最宜谨戒的。所以我叫你引诱，是待其气衰，叫黑侠临高观望，是待其既衰之后，挫其气盛，要这样破去，凭你一等本领，也未有不失败。只是功夫已深，第二次绝不会出来迎战了。"

红侠、黑侠经剑道人这番解释，恍然大悟，都道："和尚使用了剑，倒给我们增长知识了。"

剑道人对红侠道："你去查他的剑法怎样呢？"

红侠经剑道人一问，忙道："被这事打了混，我倒忘记所以然了。他放剑、收剑与白猿老人一法，不过他剑锋极细，剑根却实浑厚，这是不同。"

剑道人道："是了，这人必是白侠的徒弟了，剑锋极细，可见是中年所学，剑根浑厚，乃是一人元气所系，譬如童子、太监、女子，学成定是浑厚的。"说到这里，噶尔丹突然跑进来。

三剑客往他一瞧，只见他身穿草衣，半把长剑，正是争战气象，见面不说别话，只道："三位剑师，今日探报，天朝又有一支大兵从后面抄将过来，该怎么对付才是？"

剑道人道："不妨，汗爷只须把守原境，清兵绝不得进取。"

看官们，你道这一支清兵自哪里来的呢？就是抚远大将军裕亲王福全所统率的，由古北口绕到这边，着实费心费力。清兵原定想两面夹击，一鼓荡平，不想见了厄鲁特军垒坚实非凡，不敢冒昧冲锋，足足对垒坚守了几个月，才开了两三仗。这两三仗打了以后，双方死亡损失不相上下，厄鲁特还是把守原境，寸土不退。

康亲王、裕亲王两下商量，无法可施，只得布阵以待。这时康亲王幕下的涵信，被黑侠打碎神弹，失了左臂，心中纳闷不乐，偏是退败思斗，人情之常，涵信愤激之下，就想了个主意，去找师父了因、师兄慈云，必要和两女子决一胜负。遂辞了康亲王，历走洞庭、天台、雁荡、峨眉，竟一人不遇。

峨眉本归了因常住，因了因误弑师父，诸师兄罚他守两年之丧，可巧这两年期限满了。侠客行踪，真似逐浪浮萍，原无归宿，安得一觅即得？因此涵信东西奔波，不过自寻不少烦恼。正要回至营帐，无意中在北京遇到慈云，涵信忙激慈云去找师父，把一切情形告诉了一遍。慈云是个极好事的性儿，当下满口答应，立寻了因去了，这里涵信回到康亲王幕下复命。

大约一个多月光景，了因与慈云同出喜峰口，进谒康亲王营帐，与涵信见了，师徒三人，仔细计议，知敌营剑客如此狡猾厉害，必非单刀匹马能胜，决计用轮流环击。了因起初很埋怨涵信，不应管此闲事，然事已如此，情难挽回。

涵信神弹既碎，敌营剑客未必如是便息，了因为师生之谊，就不得不挺身出斗了。不说了因、慈云、涵信如何轮流击营，且说那清朝两路大兵坚守营垒，不能进攻，将士们都有怠心，钦差大臣、大将军、副将军等全体集议，同时下令，说有人能破得贼军，皇上钦赐官禄，子孙永远享用。康熙帝为了此事，御驾亲巡博洛河，慰劳军士，重赏之下必有勇夫，十五万兵士闻得此旨，又奋发起来了。

大将军、副将军等见士气已奋，当即下令进剿，安北军渡了乌尔会河，抚远军抄袭乌尔会河北岸，意以为如此重兵，必然旦夕攻破。哪知噶尔丹用了三剑客之计，东来东退，西来西退，凭你怎么厉害残暴，只管望风退避，不跟你交战，你有什么法子？一旦大兵撤去，即进上一步，大兵撤完了，就可跟上直犯北京。这因是沙漠万里无边，要退到哪里就是哪里，又加噶尔丹粮饷充足，人马矫健，所以能够如此久持。

清朝一班大员，情愿两退无事，只要噶尔丹说一句平服的话，马上就可以撤兵了，谁知噶尔丹总是持着不动。后来粮饷也不济了，人马也疲困了，财力也不能支持了，噶尔丹倒有点害怕起来，特请三剑客指示。

剑道人道："汗爷若担待着按兵不动，再持一年半年，大功也是不远。清兵困难，更比咱们十倍，他哪能够把满朝亲王国戚久驻塞外？自然要调兵遣将，一旦调兵遣将，那军心就涣散了。可惜汗爷营中饷尽人疲，不能再持，也是天数，这事只好请汗爷自己斟酌了。"

噶尔丹本意也不愿再持，剑道人因机而发，知道厄鲁特之力再不能攻破清兵，清朝亲王国戚十五万兵马被三剑客划策调度，弄得进退不能，也够受了。当下噶尔丹与他妻子商议，情愿投降，于是奉表称臣，愿为藩属。

康熙帝与一班临兵大员闻得此讯，上下欣贺，有碑文为证。那碑文勒在察罕七罗的，道是：

> 惟天所覆，皆吾赤子。绥靖边陲，殄灭蛇豕。
> 山泽效灵，草蕃泉旨。羽卫斯经，贞石用纪。

又勒拖诺山碑文道：

> 湖海荡荡，胪朐泱泱。
> 亲御六师，我武维扬。
> 震雷霆威，詟日月光。
> 翦厥凶丑，安定遐荒。

又勒昭莫多碑文道：

> 天心洪佑，翦逆摧凶。
> 困兽西窜，膏我军锋。
> 一鼓而歼，漠庭遂空。
> 摩崖刻石，丕振武功。

又勒狼居胥山碑文道：

> 登狼居胥，溯大河曲。
> 遐播德威，以绥荒服。
> 殄寇宁人，义正仁育。
> 绝域来同，敷天永福。

这些碑文，无非是夸扬清朝的本领，也不必细说。只说了因、慈云、涵信三人要破厄鲁特营中剑客技术，想了个轮流环击的法子来，约定第一是涵信飞剑，第二便是慈云，第三是了因，轮流特来，第四又是涵信，要一气贯通，无懈可击，自是敌剑不及呼应，必然暴死了。

计议已定，打从敌营过去，先叫涵信设诱，哪知剑道人早已明白他们伎俩，一点儿不动声色。涵信连去打动三次，终无剑光接应，意想他们必是远处去了。

正当噶尔丹投顺清朝时节，了因师徒又来挑战，只见营外刀影剑光，晃个不住，剑道人大怒，对红、黑两侠道："这小子不自量力，逞技骄人，我念他苦练数年，姑放他生路，如今养痈遗患，倒越发不是了。"说着，亲自出马，一剑疾飞冲霄而上。

了因、慈云瞧见剑光迎面而来，立即轮流环击。剑道人抬头望去，突觉加上两剑，声势汹汹，当下转了一计，飞出连珠剑来。这连珠剑是剑道人十五年精练之功，不曾教过别人，连白侠、红侠、黑侠都不知道，了因、慈云、涵信哪里会想得到？当下剑道人发出连珠，只见那剑如珠连，锋锋相接，一刹那间早已发出五六十飞剑来。了因、慈云、涵信三人声嘶力竭，忙得收剑不迭，只好一壁轮流抵御，一壁向后退避，直打从清营过来。

这时清营有个参赞军务的，名作阿密达，上面已经说过，他本

114

是个清朝大臣，从小学得一手飞刀，能五十步外取人首级，见了营外剑光闪烁，道是间谍前来刺探，便猛力飞起双刀，迎向剑道人杀来。剑道人使劲一抹，早把双刀劈下，飞剑直压双刀，似闪电般地飞去，正穿了阿密达脑袋，就此结果了阿密达性命。

这里剑道人仍然续发连珠，追杀了因师徒，涵信因持战已久，少许偷力一懈，却被剑道人连珠中伤，把个五年苦练的神剑劈分两段。了因、慈云这一吓，真吓得遍身发愣，慌忙收剑，窜入清营。剑道人知穷寇莫追，也就收剑驰回。

后来涵信还俗娶妻，了因、慈云在洞庭伏虎湾收徒，三剑客浮渡南海，斩除妖莽，南北剑侠从此对垒分派，渐渐产成南中八大剑侠，待在《三剑客》下册书中，再行宣布。

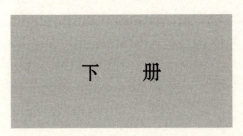

下　册

第二十一回

三剑客分道扬镳
五同门聚山论艺

话说剑侠祖师剑道人，生逢明末清初，江山宰割，胡虏入主，心下好不愤慨抑郁，抱着个浑身本领，罗致四海英俊，传授此道。自那年峨眉山上收徒授艺，一共教了七人，内中两个因尘心未净，半途而废，两个修心涵养，竟然飞升仙籍，剩下三人成了剑侠，就是白猿老人、红裳女子、黑衣女僧。

那白猿老人传了师父衣钵，也在峨眉山收受门徒，作成了五个徒弟出来，叫作路民瞻、周浔、曹仁父、白泰官、了因，为的那了因心术不正，怕师父白猿老人还有绝技不曾尽教，怀着鬼胎，暗中偷试本领，把个白猿老人一弹杀死，从此北派剑侠只有剑道人与红、黑两侠了。

自那年剑道人携着弟子红、黑两侠游行蒙古，遇着噶尔丹，助他吞并部落，东伐清朝，把个康熙帝弄得脚乱手慌，迭派亲王国戚大臣率大兵抵御，自己又三番两次亲自劳军，一连好几年，不曾安歇。惜的是噶尔丹粮罄人疲，不能久持，只好投顺称藩。

剑道人师徒知天命如此，不可挽救，也就劝噶尔丹罢师。偏这时那了因逆徒自己教了两个徒弟出来，一个涵信，一个慈云，为的涵信跟着清朝安北大将军康亲王杰书，出塞争战，被红、黑两侠击退了。了因、慈云遂一同帮来复仇，师徒三人居然与三剑客斗起法

119

来，真是有眼不识泰山，被剑道人连珠飞剑杀得个涵信神剑中断，了因、慈云窜入清营，再也不敢出来。当时仗艺对兵，两下也不知一个是太师父，三个是徒子徒孙，这已在前回《三剑客》书中详细叙明，不在话下。

却说剑道人打退了因师徒，回至厄鲁特营中，红、黑两侠见过师父，秉问情形，剑道人笑道："这班小子，大约都是白猿老人徒弟，原是白猿锋芒太露，平日自欠检点，教出这般不成器量的东西出来，也是吾道不幸。如今已被我用连珠飞剑斩毁那和尚剑锋，并把清营军吏一人杀了，想他们以后再不敢跳梁了。"

红、黑两侠便动问如何叫连珠飞剑，剑道人道："这是老朽十五年练气炼丹所成，你们现在尚谈不到此，后来自然会知道的。"当下红、黑两侠也不敢再问了。

这时噶尔丹所率诸部，统已归服清朝，康熙帝谕旨下来，叫噶尔丹收兵退回厄鲁特原境，谕旨中讲了一大篇好话，无非劝他世世藩属，不可离二。噶尔丹奉了谕旨，待要收兵，特请三剑客计议。

剑道人道："汗爷这番长征，虽是连年汗马，费的是财，耗的是兵。但自今以后，那清朝就不敢小觑汗爷，汗爷只管安心做去，塞外诸部，自是汗爷独尊的了。老朽并两弟子在汗爷这边叨扰既久，也须回国探看情形，不能再留了。"

噶尔丹知剑道人一言立决，驷马难追，也不好强留。当下三剑客辞了噶尔丹，便要动身。红、黑两侠因问剑道人回至何处，剑道人道："这回清朝皇帝征服了噶尔丹，必然志满意足，大有一番举动，我们前去看看。试想他那大兵远出塞外，耗费多大钱财，无非是国库银两，如今耗费既多，少不得向民间刮削。我们须察看满汉官吏有什么意外行动，再则我曾听到清朝国戚亲王，现在争权夺利，那康熙帝有三十多个皇子，个个想觊觎大位。如果有隙可乘，我们不妨进行，也是分内之事。"说着，又手指红、黑两侠道："你们各走各的，前去探听，等到庚申月庚申日，就在雁荡等候，我们在雁荡相会是了。"

红、黑两侠唯唯应命，红侠对黑侠道："既是师父这么说，我们该即动身，你快准备你的海东青是了。"

黑侠道："我不想要这劳什子，倒不如送给噶尔丹去，免得来往反多累赘。"

剑道人道："不差，留下这物，也是咱们意思。"

当下把黑侠所骑的大鹰海东青送给噶尔丹，噶尔丹何等欢欣，却不知怎样跨骑，黑侠遂把跨骑的方法教了，又把大鹰嘱咐了一番，从此这清宫神物就落在塞外番王之手了。

这面三剑客立要起行，噶尔丹忙叫大队兵马齐集恭送，只见白光闪电，寒气凛冽，眼花一撩，三剑客早已无影无踪，但瞭望漠天空际，似长虹般的三道剑光渐渐各远。于是三剑客离开内外蒙古，分道扬镳，各自去了不提。

且说那了因、涵信、慈云三人被剑道人连珠飞剑杀败，逃入清营，涵信剑锋已断，五年精练苦工废于一日，只剩得一身内家名拳，再也不能腾云飞雾。看官你们知道，剑客练剑，乃自练目、练形、练心、练气，一起入手，练足归总，合而为一，故能上天擒飞鸟，下地殛猛兽，入海探龙蛇，登山斗虎豹，心想到哪里，身就会到哪里去，赖的是心气一贯，形神不二。如今涵信剑断，心涣气散，哪里还会伸缩自如？须得再精练五六年，始能复元，真是懊丧万状，叫苦不迭。

至于了因，虽是白猿老人高足弟子，艺冠同侪，技胜师父，却不曾见过这连珠飞剑如此厉害，平生志足气傲，目空一切，到这时已被连珠剑斩得干干净净，噤住不敢声张。慈云见师父这样害怕，自己也受尽苦痛，更不敢多嘴。

当下师徒三人逃回清营，错愕相顾，弄得个手足无措，叹息了好一会儿。涵信终究要了因、慈云帮同复仇，了因道："这人本领非凡，不但飞剑续续而来，令人提防不及，他那口中吐火，顶上腾光，遍身铁链铜锁，凭你怎样厉害，也杀不进去。看他那长须道袍，面呈皱纹，定是前辈老手，起码锻炼二三十年，我们哪里是他对手？如今先须查他来历，查明了再说。"

涵信听了因这话，心下暗喜，正要动问，慈云抢着说道："只是师父怎么查咧？"

了因道："我想和我那同门四个师兄聚了一议，问他们不知可能懂得，如果他们有意，不妨合我们五六人之力，与那老人一斗，也是道理。"

涵信闻了大喜，便道："师父，还有那两个女子，穿红黑衣的，也须提防才是。"

了因道："假如那老人亏了我们手里，那两女子便不在意下，胜了两女子，打不倒老人，有什么用处？"

慈云、涵信都道："听师父发落，弟子等即忙去干。"于是师徒三人就同到钦命安北大将军康亲王杰书这边来辞行。

这时康亲王因征服了噶尔丹，康熙帝恩旨嘉奖，赏赐黄马褂、尚方宝剑，并命康亲王部下有功的，着即奏报，立予恩命擢用。康亲王奉了恩旨，正在论功赏爵，忽听门上传报三个和尚谒驾。康亲王早想那日王府中出兵时节，满堂宾客，没个敢挺身效力，幸亏涵信出来担待，挑选干员侍卫前来，出了喜峰口，到乌尔会河，又把噶尔丹先锋斡旋里飞剑刺死，此功不可埋没，正要把涵信重用，听说门上禀报，即命传见。

了因师徒三人进去，见了康亲王，请过安，便陈说辞别来意，康亲王诧异道："怎的好好儿就要走了？皇上恩泽，正要把你们奏报封功，难道在此不好么？绝不要走，我还有事商量。"

涵信无奈，只好把一切情由说了。康亲王道："既然如此，叫你师父、师兄先去，你切莫走，我有事重用。"

涵信见康亲王坚留不肯放走，又想自己飞剑已失，赶不上师父、师兄，也就答应且住。这里了因、慈云两人，康亲王又赏赐好些贵

122

重物品，辞了亲王，出得清营，就分头干自己勾当。了因思念他同门四个师兄，别了已是好久，剑侠生涯本无定处，怎耐找觅？只好把四个同门师兄向来行走的所在，叫慈云揭贴符号。

原来江湖上的规矩，要寻人找人，先写着黄纸，揭贴在阳关大道上，黄纸的贴法，歪的正的倒的，单贴双贴，都有暗号，上面写着都是些不可解的话，好比"天皇皇地皇皇，君子自重，小人眼里跳"，旁人看了自然不懂，他们就暗中约定，个个见了明白，这叫作符号。

当下了因就拣了一个日子，叫四个师兄到期在峨眉山顶聚会，有要事商量，将这些意思编入符号，自己和慈云分路去揭贴。不上五日，把天台、雁荡、峨眉、洞庭、泰山、崆峒峰，和别的关口大市，统统贴遍。诸事已毕，只等候日期到峨眉山去聚会。

那路民瞻、周浔、曹仁父、白泰官四人，这时漂荡天下，秉着白猿老人遗训，救民间疾苦，真是无处不到，无地不游。适值周浔到湖南长沙卖画，偶然游到崆峒峰，见了符号，心想了因不晓又闹了什么祸，叫我们到峨眉山去，暗中诧异，也就放过一边，再后到黄鹤楼，遇着白泰官，多年同门一见自是十分欢喜。周浔就把了因揭贴告诉白泰官听，白泰官笑道："我也见过了，路民瞻说的话不差，一定是这厮闹了祸。"

周浔道："路民瞻哪里遇到的？不知曹仁父知道了没有？"

白泰官道："路民瞻是沈阳遇到的，我们既然见过，难道曹仁父独会不见的么？定然是知道的了。"

当下二人谈些别事，预约到期同去，也就别散无话。

到了这日，了因早在峨眉山等待，因是五同门集议的事，不好携慈云同去，故此孑身守候。到了时刻，路民瞻来了，见了了因说道："他们还不到么？差时刻了。"

说着，曹仁父进来，蹑手蹑脚的，绕过路民瞻背后，笑道："谁差时刻？"

惊得了因、路民瞻都跳起来，回顾一看，是曹仁父，连连说道：

"好极好极，你也来了。"

三人说笑一回，周浔、白泰官也都到齐，了因开口说道："众位师兄劳驾，小弟近来遇着一桩怪事，须得众师兄指教，小弟感激万分。"说着，就把涵信投康亲王幕下征番，被两女子击败，叫自己帮着去战，又被一老人杀败，涵信神剑已毁等话，一概说过。

众人听了，怔了一怔，半天不回答，偏是白泰官心急，开口说道："既是了因师兄这么说，众师兄该如何办呢？"

周浔道："事到头来，又有什么不好办？只要先问个事理，事理不错，凭着我们粉身碎骨，也都要干。但是这事，小弟有句不中听的话，倒要怪了因师兄太管闲事，难道涵信跟清朝王爷做了奴隶，难道我们也须和他做奴隶不成？依小弟愚见，那老人不但剑术超神，就是品格也比众不同。他或者愤着清朝，故意帮番众杀扰，也未可知，我们不去卫护他，反而和他结仇，岂不反背事理？"

周浔说毕，众人都道："不差不差，我们最要把事理看清楚。"

了因见四同门意不投己，也就转过来说道："小弟并不是一定敢与那老人野斗，只是天下有这么一位老英雄，倒不好错过，要请众师兄查查他的来历。"

路民瞻点了点头道："听了因师兄的话，这老人真是技绝古今，盖世无双，我从前听师父说过，他习艺拜师的，是一位法术精深的老道，并且也有几个女的同学。这老人既是道貌，又携着两位女侠，是否太师父且不可必，定是老前辈无疑的了，我们应该访寻拜会，才是道理。"

白泰官也说："这么大本领，自然要供奉他，请他指教，哪里好和他对兵？真是不知自量了。"

于是众人都说要访寻这老道，不可错过，正在议论纷纷，忽听曹仁父喊道："奇了！这是什么？你们快看！"众人赶去看时，都说"奇极奇极"。

欲知众人所看何事，且听下回分解。

第二十二回

纪旧游剑师题石
沐新恩僧徒做官

话说四川峨眉山是西南第一高峰，危岩百仞，耸入云端，削壁万丈，极入天际，常人登了山麓，早是上气接不着下气，要能行到山腰的，非有精练本事，已是不办。若说那高峰，除掉剑侠仙人，再没有第二个可以上去。自从剑道人授徒时节，在这最高峰上，筑了五间白石屋，从此渐有人迹，此话已在红侠书中略略提明，不必细说。后来白猿老人袭了剑道人衣钵，也在此五间白石屋中教徒，路民瞻等五个同门都从这白石屋中得来。当下了因邀四位师兄论艺，在这石屋中间一间，曹仁父坐在右首第四位，正对石屋靠左第一间，劈眼望去，见白石壁上写了歪歪斜斜不少浓黑的字，不禁失色喊奇，众人赶去看时，只见壁上写着道是：

故国沉沦，江山入秦。

横磨十万，拯我黎民。

旧地重游，自海之滨。

长剑无恙，石屋犹新。

济济多士，厥保尔身。

踏天斫地，率在天真。

万方多难，罪在一人。

125

再看下面，并无年月姓名，寻其余石壁，也不着一字，路民瞻等五个同门，都摸不着头脑，究是个什么人写的。只觉墨色鲜浓，知题书未久，看他那副笔力，纵横倚斜，真似蛟龙蟠蛇，又念他句中意思，当然是个大明遗民，仗着慧剑，志在救人。又往下看，好像是前在石屋，着实有一番经过，而且预知路民瞻等要到此聚会，故意劝告。

总一句话，他能到此，非挟有剑术不可。因此惊得路民瞻等互相戒惧道："再不要小觑别人，目空一切，你看这又是个出人头地的英才了。我们且去找那老人和这位题壁的，谁找着了，谁来通知，同道好友，不能不联络的。"于是众人议毕，遂各自散去了。

看官，你道这题壁的是谁？除了剑道人，还有第二个么？

原来剑道人自别噶尔丹，回至中国，因峨眉山是他教艺旧地，少不得前去探望，不想到了峨眉，见着符号，细审一回，才知是有人邀同学到峨眉山集议，商量要事，心下早疑到是白猿老人徒弟，也提防着或者就是那清营一班和尚呢。当下探出笔墨在壁上题了十四偈句，原要劝诫他们，可是剑道人也不屑管这种无谓之事，随即题毕他去。

这里路民瞻等果然大惊小怪，都觉戒惧佩服，各自留心找寻，然而神品绝技，可遇而不可求，哪里一时会找寻得到？了因本欲四师兄帮同复仇，不意众口批评，败兴而返，也只好暂作罢论。

再讲那涵信在清营中被康亲王杰书坚留不允放走，仍在康亲王幕中住下，不到两日，康亲王召涵信进见，有话吩咐。涵信不敢怠慢，驰入大将军幕下，早有人把涵信带入。只见康亲王坐在炕上，笑吟吟点了点头，叫涵信坐下，说道："咱奉老万岁恩旨，查这回征战有功的，奏报论赏，咱知你是一条好汉，这回杀死番众先锋，很是得力。亏你尽忠报国，把自己苦练剑术毁伤，咱那军务参赞阿密达被飞贼杀死时节，没有你们三个出去提防，咱军营中还怕有别的危险，所以你这回是大大有功。咱要把你奏报老万岁，赏你官爵，你可知感激么？"

涵信忙回道："小的承王爷栽培，很是感激，但是小的出家有年，这回动了杀戮，心中已是不安，托王爷威风，幸把番贼平了，小的哪敢夸功论赏？自古以来，没有个和尚做官的，还请王爷包涵，小的万不敢当。"

康亲王道："咱叫你来，就为这个，老万岁最是不欢喜和尚道士的，咱若把你和尚名儿奏报去，怕老万岁龙心不悦，咱要问你从前俗家姓甚名谁，为什么出家的，你说明了，咱就把你姓名奏去，你也不要做什么和尚了，升官发迹，包在咱身上。"

康亲王这番话，是最至意不过的，涵信在康亲王府中也已有年，眼见府中官吏威武显赫，个个气盖一世，早已把功名利禄四个字熏染到心坎上。剑侠本是不功不名不利不禄，涵信艺成时候，何等清节？如今一再熏染，自然也会官心发现，可见一个人是不能不择地而居。

当下涵信听着康亲王的谕旨，连忙叩头谢恩，一面就把自己出家缘由从实禀上，说自己本是浙江石门县人，姓胡名瑶峰，祖上本也是浙江名门，家中很有点财产，因来了一个术士，名叫周吉祥，托言医病，混入家中，被他财产占了，妻室霸了。告到县里，知县唐浩昕因得了贿赂，一概抹杀，竟然把家产断给周吉祥。自己率领家仆去攻打周吉祥，谁知周吉祥精熟内家拳术，再也打不过他，反而被他幽囚，几乎性命结果，幸亏赖个婢女小春半夜开门同逃，因此气愤不过，削发为僧，到舟山去学少林拳术。再后遇到师父了因，就学剑术，那时婢女小春由石门县北门外紫霞寺方丈惠灵荐与现在镇海关提督张凤标府中为婢，张太太见小春聪明俊秀，很是欢喜，因膝下无子，遂把小春收作义女。这时自己剑已练成，前去报仇，杀了周吉祥，分散私产，给与本县贫民，因不忘从前婢女小春拯救之恩，托惠灵携了银两赠予小春，不想小春已为张家小姐，因此感激张都督风标，跟他做事，承张都督抬举，故而荐到王爷这边来。所有情形，略略都已说过，只有被周吉祥投了毒药，自己体毁锁阳一层没有讲到。

康亲王听了，不胜诧异，想了一想说道："你所说的石门县知县唐浩昕，是不是后来升调绍兴府，由张都督风标奏请开缺的？"

涵信忽记起唐浩昕开缺的事，乃由张提督秉请康亲王奏明的，便道："是的，而且这事闻得是王爷恩准办理的。"

康亲王笑道："不差，前几年的事，我也有点模糊了。"当下康亲王体问涵信出家情形已毕，笑向涵信道："如今你也不要叫什么韩信、张良，老老实实还你的俗，叫你的胡瑶峰是了，你把衣服更换，让咱奏明老万岁，听下恩旨，赏赐就是。"

涵信谢恩退出，即日改了服装，还做了一条假辫戴上，显出从前胡瑶峰一般风格，很是落落大方。王府中都知道涵信因战伐得功，由康亲王赐予还俗，并赐名胡瑶峰。从此就换了涵信面目，都知道他是胡瑶峰了。

看官，你道胡瑶峰为什么学了剑侠，又想做官了呢？一则就被官气熏染，有一点儿功名利禄心发作；二则他神剑中断，剑术已毁，要恢复原状，起码要苦练五年六年，他哪里还有这种涵养工夫？知道自己是不能的了；三则他见小春做了提督的女儿，越发显得清丽旖旎，自那日在张凤标宅中两下一见，心中牵缠不定，却逢小春是个极多情女子，遇见胡瑶峰，思念往事，流下泪来。这一哭，更加使胡瑶峰牵挂心头，不能忘却，只因身入禅门，受了五戒，不好妄念。再因自己前被周吉祥诱害，误服了蚰蛇胆，下体缩入，身如阉宦，更不能御女，故而把一切妄念去了。

谁知人生祸福无定，世态变幻无常，胡瑶峰从战塞外，一连好几年，忽一日生起病来，下腹肿痛，遍身酸软，过了一夜，竟然把下体完全恢复了。看官记清，前回《三剑客》书中，也已详细说过，凡是服了蚰蛇胆，就会缩阳，缩阳的长短，须看蚰蛇生长年岁。胡瑶峰服的，乃是十一年的蚺蛇胆，他学少林拳四年，学剑五年，跟康亲王三年，足足已有十二年了，遂把身体恢复完好。因此他想念小春，格外恳切，只愁得无法安顿。这回听得康亲王要他还俗，并要奏报皇上，自是欢欣不迭。果然不到几天，康熙帝圣旨下来，凡是征战噶尔丹的，都有官爵，胡瑶峰就恩赐了一个提调，当即谢恩领旨，带兵侍卫康亲王。

这时噶尔丹已平，旨下班师，大队兵马，浩浩荡荡进喜峰口，开向北京而来。胡瑶峰新任提调，护着亲王，控马而驰，好不威武。到了北京，当即飞马报知镇海关提督张凤标，张凤标闻了大喜。前次原想胡瑶峰做个赘婿，因已削发为僧，名分攸关，不便招呼。如今是王爷恩赐还俗，又承皇上论功赏爵，做了提调，真是一天之喜，姻缘辏合，数由前定。

那张提督小姐年已及笄，生逢名门，早已有人一再执柯，说的都是官子官孙，偏是张小姐说她父母亲年高无嗣，愿如北宫婴儿子之终养，不肯随嫁。张老夫妇却也知道她属意胡瑶峰，怜她苦情，也不相强。如此三年有余，居然胡瑶峰还俗做官，适如张小姐意中所属，岂不是姻缘辏合，数由前定么？

张凤标得了胡瑶峰还俗消息，就命人去请紫霞寺方丈惠灵，叫惠灵做个媒妁，直往北京与胡瑶峰说婚。惠灵本是原经手，义不可辞，一到北京，何消说得，自是胡瑶峰日夜梦想之事旦夕可成，岂不狂喜？当下秉准康亲王，回南迎娶，一路带领兵马，倍道赶程，沿途官员也着实有送往迎来的，正是赫赫声势，扬扬得意。刚出了北京，路过德州，劈面迎来一个和尚，喝声勒马，瑶峰举头看时，心下不禁暗暗一惊。

欲知那和尚是谁，胡瑶峰惊的何事，且听下回分解。

第二十三回

洞房幽阁义劫赘僧
削壁悬崖狡营兔窟

话说胡瑶峰秉承康亲王意旨，还俗娶亲，刚出了北京路过德州，劈面迎来一个和尚，喝声勒马，那和尚不是别人，就是胡瑶峰师兄慈云。慈云自从那日跟师父了因遍地揭贴符号，为的了因邀了四同门聚山集议，谁知那四同门都不为然，把了因倒批评了一番，了因无奈，只好暂作罢论。一面就派慈云特到胡瑶峰这边给他一个信儿，谁知慈云到了康亲王府探问一回，说胡瑶峰已经还俗，升了提调，回南娶亲，心下很不自然，意想：我们师徒为了这厮东奔西走，着实受了一番委屈，师父特派自己前来给个信儿，怕他巴望挂念，不想这厮不但不挂念，而且毫不在意，都是哄骗我们。如今这厮做起清朝的官儿来了，并且又说回南娶亲，这不独是犯戒，简直毫无信义，非把他使个手段不可。

计议已定，急忙出北京追上，到了德州，果然遇着出京官员蜂拥着大队人马，往官路而去。后面一人，着了补服，挂了朝珠，三十七八岁年纪，控着骏马缓缓而行，定睛一看，正是涵信，禁不住上前喝一声勒马。

胡瑶峰抬头看时，认得是师兄慈云，急着下马来迎，说道："不知师兄法驾到此，小弟多多放肆了。"

慈云冷笑道："说哪里话，师兄升官发财，也是我们一辈子运气，将来托着师兄的威福正多哩。"

胡瑶峰连说"不敢不敢"，慈云又假装不知，问胡瑶峰这回出京到哪儿去，胡瑶峰做官已知犯戒，怎好说回南娶亲？便道："小弟奉王爷谕旨，到镇海关有点儿公干，马上就要回京的。"

慈云暗想：这厮究是心虚。也不再问。此时大队人马，慈云自然不好抢白，思念不如回去禀明师父再说。当下辞了胡瑶峰，拂袖返身去了。

胡瑶峰待慈云去远，始把胸中搁住块大石头似的放下，就命赶程进发。不上半月，已到镇海关，先由惠灵飞马驰报，张凤标亲自带了武弁来迎，先请过康亲王的安，握着胡瑶峰手，大踏步进自己住宅，一壁走，一壁说笑。跨入大厅，胡瑶峰始行了大礼，又见过张太太。

这时张府上下人等都知新姑爷是前几年来过的和尚，丫鬟婆子们忙来离去，不断地往门缝里偷觑，都说新姑爷好一副品格，简直认不出是个和尚了。婆子们都是好讲人的笑话，一传两，两传三，把这门亲事传遍镇海，当作奇闻逸谈。

这时张凤标已检定好日，举行赘婿喜事，满城文武官员前来道贺，臣门如市，自不必说。胡瑶峰与小春是昔年主婢，曾共患难，一朝洞房花烛，把几多相思苦情从头密诉，更是乐不可支。从此张凤标有了嗣子，胡瑶峰有了家室，恩同骨肉，情深河海，一场奔波，到此果已圆满。

谁知胡瑶峰团圞极欢之时，正是祸根萌芽之际。那慈云和尚在德州见了胡瑶峰耀武扬威的样子，心中万分不自在，一半是妒忌，一半是怀恨，急忙跑到师父了因这里，禀明一切，言下非把胡瑶峰除掉，才得泄胸中之恨。

了因听了这话，自然也非常愤激，细问了一番，又凝思了好一会儿，说道："不必着急，这人我大有用处。你既知他是往镇海投亲，究竟他投的是哪门亲事，如今是怎样动静，你前往探查明白，

131

我们这时倒要保护他，不好加害。你须牢记着这话，我自有道理。"慈云听了师父的话，不敢怠慢，立即赶往镇海前去探听。

这时镇海正闹得奇闻逸事，一问便知根由，慈云查明了胡瑶峰入赘好日，知为时尚远，就在镇海找了所客舍住下，等了胡瑶峰合卺那晚，他便打定主意，探明胡瑶峰私下动静。等了夜深，悄悄地飞入张凤标住宅，探看张宅合家都已睡息，只有几个婆子在厨下闲谈，听她们不过是称羡赞美的话，也不关紧，就转过甬道，登楼寻到新房，偷在外面匿听，只听得一男子说道："话是不错，如今仇已复了，官也做了，既是清朝臣民，自然要忠君保国，可是我这回为了你破戒，同道中很有不甘心我的，倒是一桩难事。"

又听得女子声音细细地答道："不好叫他们也做官么？"

男子道："怕他们不肯呢。"

以后的话是一派儿女恩爱的情话了，慈云听得清清楚楚，心下也有点活动，听到两人情话，更是搔爬不安。正在这个当儿，忽见两个黑影打从走马栏杆过来，却似飞禽般的迅疾。慈云连忙避过，看如何动静，早见两个黑影已逼近新房门外，立住不动，也像匿听闺中私语。

慈云心想：奇了，这是什么人，来此寻衅？记着师父吩咐，胡瑶峰这人大有用处，现在正宜保护，意念一转，紧紧地使了一劲，提防着后路，突觉两人影忽然撞门而入。这时房中灯火微明，从灯光下看去，瞧见二人一长一矮，都是和尚，面貌很是纯厚。

慈云紧蹑后面窗下观看，早见胡瑶峰自锦绣帷中跳起，喝道："哪里来的贼子！大丈夫明战交锋，怎么偷偷地深夜行劫？"

两和尚也喝道："休说胡话！你破戒做官，拐骗良家妇女，从前清凉寺老师父怎样嘱咐你？你怎样赌咒？如今敢妄为胡说，咱们奉老师父命令，非除你这害群之马不可！"说着，两人似饿虎般地扑去。

胡瑶峰拼命挺胸一格，两人又拳打脚踢，直扑过来。慈云在窗下观战，知两人用的是少林拳棒，都是外家，胡瑶峰虽失掉剑术，究竟是精练武当内家拳的，哪里是胡瑶峰对手？两人用尽气力，却被胡瑶峰扼住，险些儿就要毙命。

慈云眼见势厄，直跳而入，托住胡瑶峰腰肋，说道："罢了，何必动怒至此？"

胡瑶峰陡然一见慈云，愣了一愣，说道："原来大师兄也曾深夜劳驾，却是何故？"

慈云笑道："莫怪小弟扰了师兄好梦，小弟在路中见两人情形诡秘，赶上一天一夜，见他们跳入尊府，恐有不利，故而前来。"

胡瑶峰听慈云这么一说，连连放手，请慈云坐下畅谈，慈云道："不必，但请师兄看小弟面上，把两人交给小弟带去，免得累扰。"

胡瑶峰虽提防慈云别有用意，也不好固执，便满口答应。慈云携着两个和尚，说声再见，就此逾垣腾空去了。

这里小春正洞房花烛，极尽娇袅温柔之至，骤经这半夜风云，吓得遍身肉战。其余张家上下人等，因婚事之后，稳稳睡去，竟没一人知悉，胡瑶峰夫妇也就绝口不提，当作没事儿过去。再后胡瑶峰率妻子北上，仍往京城侍卫康亲王去了。

说那僧徒与胡瑶峰同入赤足和尚门下，就是那年胡瑶峰被周吉祥逐出，由惠灵介绍去的，后来胡瑶峰因少林拳术与周吉祥拼斗不胜，遂入了因门下学剑，故此渐渐淡忘了。哪知赤足和尚不时打听胡瑶峰下落，平生最讲节义，听得胡瑶峰投入清王爷幕下，已是愤激，后听得他居然做起官来，还俗娶亲，直是忍耐不住，当命两个徒弟普仁、静智前来击杀。不意胡瑶峰已经精习内家，几乎把两人杀死。慈云听明缘由，很引为同志，遂携着普仁、静智同到了因这边，又不免叙述一番。了因便收普仁、静智为徒，叫他们住下。

这时了因感着历来磨难，已是心气和平，不像从前那样锋厉，又见了剑道人峨眉山石屋题偈，恍然一悟，更觉从前附和涵信，替清朝王爷出力，种种不是，他想打一个地步，重开门面。记起前在洞庭西山见湖中有个伏虎山，是太湖七十二峰之一，形势天然，非常险要，山石都有三五丈高，兀立湖中，排的削壁尖峰，凭有千夫之勇，不能直上。又加这伏虎山前面有一个湾，四围山脉环抱，只有一条出路，因是山脉一条条峰起，好像是虎爪，土人叫它作伏虎的前爪。了因看中此山形势不止一年，这回要重开门面，就在山中起了好几间石屋，都用尖石实叠，很是坚固。在山湾前面，又筑了个木栅，自己在中间焚修起来，叫慈云料理杂务。慈云带来两个和尚普仁、静智，从此就在这山中习艺，另外又招了好几个徒弟，都是慈云在外搜罗来的。诸事既毕，于是了因去请了一位术士来。

这位术士，也是了因途中遇到的，身着道袍，戴上道髻，三分像鬼、七分像人的样儿，原是直隶大名府人氏，名作张笃铭。说他的本领，医卜星相，件件都会，最好是看相。了因遇到张笃铭，也是因看相结了朋友。那时了因在峨眉山上会议之后，心中不快，到成都府去瞻拜寺院佛祖，就遇着这位张笃铭。

了因看他形神怪离，望了一望，不想张笃铭走上一揖，说道："法师不是方外人，为甚穿戴了方外衣帽？"

了因经他一揭，便道："如何见得？"

张笃铭道："天庭广阔，两颧直耸，顶上放光，步下升势，不是剑侠，便是大将，凭你打扮着和尚模样，明眼人自会见得。"

了因闻张笃铭这话，自然佩服起来，说道："老衲也略略懂得点拳术是了，高道既是洞明相命，看老衲流年如何？"

张笃铭道："眼前要吃点小亏，算不得什么，不要紧，今年流年却好，别无破绽，只要平心静气做事，着实可以把守。"

了因再要问去，张笃铭只是笑着不说。从此了因就与张笃铭结识起来，很是莫逆。再后了因回到江南，张笃铭也随着同来，两下更加密切。了因多半是听他的话，便如了因说胡瑶峰这人大有用处，也是张笃铭出的课头，如今了因把伏虎山占了地盘，第一去请张笃铭商量胡瑶峰的事。

不知二人如何商量，且听下回分解。

第二十四回

降明诏行宫废太子
挟荐书术士觐亲王

话说了因既占据了伏虎山，请张笃铭到来，商量胡瑶峰的事情，究竟胡瑶峰关着他们什么事？这话从何讲起？须向看官们提明清宫内幕。且说清朝康熙帝自八岁登基，先是四个大臣奉着顺治帝遗旨辅佐，过后康熙帝年长，把四个大臣除掉，自己出来担当国家大事，却是精明强干，非常厉害，上了十八岁，就亲临朝政。云南吴三桂、福建耿精忠、台湾郑经先后反叛，都被他讨平，他又平定蒙古察哈尔，亲征噶尔丹，开从来未有的版图，在历来帝皇中，比较起来，算得勇武能干。

只是他有一桩嗜好，就是酷喜女色，专会调弄，一起娶了四个皇后，就是赫舍哩氏、钮祜禄氏、佟佳氏、乌雅氏，妃子宫嫔更不知其数。偏那班后妃遇着他就会生育，一共生了三十五个皇子，死了十一个，还剩二十四个。大的名叫胤褆，第二胤礽，第三胤祉，第四胤禛，第五胤祺，第六胤祚，第七胤祐，第八胤禩，第九胤禟，第十胤䄉，第十一以下，都是胤字排行，不必细说。

康熙帝在位共六十一年，他征服了噶尔丹时候，已经上了年纪，这居大的十个皇子，个个都已长成，个个都怀着大志，觊觎皇位。他本来立的皇太子，是第二皇子胤礽，这皇太子胤礽，本来也不争气，只顾浪行残杀，也许有这类大臣们想他将来登基之后，可以包

135

揽专权，格外助他妄行。于是争皇位的就从旁挑拨，不说皇太子杀人，就说皇太子要篡位。

康熙帝真也厉害，那皇太子行的不是，都被他查了出来。从他征服噶尔丹之后，更加专心对内，丝毫不好瞒骗。那年康熙帝巡幸塞外，叫皇太子随着同行，到了布尔哈苏台行宫，忽然召诸王大臣侍卫文武官员都齐集起来，命皇太子胤礽跪下，降了一道谕旨，道是：

> 朕承太祖、太宗、世祖宏业，四十八年于兹，兢兢业业，轸恤臣工，惠养百姓，唯以天下为务。今观胤礽，不法祖德，不遵朕训，唯肆恶虐众，暴戾淫乱，难出诸口。朕包容二十年矣，乃其恶愈张，戮辱在廷诸王贝勒大臣官员，专擅威权，鸠聚党羽，窥伺朕躬，起居动作，无不探听。朕思国唯一主，胤礽何得将诸王贝勒大臣官员任意凌虐，恣行捶挞耶？更可异者，每夜逼近布城裂缝，向内窥视。从前索额图助伊潜谋大事，朕悉知其情，将索额图处死，今胤礽将为索额图复仇，结成党羽，令朕未卜今日被鸩，明日遇害，昼夜戒慎不宁。似此荒谬，岂可付以祖宗宏业？俟还京昭告于天地宗庙，将胤礽废斥，着将胤礽即行拘执，尔诸王大臣官员兵民等以胤礽所行之事为虚为实，可秉公陈奏，钦此。

诸王大臣、文武官员见康熙帝龙颜震怒，都跪下叩头，奏道："皇上圣明，谕旨所说皇太子诸事，都是确切，臣等实无辞可奏。"

康熙帝就把废皇太子胤礽交给直郡王胤褆看守，回京之后，在上驷院旁边设了个毡帷，特地看守胤礽，除了胤褆之外，又加了皇四子胤禛一同监察。康熙帝一面禀过皇太后，一面又命大学士等召集诸王、贝勒等副都统以上大臣、九卿、詹事、科道官等于午门内，又降了一道谕旨，说：皇太子名分很重，关系很大，本来想进京后告祭奉先殿，始行废斥，为的胤礽声势天天更张起来，故在行宫把他拘执了。你们有什么意思，只管奏上。

诸王、贝勒、大臣也都无话，于是康熙帝就告祭天地、太庙、社稷，把废皇太子胤礽幽禁起来。这废斥皇太子的起因，主谋是皇长子胤禔、皇九子胤禟、皇十子胤䄉、皇十四子胤禵四个人。他们四个皇子，都是拥护皇八子和硕廉亲王胤禩的。胤禩极有才干，文事武艺，件件来得，平日待人，也非常谦恭，部下养着不少谋士，都是替他谋取皇位的。他却信仰僧道教徒，但有一点儿本事，他没有不收受雇用的，因此京城都传这位廉亲王是好客尚侠，竟有许多人投去效力的。

张笃铭在北边早已闻得廉亲王之名，却苦无门路可入，如果冒昧投去，一时哪里显得出本领来？适值在成都遇着了了因，两下谈得很是投机，了因无意中讲起他弟子涵信在康亲王府中效力，杀了噶尔丹先锋斡旋里，被康亲王重用，自己也曾前去帮同厮杀一次。这话被张笃铭听了，暗暗一想：这倒是一条门路，有了康亲王，便容易找廉亲王。即使找不到，就在康亲王府中，也还不差，不妨就从这条门路进去。当下也不声张，从此格外奉承了因，说了因本是个大将风格，位极人臣，权倾君主，若是在野埋没，也至少成个剑仙。说得了因心花缭乱，竟有点活动起来，笑道："高道嘉奖，实不敢当，说老衲将来做成剑仙，或是苦用功夫，也未始不可。至于大将风格，不独老衲素志不合，即便要做，也就无这条捷径。"

张笃铭正色道："人生富贵功名都有定数，不可强求，也不可硬避，你道是做了和尚，就没有机会做官么？那先朝的太祖，不是皇觉寺一个和尚么，他怎么做起皇帝来呢？就如眼前顺治帝，他本是个皇帝，为什么去做和尚咧？这都是命里注定，数应当然，大师只是不高兴做大将军罢了，要做大将军，有什么难处？康亲王一条路是现成的，不过康亲王还是隔着皇上一层，如果到廉亲王这边，究竟是皇子，真是容易极了，你到了那时，就知道我的话不差呢。"

了因笑了一笑，也不回答，心下早已转了意念。

过了两日，慈云报说胡瑶峰升了提调，还俗娶亲的事，了因暗想果真有这等异事，张笃铭道："如何？涵信做提调，你当大将，又有什么稀罕？"

了因只是笑了不语，正在这个当儿，京城纷传皇太子胤礽废斥了，张笃铭有个同乡在直郡王府一个武侍卫底下当差的，与张笃铭不期而遇，谈及废斥皇太子，乃是皇长子、皇九子、皇十子、皇十四子四个人，为着爱戴皇八子廉亲王主谋的。

张笃铭于是更加起劲，越发要找廉亲王门路，索性明白与了因说道："现在清宫局面大变，康熙帝把皇太子废斥，拘禁起来了。这许多皇子中，是廉亲王最得人心，将来他必是个嗣皇，你写信给胡瑶峰把我荐到康亲王杰书那边去，我自然有法找廉亲王。如果我得入廉亲王幕下，第一把你们几个人说上，廉亲王必是重用。将来康熙帝驾崩，廉亲王做起皇帝来，我们还怕什么不成？这法子是最好没有的了。"

了因思念自己要飞黄腾达，也少不得张笃铭这样人先去打通，当下满口答应。张笃铭道："时机不可错过，我们须赶快办理的了。"

这时了因正在布置伏虎山地盘，非常忙碌，就派慈云先去打听胡瑶峰已进京去没有。慈云直到镇海关探听胡瑶峰，恰巧胡瑶峰正在打算进京，慈云回报一切，了因忙把伏虎山事情安排略妥，请张笃铭商量就绪，立即写了一信，信中无非说张笃铭的本领是非同小可，本不肯出来问世的，只因自己再三劝他，请他为国尽忠，他平生最仰慕的是康亲王，故而介绍前来，末后又嘱咐胡瑶峰从旁吹嘘，将来必有大用之处。

此信写就，交给张笃铭即日动身，了因还要派慈云跟随同去，沿途护侍，张笃铭说："不要了，我自能理会得。"于是张笃铭急着一路望京而进，待胡瑶峰到京，张笃铭也就到了。

当下在正阳门外，找了所客舍住下，探听京城王爷府中一切细事，足足探听了两日，胸中略有点泾渭，这是走江湖的唯一妙法，到一处必要把这一处风俗人情细问明白，然后讲出话来，才有头路。

张笃铭探听之后，到第三日，去见胡瑶峰，先把了因的信递给进去，胡瑶峰拆信一看，始知是师父荐来的人。他想前次还俗做官娶亲，怕的是师父师兄不曾满意，心中提防着他们捣蛋，正在疑惧，忽然接到此信，知师父已释前嫌，却是讨好奉敬的机会，因此格外巴结张笃铭。忙命侍卫打开正门，自己亲身出来迎接。突见张笃铭三分像鬼、七分像人的样儿，越发显得他是别有本领，两下相见，少不得客气一番。

胡瑶峰接进张笃铭，分宾主坐下，问过姓名，请过师父了因的安，张笃铭一一答上，胡瑶峰道："晚生托王爷恩泽，愧平生毫无建树，承高道驾到，正好请教。"

张笃铭心度胡瑶峰意思，乃是要自己评量命理，便开口说几岁以上克父母，几岁以上破家亡产，几岁遇到异人，几岁又遇显贵，好在胡瑶峰事情，张笃铭是全盘清楚的，自然说得一点儿不差。末后又说胡瑶峰流年大吉，不过到四十六岁有小小破绽，倒要防小人计算，往后直上云霄，食禄万钟，子孙延绵，荣福无比。再讲眼前就有一桩喜事，是要替一个显贵兴土木之工，自此当得功升官，不知尊驾可有此事没有。

胡瑶峰听张笃铭讲他历史，已是十分佩服，听到这话，直说得胡瑶峰心苗里去，禁不住立起身来答道："高道真是慧眼，连这么小事都看得出来，奇了奇了。"说着，连连拱手作揖。

欲知胡瑶峰因何这样惊服，张笃铭如何觐见亲王，且听下回分解。

第二十五回

富贵玉堂推命理
绮罗绣阃视残疴

话说张笃铭给胡瑶峰看了相命，叙得十分详尽，末后还说胡瑶峰眼前有一桩喜事，是要替一个显贵兴土木之工，借此当得赏升禄，说得胡瑶峰十二分惊服。原来张笃铭一到京，访查康亲王动静，听得康亲王近来要起造一座庭院，是托了一个近身提调办理的，张笃铭暗想这提调莫非是胡瑶峰么？不免趁口说上。这种关子，是最灵便不过的，说得对，果然显得非常本领；说不对，只当是时机未到，也没有害处。

偏是张笃铭造化，瞎鸡啄米，一放就着，胡瑶峰禁不住立起身来说道："奇了奇了！咱们王爷果真要造一座庭院，命晚生值差，难道就是这个么？"

张笃铭故意笑了一笑不说，胡瑶峰道："高道这般才绪，咱们王爷见了，必是十分欢喜。今日时候不早，明日咱去面陈王爷，听他老人家接见就是。"

张笃铭连连称谢，胡瑶峰立命侍从吩咐厨房备好酒席，给张笃铭洗尘，这晚张笃铭便在胡瑶峰提调衙门住下，一宿无话。第二天早上，胡瑶峰穿好衣帽去参见康亲王，就把张笃铭提起，说得他活虎神龙一般。

康亲王这时正信任胡瑶峰，有话尽讲，有计便从。而且清朝亲王大臣们最相信性命之理不过的，哪肯怠慢，当命辰刻传见。

胡瑶峰又禀过别的话儿，不上半个时辰，已回到自己衙门。原来胡瑶峰提调衙门就在康亲王府外面，相距不过十多丈路，故此来往极便。胡瑶峰回来，把话传过张笃铭，张笃铭抖起精神，先把要说的话想了一会儿。转眼已是辰刻，胡瑶峰便来陪同张笃铭进入王府，一会儿，康亲王命人传见。

张笃铭越发装着个鬼样，俯着身进去，请过安，恭恭敬敬站着。康亲王下了炕床，立着回安，让张笃铭坐下，胡瑶峰略把来意又提了几句，康亲王笑道："好极，高道不嫌简慢，千里而来，真是难得。"

张笃铭三句不离本行，开口便说："贫道在江南早闻殿下隆誉，今日相见，三生有幸。殿下龙准虎额，鹤步麟趾，贫道走遍天下，却不曾见得像殿下这样厚福高寿的人，这是前生修养来的，非同寻常富贵可比。殿下休怪贫道直说，七年以前，殿下着实经过磨难，如今安享太平，坐镇万户，以后都是康乐之年、福泽之岁，只是殿下子息不多，须在三十五岁以上庆获麟子。"

这淡淡几句话，把康亲王服膺极了。七年以前，乃是康亲王奉旨征噶尔丹，为的久战无功，几乎遭祸，固然经过磨难。康亲王膝下只有一子，现年十八，果真是三十七岁生的。康亲王不曾听完这话，早已含笑点头，张笃铭又东一句批评，西一句恭维，说得康亲王满面笑容，闭不上口。自辰初到午末，足足三个时辰，谈得活灵活现，把饭都忘吃了。张笃铭又自己矜夸医卜星相件件俱精，康亲王更是看重，当日命排酒席，召门下众宾客满堂轰饮了一回。这是康亲王对待上客的道理，凡有奇才异术投进门来，少不得这么一请，从前胡瑶峰入府也是如此的。

从此张笃铭在康亲王府做了门客，因无特别要事，也显不出什么本领，不过有时康亲王召入，问些军情政事，张笃铭乘机应对，总是合着康亲王心苗，无有不合。可是康亲王这人非常慎密，又不喜夸张，张笃铭虽感着知遇，却无大大转机可想，一心只望那廉亲王胤禩。然而胤禩谋皇夺位，乃是何等神秘大事，岂得为一康亲王门客所知，便是康亲王自己，也着实有不明白的所在，因此张笃铭要说法也没说法，终是纳闷不安。

可是天下事，只能遇而不能求，静以待之，必有一日。自从张笃铭到了康亲王府，不上三个月，居然一条门路开了。原来和硕廉亲王胤禩有个王妃，姓作萨克达氏，是个旗人将军的女儿，雪肤花貌，万般娇艳，锦心绣口，更极聪明，而且这王妃虽豆蔻年华，却有一种绝技，能把天上飞鸟、池中鱼鳖，挽弓一射，莫不中窍。这是她家传技术，不是平常女儿学得来的，因此廉亲王爱惜得似宝贝一般，比服侍父皇康熙帝还加勤俭。自迎纳之后两年，珠胎暗结，怀抱在身，临盆生得一个白胖麟儿。廉亲王更是欢腾，不料王妃萨克达氏幼练精骨，忽经生养，竟然害起病来。这病状是奇怪得很，饭也能吃，茶也能喝，说话也清楚，精神也爽快，只是小便不通，镇日要解溲不得，侍婢们扶上扶下，一天好几十次，终究线泄不泌。

俗话说的，小便过脐，无药可医，真也了得，吓得廉亲王东求大夫，西祷神佛，甚至御医个个请遍，一到把脉，上好无病，都怕得不敢下药。于是廉亲王就托诸王爷、贝勒、大臣，凡有良医，请保荐来治。这事自然也托到康亲王这边来，康亲王知是廉亲王的爱妃求医，哪敢怠慢，把所有门客个个想转过来，却没有精于医道的，忽然记起张笃铭，心想怪病须请怪人医，倒不妨来问问张笃铭，立即命人去召。

一时张笃铭入见，康亲王把廉亲王妃产后害病，无药医治的话说了，张笃铭这一来，自然惊喜不迭，暗想：医病倒是小事，这一条门路从此打通了，岂非难得之机会？哪里还肯错过？不管三七二十一，便满口答应下来。

康亲王忙把张笃铭荐至廉亲王跟前，张笃铭自是迫不及待，急往廉亲王府而来，门上报知廉亲王，传命外厅等候。张笃铭一入厅中，只见满堂红顶补服，坐的坐，立的立，都是大员，意念这些人必是谋皇夺位的角儿了，也不和他们招呼，只管自己坐下。

众人见了这么一个稀奇古怪的道士，都往他打量，也有窃窃议论的，坐了一会儿，始听有人不住地传唤，什么"某王爷保荐的某大夫""某贝勒保荐的某大夫"，依次进去，去了一个，出来一个，张笃铭才明白这些人大半也是医病来的。

后来人渐渐散了，张笃铭还是兀地坐着，也没个人打招呼，心下倒有点着急起来，只等到大厅上人都走完了，始听人传唤"康亲老王爷保荐的张道士请进"，张笃铭一听呼唤，好似猎狗似的，俯着身，撑着头，跟着传唤的人进去。转了好几个弯，走过一条回廊，登了步梯，又转过角门，闻得阵阵异香，扑鼻芬芳，也不敢流目一盼，只管俯身拧头看地。始见地上铺的是大红品蓝镶边缎子，栏杆门阈，不是湘妃竹，便是红木。张笃铭自己念道："这简直是皇宫的了，难道世上还有再比考究的么？"想念之际，忽听传唤的停住脚步，与对面一人轻轻说道："康亲老王爷保荐的张道士，你领进去。"

张笃铭抬头一看，不觉大惊，见前面立的乃是十八九岁的，穿淡绿长袄的，戴着满头花草的，一个袅袅婷婷的女子。张笃铭意想这必是王府中使婢了，看了两眼，急忙把头仍旧俯下。那使婢引导前走，又转弯过巷，到了一处，好像是个客房，使婢挥了挥手，叫张笃铭站住，自己从左边打开帘子进去，一会儿出来，说道："王爷请里面去。"说着，侧身引导。

张笃铭俯着身，钻进帘子，早见过三十来岁的白胖男子，坐在紫檀雕花圈椅上，靠着窗儿，手弄鼻烟壶，满面堆着不快活的神气，却是浓眉朗目，高颧光额，生得一副机警伶俐端重模样。张笃铭念到今日也得见和硕廉亲王胤禩了，当下跪地叩头请安。廉亲王仍是端坐不动。立在廉亲王后面的，又有两个使婢，娇声喊道"免"。张笃铭叩头起来，廉亲王道："你是康亲老王爷保荐的么？叫什么名字？"

张笃铭道："奴才张笃铭。"

廉亲王道："张笃铭吗?"

张笃铭道："是，奴才张笃铭。"

廉亲王道："王妃这病奇怪得很，经了不少名医，都难投药，你怎么倒会医治？该有什么本领?"

张笃铭道："奴才会的就是奇怪病症。"

廉亲王道："哟，你倒有这副本领！你须知道，医得好来，赏你要什么就什么；若是投错了药，医坏了，仔细你的脑袋!"

张笃铭道："是，奴才理会得。"

这时廉亲王把张笃铭上下打量了一回，两道目光，似电影般地直盯住张笃铭，似乎疑惑世间上哪有这般怪状。张笃铭头也不敢抬一抬，立站听候，廉亲王随手把鼻烟壶做了个手势，两个使婢引着张笃铭往里进了三五步，便见一道檀香帘自上挂下，更有两个使婢侍立。一会儿，听帘内细细声音，从帘中伸出一只白玉似的手臂来。使婢填起脉枕，张笃铭一脚跪下，恭恭敬敬把了脉，只觉脉息毫无病状，掉过一臂，依然完好。张笃铭这时直进退两难，把也不是，起也不是，终究不知是什么病儿，心中一急，额角上早流出冷汗，只好硬着头皮，定了定神，缓缓起来。

正是荣辱系毫发，死生只一关，不知张笃铭如何对付，且听下回分解。

第二十六回

服金丸怪医怪病
施符咒魔术魔人

话说张笃铭诊视廉亲王妃萨克达氏病状，把按脉息，毫无病态，拿不稳是什么症儿，待要不医，廉亲王严申谕旨在前，就便无罪，日后也难得踏进廉亲王府一步；待要医治，却不知从何下手，吓得进退两难，急得一身冷汗。只好定了定神，缓缓起来，抬头一看，冷不防廉亲王已坐在前面，忙又跪下奏道："奴才诊视王妃病症，已有几分把握，请殿下谕明起病缘由，再加斟酌，奴才得审慎进药。"

廉亲王经过这许多大夫，从未听到有把握的话，被张笃铭这么一说，倒解了好几分忧闷。王府原开有病由单，给大夫参阅，一面命张笃铭起来，一面命使婢拿病单递给张笃铭。

张笃铭接过细瞧，见上面写的是王妃萨克达氏病由，内叙几时生产，几时坐起，几时睡下，到几时血净，几时起不曾小便，饮食都好，精神身体也都爽健。

张笃铭看了又看，知王妃犯的病，不过小便不通是了，此外原无疾病，计算小便不通，已有两日两夜。因问这两昼夜中，饮食有无变迁，使婢一一回答。张笃铭想了又想，看了又看，足足有半个多时辰，忽然想通病源，情不自禁地把手一拍，喝道："对了！"

廉亲王与使婢都被惊了一跳，看他那副鬼样，又是好笑。张笃铭回过身来，说道："殿下放心，王妃这病，包三五日之内必能痊愈。只是要请求殿下依奴才方法做去，不知殿下能允不能？"

廉亲王道："没有什么办不到的事，你只管大胆说来。"

张笃铭道："奴才不好面奏，只得具本奏报。"

廉亲王本是聪明伶俐的人，知张笃铭这话，必是关于女子身上的事了，说道："病须速治，不能延缓，你赶快把医治方法随便写明奏上，不必具本。"说着，命使婢递过笔墨，叫张笃铭坐下。

张笃铭这时已有把握，不慌不忙，随便坐下，伸纸续续写去。一会儿写好，呈上廉亲王，廉亲王接过纸张一瞧，上面写着："恭呈医方，仰祈睿鉴。"下面接着写道："先服金丸一粒，服毕，一个时辰内，择定一所空房，凭空搭床铺一张，左高右低，把病人安置床上，右低枕头，左高枕脚，仰天倒睡，把下身衣服全行解去，叫使婢两人推拿小腹，约一个多时辰便见功效。"

廉亲王看毕，点了点头道："准照这样医治，但是你所说的金丸呢？"

张笃铭早已预备，随身带来，当即双手捧上，廉亲王接了过来，见是一粒白豆般粗的金色丸药，交给使婢谨藏，一面命引张笃铭下楼坐候。就此布置房间床铺，刹那都已齐备。廉亲王亲侍萨克达氏吞下金丸，叫两个使婢扶入空房，依着倒睡，解了衣裳，依法推拿起来。不到一个时辰，只闻萨克达氏"啊哟"一声，兀地放出尿道，急似瀑布一般，满屋子都浇遍尿来，把两昼夜积蓄的小便放了个干净。

使婢报知廉亲王，廉亲王亲自进房打量，问过萨克达氏，果然舒服无病，喜得连忙下楼告知张笃铭，笑吟吟说道："诚为高道金言，已见功效，真是神力，感激不尽！"

张笃铭也急着说道："殿下太矜奖过了，贫道小技，哪里配得殿下这样嘉许？殿下不以贫道陋质，又不以贫道之言有干渎亵，不加贫道以罪，已是万幸的了。"

廉亲王道："不必如此客气，咱们以后常好领教。只是咱尚要请问高道，如今王妃该服什么药呢?"

张笃铭不待说完，又双手捧上一张药方，说道："贫道已预备好了。"

廉亲王喜出望外，暗中惊服张笃铭真神乎其技，当下命人采药煎服。不上四日，霍然痊愈，从此张笃铭就捧上廉亲王，达到他最初的目的了。

看官，你道这是怎么一个怪症儿呢? 原来王妃萨克达氏体质强健，血液旺盛，临盆之后，坐褥过久，把泌尿的括约筋锁住，渐渐拧转，壅塞尿道，故而饮食精神皆好，脉息也平静无疵。一般大夫都想不到是这个玩意儿，吓得不敢投药，张笃铭急极生智，也是天开医运，竟想出这一个病源来，就配上那一个医法，原是把括约筋渐渐舒张开来，复它原状，故一面叫病人倒睡，一面令使婢推拿，就是这理。至于他的金丸，开的药方，不过是平气润肺、疏通肠胃罢了，原是他故意卖个关子，并没有什么大道理的。可是这种怪病，亏得他想出这种怪医法来，也是数合与胤禩做事。

闲话休提，仍说张笃铭医治廉亲王爱妃之后，经廉亲王一再揄扬，声价十倍，处处用着工夫，迎合廉亲王意旨。廉亲王果然留他下来，写了封信给康亲王，谢康亲王保荐，末后就说留住张笃铭的话，康亲王自是无有不可。于是张笃铭一心要探廉亲王谋皇夺位的事，偏那廉亲王非常审慎，始终不露半句风声。只见那直郡王胤禔，固山贝子胤禟、胤䄉，和多罗恂勤郡王胤禵，时常秘密来往。张笃铭晓得这四人就是皇长子、皇九子、皇十子、皇十四子，替廉亲王谋皇位，主谋废斥太子的，张笃铭纵然看决这事是必有的了，但是廉亲王面前，怎好提起? 从前苦的是无门入廉亲王府，如今入了，又苦无话得达。张笃铭想前思后，一不做，二不休，只得自己冒险上去。等了好几天机会，廉亲王总没有空暇。

有一天黄昏时候，廉亲王闲步到花园亭子上赏月，张笃铭见了旁边无人，突地跑上前去，跪下奏道："臣张笃铭叩见皇上，有事具奏。"

廉亲王闻言大惊，喝道："大胆贼臣！老万岁正在康年，敢如此狂悖无礼！"

张笃铭叩头道："奴才罪当万死！愿皇上恕其愚诚，奴才仰皇上乃人中龙凤，额容四海，面具五岳，双耳垂肩，双手过膝，奴才斗胆，敢泄天机。"

廉亲王不语，张笃铭又道："奴才仰观星象，早知宗室有变，将来澄清天下，必出我皇上之手。只是目今时机已迫，奴才敢具奏先事提防。"

廉亲王低着声音，喝道："张笃铭，你不怕磔死么？那边有人来了，速除口，下次万不得狂悖如此！"

张笃铭又叩了头谢恩，方才起来。廉亲王缓缓踱出亭外，绕过假山，回到王府去了。张笃铭意想：这一来，非把我重用不可，一切大事，都在此一举。

第二天早上，果然廉亲王密召张笃铭入内，屏除左右，问道："你昨晚的话，从哪里来的?"

张笃铭道："实是奴才自己推论天命性理而得。"

廉亲王道："此外你知道怎样呢?"

张笃铭道："老万岁把皇太子废了，拘禁宫中，究竟皇太子乃是仁皇后所生，过后老万岁必要回心，这事须先提防的。再则内大臣佟国舅等结着党羽，也怕一时不容易收拾。殿下圣明，不必奴才多言。"

廉亲王道："有话尽说，这里不妨，照你意思怎样呢?"

张笃铭看廉亲王紧着追问，暗念此时不说，更待何时，又低着声音说道："奴才敢冒万死奏禀殿下要杀皇太子，不必一定假皇父之手。"

廉亲王突然变色，却闭口不语。张笃铭又道："奴才前在江南，结识豪杰十六人，个个飞墙走壁，武艺非凡，其中有好几个是剑侠，直可上天斩云龙，下地擒虎豹，一道电光，取人首级于数里之外。殿下若把这些人收了来，还怕不中用么？"

廉亲王正色道："你说的未免太残忍了，而且父皇是何等圣明，哪里会查不出来？"

张笃铭道："也有别的法子，倒不必劳动他们，奴才自能理会。"

原来张笃铭从前在蒙古时候，遇了喇嘛僧，授他一种咒语，只把那人的姓名、年岁、生辰写上，设了牌位，对牌位行了咒语，那人自会发疯发狂，失了知觉。张笃铭既将廉亲王谋位的意思探明，见廉亲王情形也着实吃紧，便无计不献，遂把这咒诅镇魇的方策说了一遍，随道："如此一行，皇太子自然成了废人，老万岁哪里还肯托付他这大好山河？这面殿下施行仁德，收拾人心，何消说得，天下自然是殿下的了。"

廉亲王道："两策相衡，自是后一策较胜，只是怎样办呢？"

张笃铭道："并没难处，只要拣一所房屋咒诅，殿下恩旨，赐贫道修行，谁敢进来？"

廉亲王点了点头，于是把皇太子姓名、生辰年月都写上了牌位，交张笃铭去办理了。

果然不上两个月，皇太子发起狂疾来了，一天到晚，悲喜无常，变化百出，或是哈哈大笑，或是呜呜哭泣，或是半夜里跳起来，吓得要逃出墙外去，或是藏匿在床底桌下，说有鬼捉他，吃饭非八九碗不饱，喝酒非三四十斤不醉，有时竟叫康熙帝名字大骂起来，真也了得。吓得监察的、看守的、服侍的一班人，跪下叩头求恳，个个噤住，面如土色。

康熙帝闻了大惊，说皇太子从前居的撷芳殿地下阴湿，屋多人少，必是惹着鬼物了，降旨派人震慑撷芳殿，哪里有效？皇太子竟一天厉害一天。康熙帝疑着别有缘故，降旨内大臣明察暗访，必要把这事审个水落石出。

究竟后事如何，且听下回分解。

第二十七回

贝勒探幽郡王献密
偶像埋地羽士敛形

话说废太子胤礽被张笃铭镇魇之后，态度失常，康熙帝闻了大惊，派员查访究是个什么缘由，一面叫废太子迁入咸安宫，又加了太监三十人侍值，不时派人看护废太子病状。回奏太子病中常常呓语，终日哭笑无常，病势有加无减，不见丝毫起色，迭召御医诊治，都说太子脉息平安无恙，体质也很康健，难以对症服药。于是降旨王公大臣，一切文武官员，着即奏送名医前往咸安宫诊断废太子疾病。

这谕旨下来，惊得满朝文武都去寻访名医，计图乘此邀宠固位，种种闲文琐事，不能一一细说。在这个当儿，又显出一个人来，这人不是别人，就是后来清朝世宗雍正皇帝，名作胤禛，乃是康熙帝第四个皇子，封为贝勒，当时都叫他作禛贝勒的。

这位禛贝勒是孝恭仁皇后乌雅氏所生，生下时节，满室红光，一堂祥瑞，都说他前世有点来历，今生必然出人头地。长来果然龙姿虎形，极品风标，又是潇洒品性，温和气象，从小学得文艺武事，件件都能。只因他生在帝王之家，排在龙子雏凤之列，试问有几个慧眼人看得出来？也都把他埋没不提了。然而他是天生尤物，哪里便肯埋没？他趁着诸皇子争夺时节，便在家中静心修炼，门下招收一班山野英雄，都是抱负出众。他更有一种谦恭折节本领，不论何人，也不论文武，投到他门下去，他必要亲自出来交手，果然比他好的，他就留下来，或是结为兄弟，或是认为师父。因此禛贝勒家的门客，比别个皇子家的有点不同，格外见得恳切忠诚。就如飞墙走壁探险冒死的人，也着实不少。后来雍正时代的"血滴子"，就是发源于此，这是后话，暂且不提。

且说当日康熙帝下旨诸王大臣奏保名医，替废皇太子医病，禛贝勒见父皇如此忧闷，心下很是不安，又查废太子的病状，脉息安好，只是疯狂。他记起从前八阿哥廉亲王胤禩为着王妃萨克达氏请诸王荐保大夫，也是脉息安好，身患重病，不知怎么医的。一念之下，不妨到廉亲王府去见八王爷问个明白，也是一点儿人臣之心。

当下打定主意，并不排驾，只是轻衣小帽，带了个仆从，走向廉亲王府而来。门上见是禛贝勒，急忙报入廉亲王。廉亲王不觉疑了一疑，想四阿哥胤禛从未轻驾过从，其中必有道理，遂即打开正门迎接。廉亲王是以兄长礼见胤禛，禛贝勒是以王爷礼见胤禩，两下施礼归坐，道过通常问候语。

禛贝勒开口说道："皇太子成了狂疾，弟王当已知道，御医束手无策，都说脉息安好，身患重病，不知投什么药。父皇为此十分忧虑，想子臣托父皇神武，安享太平，这一点儿小事，竟不能代父皇解忧，而况是关着兄弟之谊，因此愚兄特来与弟王商量。闻得王妃从前贵恙，也是脉息安好，不知后来怎样医治？如今医治的人，可在王府？"

禛贝勒这番话，是无心体问，哪知廉亲王做贼心虚，早已吃了大大一惊。正值康熙帝明旨严查之时，突然来了这么一个禛贝勒，打从这么一问，廉亲王哪得心中不惊？心中一惊，面上就不觉现出仓皇神情，故意做作，连连堆下笑来说道："兄贝勒至孝纯忠，真令愚弟折服万分。愚弟为着皇太子疾病，也曾深思熟虑，父皇年迈，自然是子臣之责，怎奈一班班医都说不上口。若论王妃前病，乃是产后失调，与皇太子截然不同，愚弟苦思无法，兄贝勒枉驾，正好商量，定要想个什么法子才是。"

禛贝勒偷眼望着廉亲王颜色，忽红忽白，看他神情，既是惊惶，说话又像有点故意牵扯，倒生出一条疑念来，又想了想说道："究竟王妃后来怎么治愈？这治病的人可在王府么？"

廉亲王见禛贝勒逼紧追问，越是惊疑，答道："王妃这病，再后承康亲老王爷保荐一个姓张的道士医好的。"

廉亲王说到这里，又自转念：如果不说在家，那禛贝勒必要到康亲王府去问，反而不妙，倒不如直说。又道："如今这张道士由愚弟留下，赐他闭户修行，差不多半年了。"

禛贝勒越问越疑，又追紧道："既是有道高士，又承弟王恩赐修行，定然法术无边。愚兄平生也很仰慕高人，可否赐予一见？"

廉亲王想了一想，说道："兄贝勒要见，有何不可？"当下命人召张笃铭。

一会儿，张笃铭来了，禛贝勒一见，乃是一派鬼样，满面杀气，狰狞不像个人，心下更加疑惑，面上故作笑脸，迎上一步，说道："这位就是张高士么？"

廉亲王早丢了个眼色给张笃铭，说道："这位是咱兄长贝勒。"

张笃铭连忙跪下请安。禛贝勒双手扶起，急道："不敢不敢。"又说了不少恭维敬慕的话，重把王妃医病、皇太子求医两事提起。

张笃铭见来势不佳，格外谦逊退让，回避得干干净净。禛贝勒无奈，只好兴辞而去。谁知禛贝勒见过张笃铭，回忆廉亲王的话，觉得两人都有点差异，知其中必有缘故。回去想了又想，便定了一条主意，决计探听廉亲王府秘密。

不说禛贝勒如何探察，且说廉亲王自禛贝勒突来问询之后，疑着父皇必有密旨，叫他来查，如果查出，真也了得，不但前功尽弃，简直性命不保。再三思虑，想了一计，也就轻驾简从跑到直郡王府，去见那皇长子胤禔。

胤禔原是拥戴胤禩的，两人早有商议，非常密切，胤禔闻报，知八阿哥廉亲王驾到，必是有什么大事密商，连忙请入里面，两下见过，廉亲王把禛贝勒突来王府查询张笃铭的事说了，直郡王道："难道贝勒奉了密旨来的么？"

廉亲王道："我也是这么想呢，如今父皇访查厉害，禛贝勒那厮必去密奏，如果父皇派员搜查，这还了得？只好请大阿哥担待一下。"

直郡王道："只要你有办法，我无不允可。"

廉亲王道："我想把张笃铭藏到兄王府中，暂时避锋，不知大阿哥意下如何？"

直郡王道："这也未始不可，只是你必先叫张笃铭换了衣服，扮作奴才，并问张笃铭镇魇有无另外简便方法，省得封锁一屋，招摇观听，那就万妥了。"廉亲王唯唯答应。

当下回到自己府中，密召张笃铭讯问，张笃铭道："奴才也正思简便方法，前此设牌位咒诅，乃是第一步镇魇法，如今可做第二步，正不必设空屋谶念了。"

廉亲王忙问怎样，张笃铭道："只要做一个木偶，写上太子姓名、生辰年月时刻，钉上铁钉，洒过狗血，把符咒镇魇着，埋在土中，那就一辈子狂疾，不能复原。"

廉亲王听了大喜，随道："准其如此办理，不过你须改换衣服，扮作奴才，跟我到直郡王府去，这玩意儿也搬到直王府去是了。"

张笃铭想了一想，道："那么殿下不好先发遣奴才出门，然后再改装么？"

廉亲王道："不错，这样更可以掩饰了。"说时迟，那时快，廉亲王即刻传谕王府置酒，说要送张笃铭道士到江西龙虎山，寻他祖宗张天师去，王府上下，个个深信，急忙把张笃铭送出，一面张笃铭改衣换装，已进了直郡王府。遂把木偶连夜制成，照法镇魇，埋入直郡王府后园土中，真是人不知，鬼不晓。

这一出把戏换了台基，凭康熙帝派几百个大员也查访不出来了。廉亲王见事已平妥，始把心下疑惧略微放宽。可是皇太子疾病一日不愈，康熙帝便一日不肯放松，早一道谕旨，晚一个明诏，不是征医，便是慰病，除了求神祷佛，诵经作福康熙帝是不欢喜的，其余件件都做到了。廉亲王眼看如此牵缠，终究不是个道理，难保一天查明出来，少不得凌迟处死，于是辗转思维，又想了一计，立刻派人去召那满人噶礼。

噶礼也是当时一个大员，是廉亲王手下健将，为人机警伶俐，满面纯厚，却是笑里藏刀，腹中藏剑，凭你怎样厉害，一到他手中，没有不软化的，平生贪财好货，视钱如命。廉亲王与噶礼是互相为用，各有各的好处，廉亲王利用噶礼手段，做了爪牙，噶礼仗着廉亲王势头，固了地位。而且噶礼又为康熙帝所信重，稍微几句话，便可以耸动帝听，也是噶礼本事。当下廉亲王往召噶礼，噶礼哪敢怠慢？一呼立到，恭恭敬敬走入王府。廉亲王自然即刻传见，噶礼请过圣安，又请过廉亲王安，带坐不坐的，禀了几句套话。

廉亲王道："叫你来没有别的，只为皇太子的事。"

噶礼忙道："奴才理会得。"

廉亲王道："你想怎么办呢？"

噶礼道："奴才想皇太子既成了疯疾，皇上天天忧虑，不是道理，倒不如直接痛快请皇上立决，那皇太子也百病消除了。"

廉亲王笑道："噶礼真好男子，说得如此爽利，怪不得皇上圣明赏鉴呢。"随问道："你有什么主意？"

噶礼想了一想，说道："皇太子罪案，就是一百桩也有，不过要找得重大的、有证据的，始为有效，大约也有二三十桩。"廉亲王道："那么够了，就把这二三十桩奏去。"

噶礼声声答应，见廉亲王别无吩咐，也就退出。原来廉亲王召噶礼便为此事，噶礼果真知趣，一味奉上，当夜草了奏章，列皇太子二十四款大罪，清晨上朝入奏。

康熙帝见了，果然激怒，顿足大骂"畜生畜生"，又对侍立太监道："这样不忠不孝子孙，怪不得要害着鬼祟！世间哪有光明正大的人会遇着鬼物？"心中激怒，决计要把太子杀掉。

不知太子性命如何，且听下回分解。

第二十八回

墨吏贪官勒捐巨室
壮夫命妇礼让黄金

话说满人噶礼受和硕廉亲王胤禩之命，构陷废皇太子二十四款大罪，上奏康熙帝。康熙帝接阅奏章，气得立刻就要把太子杀掉。这时御驾在畅春园，从畅春园回宫，就要宣旨了。正在这个当儿，忽然有个老太监请见。这老太监乃是顺治帝时候留下的，年纪已是九十以外。康熙帝觉老太监突如其来，有点疑虑，问明有何奏上。

老太监回道："闻老万岁要拆造畅春园，故来见驾。"

康熙帝越发大怒，斥道："哪里来的这种狂妄胡诌？看你是先帝老臣，要不然，就办你个磔死！"

那老太监伏地请道："奴才万死，听信妄言。外面所传太子的事，也是一样的，太子一身，关系何等重大，自然免不掉种种毁谤。"

康熙帝始知这老太监是来诤谏的，不禁恍然大悟，说道："你下去，我明白了。"

老太监谢恩下去。康熙帝回宫，辗转一想，遂把杀害太子的事一笔勾销。

这面噶礼上了奏本，不见效验，心中有点害怕起来，特地到廉亲王府来见胤禩。胤禩也非常惊疑，当下派人到大内查问，始知是某老太监谏阻的。噶礼心中慌乱，怕往后失了帝心，求廉亲王保荐

156

外任，远避祸嫌，廉亲王顾怜噶礼为自己充锋不成，少不得替他设法。

这时正值山西巡抚出缺，廉亲王叫噶礼另外邀大员两人奏保，自己替他说话，约莫五六天光景，果然补缺，降旨噶礼巡抚山西。噶礼巴巴就道，谢了圣恩，辞了廉亲王，到山西去了。

那时山西是中国最富裕的省份，民情朴厚，商业兴盛，几家票号最是赚钱，尽有几十万、几百万家私的。噶礼到了山西，原是刮削为目的，眼看殷实之家累累，早已动了财念，到任之后，忙着下令全省钱粮，每两加索火耗银两钱。山西人忽然加上重税，自是不肯答允，联名具呈，请求豁免。那具呈人第一个是亢时鼎，第二个是康逢年，两人却是山西大富翁，下面同具的，也都是殷实商家，依次排下的，公呈递准。噶礼见了大怒，立命州县把所有富家都拘押起来，一起拘了四十七人，特地给他们吃苦，要他们拿钱来赎。亢时鼎等没法，只好托人关说，每人拿出一万两，方才了事。

过了一个多月，噶礼又派了个汾州知府冯遴素，向富家勒捐，说要修理解州祠宇，挨家逐户，敲骨抽血，凡是山西省内三五万家产的住民都捐遍了，亢时鼎又捐了两万，康逢年又捐了一万五千。于是山西人民怨苦连天，都当噶礼是猛虎毒蛇，苦得无法对付。这时山西有个大绅士姓杨，单名义，也做过工部尚书，恨噶礼妄为不法，心中实是不平，与南城御史袁桥商量，袁桥当即奏明康熙帝。

康熙帝降旨着噶礼回奏，两方正在紧打官司，谁知噶礼串通学政使邹士璁，叫邹士璁代太原士民上疏挽留，说噶礼许多善政。御史蔡珍又上疏攻击邹士璁，两方各自申奏。毕竟噶礼有廉亲王一只后脚，末后袁桥、蔡珍都为诬奏革职，杨义气得半死，只好回到家门，从此闭户不出。

谁知福无双至，祸不单行，这位杨尚书年已六十，膝下只有一个八岁儿子，他住的所在，是山西平阳府临汾县城中。因那年岁荒民饥，官中剥削厉害，捐税苛重，饥寒起盗心，遍地都是草寇，把山西全省糟到不可收拾，临汾尤是灾重盗多，怪可怜杨尚书一个八岁儿子，竟被草寇掳掠去了。杨家全宅被焚，器具劫掠一空，杨尚书没奈何，只好托噶礼饬府县严缉。

噶礼闻了大喜，偏假惺惺口上加惠，再三慰唁，心下早自计议，想：杨义前次与袁桥朋比攻击，如今到我手中，也不放你过去了。原来清朝定例，凡大小臣工，户绝无嗣者，家产入官，噶礼明知杨义只有一子，凭他能继不继，等杨义一死，自可户绝无嗣奏报。

看官，你想噶礼这样居心，哪里还会给杨尚书饬府县严缉咧？可怜杨尚书年老伤心，又遭惊吓，不上两月，竟然一命归真。噶礼闻耗，当即专折奏报，说原任工部尚书杨义，身故无嗣，亦无同宗应继之人，请将遗产照例入官。奏上，发下部议，都为噶礼是廉亲王的人，跟着附从，照奏办理。

还亏康熙帝动了恻隐之心，说杨义曾为大臣，并无过犯，因其无嗣，即将家产入官，简直当他罪人看待，不是矜恤大臣之道，因此降旨再议。议了又上本奏复，说：杨义家产田一千七百亩，户绝无嗣，本有定例，应当悉数入官。臣等仰体圣意，请拨田二百亩，为杨义祭扫之用，交杨义家人管领。于是康熙帝旨下，命噶礼执法，噶礼把杨尚书的田产一千五百亩增价官卖，一面短价少报，从中又得了一批利息。

可怜杨尚书一家，只有杨老太太和杨家一个老家人名作杨忠的，还有一个使婢，名叫巧云，杨老太太当作女儿般看待的，其余是随时雇佣的仆役，一共不过五六个人。待到圣旨既下，噶礼奉旨饬府县前往查产，横冲直撞，如虎似狼的衙役拥着，足足闹了五六日，把个杨家闹到鸡飞狗上屋。杨老太太两眼哭得葡萄般肿，半天儿不省人事，及至来醒，衙役已是远去。巧云在旁伺候，只觉面前站了个汉子，紫糖脸儿，高架子，文不像读书人，武不像救火兵，突如其来，把杨老太太呆了一呆。那汉子见杨老太太醒了，上前进了一步，施了个礼，说道："是杨尚书老夫人么？"

杨老太太道："正是老妇，敢问达官高姓大名？因何来此？"

那汉子道："老夫人且不必问俺姓名，俺倒要先请教老夫人，刚才这班狼虎衙役，究竟是为的什么？"

杨老太太叹了口气道："如今说也何用？圣旨已下，家破人亡是了。"

那汉子道："请老夫人把要紧的话讲几句给俺听，或者可以效力解忧。"

杨老太太便叫巧云召杨忠说道："杨忠，这位达官来问我们家况，看他倒是个热肠人，你把所有话告诉他。"

杨忠答应了，忙请那汉子坐下，一是一，二是二，从头至尾说了。那汉子听着，叹了好几口气，末后说道："我明白了，如今老夫人家用一切如何呢？"

杨老太太道："屋也焚毁了，器具也劫掠空了。今年本是个荒年，余下二百亩田，被官中挑选剩的，一年不过收两三百吊钱是了，今年更是没得收了。达官，你看咱们几口子怎么过去？有了这个，还是皇上的恩泽咧。"

那汉子道："老夫人不必忧急，俺可替老夫人去找公子去，这里俺随身带有三十两银子，暂给老夫人使用，明日再来。"说着要走，被杨忠一把拖住。

杨老太太道："达官盛义，感激万分，怎的萍水相逢，素无往来，哪里能受此银两？杨忠，你必要还了达官才是。"

杨忠拼命拖住，把三十两银子乱塞到那汉子怀里去。那汉子道："老夫人不要疑这是不义之财，俺若把不义之财给老夫人，那是俺负了老夫人，老夫人要不收了，就是老夫人小看人了。"

杨老太太经此一激，再不好推却，缓缓起来，说道："如此多多承赐了，请达官受老妇一拜。"说着，突地跪下，惊得汉子也忙跪下答礼。

杨忠、巧云扶起杨老太太，瞧那汉子，早已不见踪影了，合家赞叹了一回，终究不知是何等样人。

等到第二天，那汉子又来了，右手携着一团蒲包，好像是竹头木屑，并不在意。进了杨宅，问过杨老太太的安，把蒲包放在桌下，说道："老夫人放心，我已派人查公子去了，这一点儿小意思，老夫人收下使用，休要客气，我过三五天再来。"说着，拂袖走了。

杨忠出去追赶，哪里还有半个影儿？杨老太太命杨忠查看蒲包，杨忠伸手去提，那蒲包动也不动，杨忠把桌子移开，用尽气力，双手提挈，始得移到杨老太太面前，打开一看，谁知满包是黄金厚叶子。杨老太太嗫住不敢作声，轻轻说道："杨忠，你把这物保藏好了，不好打动，待那汉子来了，我来还他，这不是我们该得的东西。"杨忠答应了。

过了三天，不见那汉子到来。杨老太太急着立等，忽听杨忠气喘喘跑来说道："不好了！又有两包在那里了，老奴看过是一色一样的。"

杨老太太携着拐杖踱过去一瞧，果然有了三蒲包，都是黄金厚叶子，总共折算起来，大约值得十万银两。杨老太太承那汉子这番厚谊，感激自不待言，当下也不声张，只嘱咐杨忠和其余几个仆役仔细看守，等那汉子到来，将原物奉还。谁知等了一个多月，不见那汉子前来，有没去处可以找寻，急得杨老太太东也不是，西也不是，反而加上一重忧愁。

可怜杨家这时穷得担石无存，遭灾以后，家用一切，件件新制，几乎吃不成饭，偏这位杨老太太死讲清高，不肯动用分毫。正在这时，临汾县忽来了十几个差役，把杨家前后门都看守起来，一家老少，个个锁上锁链，吓得杨老太太等魂胆逍遥。

正是天有不测风云，人有旦夕祸福，欲知杨家犯的何罪，且听下回分解。

第二十九回

堂下鹤立断疑狱
夜半人来失奏书

话说杨老太太家居苦守，正愁得饔餐不继，忽地来了十几个县役，把杨家大小一家人都捉将县去。这时杨家除了杨老太太、巧云、杨忠三人之外，还有三个人，一个是婆子，一个是长随，一个是厨子，当下厨子、婆子都捉到了，唯有个长随名作金保的不见，县役喝问杨老太太道："你们家人都齐了么？好了，走吧。"

杨老太太道："究是怎么一回事？你也须说个理由。"

县役道："我们也不管什么事，县太爷命我们捉人，我们捉人就是了，公事公办，有什么牵缠？"

其中有一个县役，好像是捕快头儿，对众役道："先叫他们缴出金叶子，再把带走。"

杨老太太方才明白是为的金叶子，不由得心中大吃一惊。当下由杨忠把三蒲包金叶子点缴县役，县役个个眼睛出火，歪着头说道："反了反了，把这许多金叶子偷来，全无王法了！"一面派几个看守空屋，一面押着杨老太太等五人，扛着三蒲包金叶子上县去了。

进了县衙门，早见临汾县高坐堂上，下面跪着一人，哭得泪汗被面，已经架了刑具，杨家人走近一看，不是别人，就是杨家长随金保。

原来金保好赌嗜酒，自杨尚书故后，无钱使用，杨家偏穷得三餐不饱，金保无法，偷偷地拿了一条金叶子到钱号去换，恰巧遇了县差。正因府署失了金叶，着府县严查剧盗，县差这两只狗眼看得逼真，哪里还肯放松？于是拿到县里，一动刑讯，金保便将一切情由供上，临汾县意想升官发财都在此一举，立刻发落绿头签捉拿杨宅全家老少到案严办。

因此县差奉命前来，当下把杨家五人、金叶子三包缴上县堂，临汾县点讫，巧云、杨忠等四人一齐跪下，杨老太太因是尚书夫人，故而免跪，站在前面。

临汾县开口说道："好一个尚书夫人，胆敢私通大盗，强劫府署金库，直说来，免得吃苦，要有狡赖，休怪本县无情！"

杨老太太这时倒也不慌不忙，缓缓答道："县爷秉公办案，理所当然，老妇年逾六十，身无儿女，只是几个仆役，向来秉先尚书遗训，也很循规蹈矩，县爷说老妇私通大盗，却是何来？"

临汾县哧地冷笑了一声，问道："这名作金保的是你家何人？"

杨老太太道："是先尚书用下的长随。"

临汾县又问道："这三包金叶是你家下搜来的么？"

杨老太太道："不差，是放在我家下的。"

临汾县道："那么人赃确实，还有何言？"

杨老太太道："老妇自是有言陈说，请县爷明察。"接着随说那日查收家产之后，来了一个汉子，掷下三十两银子，第二天拿了一个蒲包来，过三天又多了两包，并不见人，老妇正待那汉子到来，原璧奉赵，不想乃是府署中物，老妇哪里知道。

临汾县听这话，不禁大怒，喝道："胡说！哪里有这种不近人情的事，待骗谁来！"说着，拍案大叫："杨忠，快快从实供上，如有半句谎言，就要你的狗命！"

杨忠叩头陈供，正如杨老太太所说一样。临汾县越发激怒，又把个厨子喝问，厨子也是照说，巧云、婆子都已问过，都是照样供上。临汾县怒极了，喝着杨忠、金保、厨子三名，掷下刑签，左右吆喝，正要动刑，忽然闪出一个高架男子来，近前阻住差役，喝道："什么事不分皂白，就动刑具！"惊得杨老太太、巧云抬头看时，正是那个送金叶子的汉子。

临汾县被这汉子一阻，越发咆哮。那汉子笑道："何必如此胡闹，做官听讼，是不容易的，须得平心体问才是，怎的一动就吓，两动就打？这简直是强盗，还成什么体统！"

临汾县经这汉子一训，怕是什么王爷、贝勒来了，倒有点疑惧起来，闷声不发。汉子又道："你试看这么一位斯文的老夫人，这么一个气喘喘的老家人，又是这么几个懦弱小子、婢女、婆子，府署那样庄严所在，怎会偷得金叶子来呢？你也该想想明白，要偷府署的金叶，究是怎么样人。你一味屈打成招，想做你的官、发你的财么！"说着，扶起杨忠、金保三人，叫他们站住。

临汾县这时又怕又气，说道："你是何人？干你何事？"

汉子喝道："你简直是做梦！我名曹仁父，就是开府署金库，送给杨老夫人的。我倒要问你，你是何人？干你何事？"

临汾县这才明白是盗案正犯，喝令差役把曹仁父拖下。曹仁父笑嘻嘻把左右手一格，那一班差役喊的喊，退的退，跌的跌，早吃着苦痛，不敢近前。曹仁父笑道："亏你是个县官，我倒帮你的忙，自来投案，怕你碰上司钉子，你反动起蛮来，我要怕你动刑，也不来了。"

临汾县见这人大有来历，便道："既是你一手做的事，你自己知罪是了，你该什么处分，你自己说吧。"

曹仁父道："你速将杨家人全数释放，只把我送省，叫抚台噶礼自去办理，岂不两便？"

临汾县想了一想，道："不行，至少要带了杨忠、金保同去。"

曹仁父道："也可使得，只是我有一句话，先要交代，你的差役，如有丝毫得罪杨家人，我只向你说话！"

临汾县答应了。曹仁父又道："三包金叶，共是一千零八十条叶子，托你保存，不必带去。"

临汾县想了一想：不对，难保曹仁父徒党又来劫去。说道："你须知道，这是我们规矩，人赃须一律去的。"

曹仁父道："也好，不过你自己寻麻烦是了。"

临汾县无话，当下一面把杨老太太、巧云、厨子、婆子四人，着差役好好送回，一面把曹仁父、杨忠、金保三犯在署看守，备即上省。

曹仁父哪里肯受半毫拘束？一不准上刑具，二不准押差，三不准当罪犯看，路中须同宿共餐。临汾县无法，一一答应。于是随同到平阳府，临汾县先把曹仁父等盗犯三名所以不上刑具的根由说了，平阳府惊道："这事如何使得？巡抚见了，不要疑我们贿通的么？"

临汾县一想不差，狠命恳曹仁父的情，曹仁父坚执不允。平阳府亲自又来讨情，曹仁父道："如果噶礼有亏待你们，有我担保。"

平阳府、临汾县听他这种荒诞的话，真急得要死，没奈何，只好依旧陪同上省。到了太原，平阳府先藏了袖折，亲到巡抚衙门递进，第一就把"剧盗曹仁父非常倔强，不听缧绁，由职府职员设诱拘到案"等语首先陈明。谁知噶礼接了呈折，并不坐堂审理，传平阳府、临汾县、曹仁父、杨忠、金保等五人，一起在内厅接见，平阳府、临汾县真弄得莫名其妙。一会儿，五人进了内厅，平阳府、临汾县施了大礼，禀过一切，杨忠、金保跪下叩头，曹仁父早已径自坐下。

噶礼盯住两只鼠眼，往曹仁父身上打量了好一会儿，转过脸来笑道："咱们都是朋友，大家坐下谈谈。"

平阳府、临汾县颤得神色都变了，哪里一时敢坐？偏是金保呆大不怕鬼，早已坐下，杨忠被曹仁父一把拖住，也已坐了，于是平阳府、临汾县在低下客位上也告了坐。噶礼笑对曹仁父道："既是你来了，这事倒要请你指教，你看怎么办咧？"

曹仁父道："那是抚台大人权柄，咱怎好多嘴？"

噶礼道："休客气了，我噶礼难道这一点儿事情都不解得？又当什么大员？"

曹仁父心想这厮真也厉害，倒便宜他了，随道："既是抚台叫咱做主，咱就做主，请抚台把三包金叶子送给杨家去，杨家如今是租的别家房屋，还要请抚台替他盖造一座庭院，叫临汾县督工。以后请抚台不必向商民捐款。"

噶礼声声答应，说道："一切遵命，只是这金叶子送到杨家去，杨家使用也多不便，倒不如替他兑了现银，你看如何？"

曹仁父道："这是抚台自己贪图便利罢了，莫说杨家不便利，既是抚台软商，咱也可以答应。"

噶礼道："是了，如今要恳求你了。"

曹仁父随手从怀中探出一封信来，递给噶礼道："原封未动，今晚可以发出了，下次小心点儿就是。"

噶礼接过信来，如获宝贝一般，当下往里身一藏，平阳府、临汾县等都呆昏了，不知是什么把戏。

看官，你道这信是哪里来的呢？原来噶礼巡抚山西，受廉亲王嘱咐，叫他探听大事，搜刮金钱，每月须密奏几次，那许多金叶子，都是噶礼特地制成，预备供奉廉亲王的。这信中也曾说起多少金银，而且密告有几桩大事，都是关着谋位的暗语。噶礼何等仔细，特亲手写好奏给廉亲王的。哪知曹仁父刚到山西临汾，遇见杨宅抄家，曹仁父本有所知，一问果是实在，不由得义愤一激，侠剑横飞，早已飞入巡抚衙门。原想劫金杀贼，替杨尚书报复，适值噶礼伏案草奏，曹仁父从背后偷偷瞧去，知是给廉亲王的密封，乘噶礼不备，窃入怀中，连往数次，打开金库，见是装好金叶，已有三篓，里面都用铁丝网络，外面乃是一个蒲包。曹仁父顺手牵羊，拿了三包，心知噶礼手写密封在身，早晚告发康熙帝，就可断送他一条老命，度他绝不敢追查金叶了。

谁知噶礼是一世奸雄，胸中满藏机械，转身不见密奏，暗查半夜，默不作声。清早库藏司禀陈金叶失窃，噶礼知是遇了剧盗，度必是一手携去，遂打定主意，明察金叶，暗访奏本，着府员密密网布，到处巡逻，已经有一个多月。他意思是重在那本亲笔密奏，至于金银，究竟还可以舍得，因此他早已深思熟虑，料得盗犯进出飘忽，定是个非常人才，势非卑辞厚礼不能取还，所以噶礼一见曹仁父，不但毫无声势，简直当他廉亲王一般看待。

偏是剑客心肠，可以柔克，曹仁父见噶礼自知罪状，礼貌有加，遂即发还。噶礼这时转祸为安，自无一事不允，当下兑过现银，命平阳府、临汾县专送杨宅，一面按照曹仁父吩咐，替杨宅盖造庭院。曹仁父见诸事已毕，便要起身，杨忠、金保忙跪下叩头谢恩，又谢过噶礼，杨忠要请曹仁父回临汾，曹仁父道："改日自当看贺新宅，这回有事，不能同路。"当下拔步就走。

噶礼亲送至仪门，平阳府、临汾县也都拜辞噶礼出来，押着银两，与杨忠、金保同往临汾去了。曹仁父出得抚台衙门，往大街而行，正想察看太原风俗人情，再作计较，走了两条街道，忽听后面有人叫自己名字，回头一看，不觉大惊。

不知曹仁父惊的何事，且听下回分解。

第三十回

白髯客陌路还童
黑飞虎荒山啖肉

话说曹仁父出了府署，在太原街中行走，刚走了两条街道，忽听后面有人叫自己名字，回头一看，乃是一个白髯道人，携着一个八九岁男孩，在转角招手呼唤，却是个陌生面庞，从来不曾见过，心下不免一惊。看官们知道，凡是江湖上人，无论路过住宿，如有人直呼其名，又是向来不认识的，未有心中不自害怕，怕的仇敌狭路相逢，或是官中派人埋伏暗杀。曹仁父听得这道人叫他，只好返身转去，那道人也缓缓携着童孩迎上来了。曹仁父仔细打量，见道人七尺身材，河目海口，一部银白长髯，根根见肉，宽衣大袖，风姿如仙，左手拿一个药囊，右手便携着男孩，笑吟吟踱过前来，说道："好兄弟，办事干练得很，爱而不伤，惠而不费，却是英雄本色。"

曹仁父连忙作揖说道："承高道奖许，愧不敢当，但不知高道何以知之？"

白髯道人仍旧自己说道："可惜老朽无暇与好兄弟长谈，这回倒要请好兄弟代劳一行。"说着，手指男孩道："你可认得这小孩？这便是杨尚书儿子杨秀。你带他家去，功德圆满了。"说着，把男孩携给曹仁父，点了点头道："再会。"只觉长袖飘风，刹那不见。

曹仁父仰望天空，似有一片白云袅袅而去，并无光影，呆了半

167

天，恍然如梦始醒，口中自言自语道："不差不差，定是这人。"俯下头来，瞧那杨秀，生得白皙丰肌，眉目俊逸，头角嵘然，心下很是欢喜，摸着他的头发，携着向街中缓行，一路走，一路和杨秀说话，问道："小弟弟，你叫什么名字？"

杨秀道："叫杨秀。"

曹仁父道："你父亲干什么的？你怎会到这里来的呢？"

杨秀道："我父亲做官的，我被许多人拉了来的。"

曹仁父道："你怎么认得这老道士唰？"

杨秀道："我被许多人拉牢，拿刀要杀我，我的妈救我的。"

曹仁父道："奇了，你哪里来的妈呢？"

杨秀道："哪，我妈会飞的，穿黑衣裳的，头发都脱光了的。"

曹仁父听杨秀这话，咮咮笑了一阵，又道："小弟弟，真有趣味，我给你做朋友。"

杨秀道："你不是朋友，是曹伯伯。"

曹仁父喜得要跳起来，说道："谁告诉你的？"

杨秀做了做手势，道："有白胡子的老公公告诉我的。"

曹仁父知道就是白髯道人了，又问道："你怎会认得白胡子老公公呢？"

杨秀道："我妈交给他的，我妈看见他，常常拜他的。"

曹仁父越听越有趣味，说道："我和你喝酒去，好不好？"

杨秀道："不要喝酒，快点请曹伯伯送我家去吧。"

曹仁父听得高兴极了，说道："我马上送你去。"

杨秀道："曹伯伯，你会不会飞？我妈常带我飞的，快得很唰。"

曹仁父笑得不能闭口，说道："会飞，会飞，我带你飞就是了，你不怕么？"

杨秀摇头道："不怕不怕，飞起来眼睛闭着就是了。"

曹仁父一壁笑个咮咮不止，一壁便想：这小孩不知经过了几多世面，究不知谁和他伴的？想着，抱起杨秀，掷剑向空而驰。

不上两个时辰，已到临汾，就在临汾城外收了剑，携着杨秀进城，直到杨宅。杨老太太见是曹仁父来了，忙问："官司怎样？杨忠、金保呢？"

不待问明，忽然一眼瞧见是杨秀在跟前了。杨老太太摸了摸眼睛，又把拳头敲敲自己太阳穴，说道："儿子杨秀么？不是夜梦么？"

杨秀道："妈妈，是儿子呀！"杨老太太拼命抱住杨秀，放声大哭了。

杨秀也一面哭，一面替杨太太拭眼泪，巧云、婆子、厨子也来了，个个忙着问杨秀道："怎的你来了？"

杨秀举起手来，指点曹仁父道："曹伯伯带我来的。"

众人方才记起有个客人，一语提醒杨老太太，要和杨秀往前叩头，谁知曹仁父早已一溜烟跑得不知去向了。

杨老太太只是念阿弥陀佛，紧抱杨秀，东一句西一句问他，杨秀又是东一句西一句回答，说什么"我妈会飞的"，什么"白胡子老公公带我的"，又是什么"曹伯伯叫我吃酒的"，讲了一大篇三头不着两的话。正讲得起劲，杨老太太稍微有点定心了，忽然杨秀说道："我要见爹去。"

一语未完，杨老太太又哭了，杨老太太道："我的儿，你爹为着你上天去了。"

杨秀道："难道我爹也会飞了么？"

杨老太太道："不是的，死了呢。"

于是杨秀也哭起来了，母子团聚之后，忽哭忽笑了好几天。

那平阳府、临汾县奉着噶礼命令赉送银两到了，先见杨忠、金保气喘喘地跑到，禀过杨老太太，杨老太太也不知所以然，闻得本府、本县都要来参见，忙着披戴尚书夫人礼服，带领杨秀前去迎接。平阳府、临汾县先后接入杨宅，宾主见过坐定，平阳府先述过来意，缴奉银两，临汾县也禀过奉抚台之命，盖造庭院，杨老太太叫杨秀叩头谢恩。平阳府、临汾县交代已毕，兴辞回去，一时远近哄传，不明是怎么根由。

杨老太太体问杨忠，杨忠回说："都是姓曹的那位爷叫抚台办的，始终不知底细。"

杨老太太巴望曹仁父再来，想怎样可以谢他，常常搁在心中，偏那曹仁父从此再也不来。这里房子转眼盖造成了，财产也差不多都收回了。后来杨秀读书成名，终不见曹仁父光降，杨老太太特地画了个曹仁父小照，香烛供奉，每逢月朔，叫全家人叩头祝福，果是杨老太太受恩无报的一种苦衷，不在话下。

且说曹仁父伴送杨秀回家，一路闻杨秀答他言语，知那白髯道人必是个剑仙，想起从前了因卫护清营，与一个老道士交兵的，怕就是此人了，再想起后来峨眉山石壁题偈的，又是一位前辈，或即是他，也未可知。总之，这白髯道人所说的话，明明指着我料理噶礼的事情，又把这小孩送到我手，当然是非凡之才，惜的是自己当时不极力留住，苦苦求教，至于相逢复失，十分懊悔。意念有此奇遇，少不得和诸同门去攀谈一回，因此送杨秀到家，乘众人慰问忙碌之时，径自漂荡寰宇，寻诸同门去了。

看官，这白髯道人究竟是谁？曹仁父的推想不差，原是剑侠祖师剑道人。剑道人自从峨眉山题名之后，周游国中，横览天下，携着药囊，秉着婆心，有病的医病，有险的救险。他那两个女弟子红、黑两侠，也各自奔走不定，黑侠回到郑家庄白莲庵，住了两天，就往山西、陕西、甘肃一带游行。一日，行过大岳山，天色已晚，山下一片平阳，四无人家，望去只是黄沙衰草，连鸡犬之声无闻。黑侠暗想：今日只好森林一宿，冰霜一餐了。剑客随地栖止，本无所不可，心中泰然，毫不为意。

走了一箭多路，只见山上跑下一人，足踏草鞋，头裹青布，满面凶煞，横肉隆起，黑侠料是个断路强盗，也不在意，只管自走。那人跑下山来，向黑侠打恭招呼道："天黑路险，大师何必寻苦，本山有茅屋数间，可以下榻，不妨进去一宿，天明再行未迟。"

黑侠道："承情指教，只是孑身无伴，不便留宿。"

那人道："本山茅屋，原是替行旅商贾设的，本有女客宿所，并无不便之处。"

黑侠一则好奇，二则露宿究竟不便，遂跟那人登山。到了山上，却不尽是茅屋，倒很有几间石屋，筑砌得很精密的。刚到门前，里面踱出一个大汉，和那人说了几句话，望黑侠周身打量了一回，也就踱进门来，叫店小二打开铺房，安置女客，似乎是这里的主人翁。

黑侠进房坐定，稍微吃了点麦饼，熄灯睡下，心中虽是提防，倒不十分注意。正要安睡，忽闻得晕香气味，阵阵刺鼻，忙抬头细看，因窗外月光映入，见门后一人执香施药，认得是山下招呼的那个小子。

黑侠转身一旋，纵出窗外，索性去周游细看一回，行到后进，见那大汉正在灯下喝酒，桌上放置一大盘白肉，也不知是什么野味。再过去一瞧，乃是厨子，见两个厨子对坐细谈，旁边有两个小孩，一个已被斩截成块，一个正捆住廊下。

黑侠立即飞剑，把两厨子杀了，待要进屋，忽闻脚步声，那大汉与那小子已紧追过来，黑侠退过一边，趁势把那大汉杀了。那小子怒极，似饿虎般地直扑过来，黑侠对准耳后一穴使劲一点，把他点住了，急忙跨入厨下，解去廊下捆缚的小孩，问明姓名，叫作杨秀。黑侠回身又把那小子点醒，那小子急得跪地叩头苦求道："小的名作赵彪，是这汉子逼我来当值的，求大师超拔，放小的一条狗命！"

黑侠本自戒杀，也就答应，放了赵彪，问过一切情形，始知那大汉名作黑飞虎，是山西剧盗，专吃人肉，能夜行五百里，太原、平阳、汾州都有劫案。黑侠破了盗窟，把黑飞虎部下的人都叫了出来，连店小二共有九人，黑侠只把茅屋焚化，九人全部释放了。这晚过路住宿的也有四五人，赖得黑侠，都保全性命，少不得一番恩谢。

第二天早上，黑侠带杨秀下山，因路中携着不便，只好回到白莲庵，交香伙婆子收管。这时剑道人刚从北京至郑家庄，过白莲庵来看黑侠，黑侠遂把太岳山搭救杨秀的事情说起，谁知剑道人全盘明白，说杨秀乃是工部尚书杨义的儿子，曹仁父正在查访无着，于是始由剑道人送给曹仁父去。

　　欲知剑道人如何会详悉曹仁父情形，且听下回分解。

第三十一回

拯民困女侠探深宫
邀皇宠酷吏兴大狱

话说剑道人率弟子红、黑两侠从塞外回来，各自分散游行，黑侠北走陕甘，南走江浙，红侠专往北京探听清宫内幕，剑道人自己手携药囊，背负长剑，遇有不平，也曾亲身察查。当曹仁父第二遭到杨宅暗送金叶时候，天已昏黑，适值剑道人路过临汾，突见一人飞上屋脊，手提蒲包，踏瓦如飞，意想不是剧盗，便是怨孽，不妨暗下窥察是善是恶，再与计较。

心中一念，早已追踪曹仁父后面。谁知曹仁父跳下屋中，刹那间返身而出，剑道人越是猜疑，紧紧跟着曹仁父，不再放松。曹仁父过了两三间屋面，急忙跳下步行，剑道人自然也依着走去，细看曹仁父顶上有光，知也曾练剑成艺，更是提防小心，曹仁父哪里知道？

二人前踪后影，疾行不少路径，已至临汾县东向一镇。曹仁父走入镇中，转了两个弯，忽与对面一汉子讲话。剑道人远离丈余，也听不出是什么，只见二人携手同行，找一所客店住了。剑道人一探便须到底，不由得隐身入店，密察二人动作，始知飞瓦提蒲包的名作曹仁父，对面一汉子叫作白泰官，二人乃是同门，所有曹仁父到府署偷窃密奏、金叶，搭救杨老夫人的事，都与白泰官说了，并从身边掏出噶礼密奏与白泰官细瞧，白泰官也很赞叹。曹仁父又说杨老夫人老年失了儿子，名作杨秀的，托白泰官帮同找寻。

这一席话，却被剑道人听得清清楚楚。剑道人返身又到杨宅，转探杨老夫人消息，正值杨忠惊告杨老夫人又多两包金叶，很是疑虑不定。杨老夫人吩咐收藏，不该动用的话，又被剑道人探听无误，剑道人暗想这倒是一桩义烈之事，趁着有暇，且看他们如何结束。倘有个意外危险，须得暗中扶助才是。于是剑道人便把此事搁在心中，在临汾县里住了几天，日间无事，沿门卖药施医。

谁知杨老夫人藏金不用，官府密查暗访，久无事故发生，剑道人设想为时尚早，不如到白莲庵探看黑侠，见她们师姐妹如何，再来未晚。到了白莲庵，事有凑巧，适逢黑侠斩除黑飞虎，搭救杨秀出来，剑道人便知杨秀是杨义之子，曹仁父正在竭力找寻不到，把一切情由与黑侠说了，黑侠道："这都是师父成全之力，也是杨尚书为人爽直，定数不合绝后，弟子就立即把小孩送去临汾杨宅是了。"

剑道人道："我们倒也不必出头露面，看这事尚有一番波折，待他们诸事完备了，只把小孩送与曹仁父去就是。"

黑侠忙问更有什么波折，剑道人道："噶礼失金是小事，失奏书是关系性命，哪肯便息？怕现在正在网罗密布，查缉剧盗，如果查明，自然杨宅与曹仁父都不免祸。待过数日，再去探看曹仁父，如果他有不及，我们该从中助他。"

黑侠声声答应是了，当下师徒把此事搁置，就谈些别的案件。过了五六日，剑道人挈杨秀同到临汾，果然曹仁父对簿公堂。剑道人看曹仁父、杨老夫人依然无恙，也便放心。再后曹仁父与平阳府、临汾县、杨忠、金保等五人上省，剑道人随着同往，探得曹仁父出了府署，临汾县还要替杨宅盖造庭院，剑道人暗中深自赞许。待曹仁父走经街道，遂把杨秀送给曹仁父，叫他带回，自己扣算时期，已是庚申月日，曾嘱红、黑两侠在雁荡极峰等候，须得前去一会，当下离了太原，即往雁荡去了。

到了雁荡，早见红霞一片飞向峰顶，知是红侠已来，黑侠随即赶到。红、黑两侠见了师父，施礼问安，黑侠便问："曹仁父事完了么？"

剑道人道："完了，这人本领很是不差，心术也颇纯正，却是后起之秀。"

红侠动问谁是曹仁父，黑侠把一切情形与红侠说了，红侠点点头，面上很现出疑难的神色，说道："亏曹仁父倒有这么一桩义烈，也是替穷苦百姓解了急。"

剑道人道："你怎样呢？"

红侠摇头道："有负师父恩命，弟子不但毫无建树，而且身遇怪事，势成骑虎，须得师父训导。"

黑侠忙问遇着什么了，红侠道："说来话长。"

剑道人道："仔细讲给我听，就是怎么一种难处。"

红侠先把清宫探查的情形禀过，说皇太子如何废斥，废斥后如何见鬼闹狂，康熙帝如何排布密访，又说那廉亲王怎样请张笃铭镇魇，怎样被禩贝勒窥疑，说了一大篇，剑道人听着掀髯微笑不语。黑侠道："难道清宫中又有什么和尚怪物了么？"

红侠道："说起这和尚，如今已还了俗，当清军的提调了。廉亲王府的张笃铭，就是这和尚的朋友。"

黑侠道："那么你说的怪事在哪儿呢？"

红侠道："我见清朝王公大臣近来都走廉亲王胤禩门下，似乎他们计议将来要推拥胤禩做嗣皇，因此我常到廉亲王府去探听消息。有一天半夜里，我飞入王府，行过外厅，黑沉沉一个人影都无，绕到花厅，到一所阁上，名作翠香阁，阁后是廉亲王闲居之室。只见室中灯烛辉煌，有三人坐着议论，其中一人就是胤禩，一人好像是十四阿哥胤禵，还有一个想必是王公大员，只因他面向内坐，看不透是谁。一人道：'禩贝勒这厮心机很多，专会暗算，王府道士被他猜疑了，定无好事，如果他密奏皇上，明诏查问，该怎么处理？'又一人道：'正是这话，明明有个张道士，被他访问便无踪影，岂不令

175

人更疑？'胤禵道：'那么咱们也有法子，另外找一个人充当是了。'以下便商量如何找法，因说话声音极低，不甚清楚，一会儿，胤禵又道：'贝和诺这人，精明强干，着实有用，咱想把他保奏两广总督，专叫他重办前朝留下遗民。如今两广时闻猖逆，如此一奏，必然合着皇上意旨，倘能严办几个，那更是迎奉圣心。'二人都说这话不差，须得赶快保奏。"

原来这贝和诺也是个旗人，尖刻刁诈，无与伦比，曾做过云贵总督，专会无故陷害，锻炼成狱。后被王公大臣参劾，开缺调京内用，他便显了神通，与胤禵联合起来，胤禵保奏他总督两广，肆杀遗民，真是长才施用，最好也没有的了。

红侠听了这话，不由得心中一惊，想这么一个封豕长蛇放下来，两广人民还有太平的日子么？皇室中自相残杀，原不打紧，倒是这事关着两省百姓，不得不慎重探询了。红侠主意打定，急着留意此事。不到五天，居然降旨贝和诺为两广总督，于是又到廉亲王府，料得贝和诺必来讨教。去了两次，果然瞥见廉亲王嘱咐贝和诺，都是些杀人刮财敬奉皇上的意思。红侠探听贝和诺赴任日期，附着同行，心下暗计：如果贝和诺有残杀遗民情形，少不得取他首级。

行了半个月光景，到了广东，看贝和诺接印任事，出示安民，调度一切，红侠查得纤毫无遗。不上一个月，贝和诺竟然闹出几桩文字大狱。原来广东潮州，有个姓龙名越标字超然的，是前朝直臣龙逢霓的孙子，一生研究宋儒之学，专讲气节，半是赋性梭秉，半是家学遗传，生就古怪脾气。偏逢中原鼎革，胡虏入主，气得他老先生一时放声大哭，一时开口狂笑，不痴不癫，放浪形骸之外，家中设了许多先朝旧臣的神主，每到朔望，必要设祭痛哭一番，旁邻笑他龙痴子闹鬼，也不在意。历任潮州府县，都晓他害了狂病，明知反背清朝，为怜他年老愚忠，也不忍举发。

这回贝和诺奉了廉亲王意旨，专办此事，正喜遇着龙超然，真是求之不得，闻得他家中设有先朝遗臣主位，更是叛逆有证，不待察访，早派了蛇虎爪牙，着府县一体严拿，把个龙超然住宅团团围住，所有龙超然虚设神主、龙氏祖上遗文私著，及龙超然自身著作，一切搜刮干净。龙氏本系世代官家，着实有些古玩字画，都被抄没，席卷而去，龙氏一家老小共计六口，个个架上囚车，由府县亲自押解总督衙门。贝和诺自己坐堂审理，喝问龙越标"承朝廷洪恩浩泽，不知感激图报，胆敢狂悖不规，隐蓄异志，举谋大逆，速将党羽供上，免得痛苦"。龙超标听了话，昂首大笑了好一会儿，忽然转过脸来，骂道："忘八狗子，放什么鳖蛋！要咬就咬，要杀就杀，我做了厉鬼，也须斫你的贼头！斫你这狗子不算，必要斫那玄烨的老忘八狗子，才得平胸中之气！"一壁骂，一壁大哭。

贝和诺听得龙超标直呼康熙帝之名大骂，真也了得，喝命用刑，夹板棍杖乱下。龙超然始终不出痛声，拧头笑道："我固然有徒党巢穴，你不用刑，我倒要说几句，你用了刑，我偏一句不说了！"

贝和诺被他一激，反而和缓起来，谁知龙超然忽然又大骂忘八狗子，骂完了又笑。贝和诺怒极，命施种种酷刑，把厚铁烧红熨帖背胸，又把全身倒挂，下悬千斤之石，几乎命在顷刻，却又不令死去。龙超然筋骨全脱，皮肉肿烂，连脏腑都挤榨出来了，偏是铁骨铜心，不呼一声刺痛，用刑时只是笑，用了刑，又不在意。

贝和诺无奈，只好把龙越标全家发落牢狱，奏明办理。这案尚未完结，贝和诺又再三网罗，寻隙铸狱，想自己从前被人参劾，少不得把这种案办理三四起，始可奏报逞功，也对得住廉亲王一番厚意，于是辗转诛求，又铸成一桩冤狱。

欲知后事如何，且听下回分解。

第三十二回

剪纸作人召妖有术
仗义杀贼慧剑无灵

话说贝和诺为邀宠固位，蓄意兴狱，专事察访遗民，谁知此时满城风雨，有几个忠君之士都匿迹销声，不敢出来。贝和诺正在纳闷，一日，微行出北门，路遇一所八角亭，名唤落翠亭，乃是唐朝韩退之做潮州刺史时候题的，四面风景幽雅，别有潇洒出尘之致。贝和诺随身带有长随一名，叫他引路入落翠亭间坐。亭中侍役供上香茗，贝和诺举目四顾，见壁上新砌石碑，刻有诗词，往下看去，有人题落翠亭五景五律，中一句说道："净扫胡尘出塞外。"再看下面署名，是"赵鸣銮"三字。贝和诺顿然大喜，意想"净扫胡尘出塞外"明明是诋毁圣朝，要把圣朝灭了逐出塞外的意思，倒是叛逆铁证，但不知赵鸣銮这厮如今死亡了没有，先须探听明白。当下也不动声色，叫过亭中侍役，问："这题诗的赵鸣銮是哪里人氏？如今还在此不在？你可知道他的住处？"

侍役回说："本城赵氏是世代书香，达官所说的赵鸣銮，想来就是赵三爷，这位三爷的学问，个个推崇，他就住在东城，一问便知的。"

贝和诺点了点头，急忙回衙，手谕捉拿东城赵鸣銮。不到两个时辰，把赵鸣銮拿到，贝和诺亲自审讯，见赵鸣銮五十多年纪，面庞清癯，一脸斑白牙须，生得挺秀，不分皂白，拖下就打。赵鸣銮是个文弱老书生，哪里经得起喝打？声声叫苦申冤。

贝和诺道："你犯了大逆，如今慌张也来不及了。"

赵鸣銮道："小的安分守业，闭户读书，从不问外事，怎会犯着大逆？求总督明察。"

贝和诺早已把落翠亭石碑取下做证，命衙役给与赵鸣銮亲看，喝道："大胆叛逆！这'净扫胡尘出塞外'句，明明是诋毁圣朝，还敢狡赖么？"

赵鸣銮见了方才明白，真是梦里做不到的事，闯了大祸，赵鸣銮再要申冤求诉时，贝和诺不由分说，喝命押入监牢。这里东城赵氏的房屋，统已发封，所有赵氏丁口，一共十三人，点了姓名，个个钉镣下狱。贝和诺一面飞马奏报康熙帝，候旨处斩。

这时红侠住在城中一所尼庵，托言乱中母女分离，到粤寻亲，众人见一弱女子，也不疑心。红侠探听这两桩大狱都是凭空结撰，义愤所激，再也不能默忍，等到晚上，一溜烟飞入总督衙门，越过好几重屋脊墙门，寻到贝和诺下榻之所，眼看贝和诺正在窗下伏案阅卷，有两个侍婢站着，一支绛蜡烧得通室光明，看得十分清楚。红侠袖藏飞剑，对准贝和诺脑袋掷去，算定剑锋穿入喉颈，绕过心房，杀他个脏腑通焦。

谁知神剑飞去，眼目一晃，并不中窍，一剑孤棱棱折回，只见贝和诺面前站着无数狰狞鬼将，个个头大身小，手长臂短，头大的似筐箩，似稻床，身小的似栋柱梁榱，也有站着地下的，也有站着桌上的，都头向外看，对着红侠狰笑。红侠细瞧贝和诺，似乎仍在伏案阅卷，并不移动。一会儿，狰鬼都退净了，红侠望去，果然贝和诺神色自若，两侍婢依旧侍着。

心下大大纳罕，想这厮倒有妖术，竟然毫不声张，少不得运足元气，口吐飞剑直射。这口剑自然比不得袖发，更加锋利精锐，红侠使劲飞去，一匹白练，正对贝和诺脑门，直冲而前。

哪知转眼剑又折回，并不伤人，觉贝和诺坐案四旁，又现出无数大头狞鬼，头头攒动，更加凶猛，越发比前增了十几个。红霞再定睛细看，见贝和诺已横倒地上，侍女正在扶掖。料想贝和诺因惊吓晕厥，并不中伤，因知此类妖术乃别有人设施。更想飞剑再斩，忽听耳边喧呼捉贼，转眼望去，见大队吏役兵勇自两旁腾踔而出。

红侠见来势不佳，只得藏身退过，乘间逃回，进了尼庵，心神尚自不定，想此身奔走万里，海澨山陬，无处不至，无事不问，从未见此怪事，心下万分诧异，究是什么妖术，少不得再去探听。谁知进门正在凝思，那无数大头狞鬼，接二连三地从空中追到，登时门外站个密密无缝，一声怪响，个个拧头张口，挤将进来，声势汹汹，几乎要把红侠吞下。

红侠提防不及，只得纵身一跃，跳出房外，再升上屋脊，飞剑斩杀，不意剑方飞去，狞鬼随即赶上，连发四五剑，剑剑都空自折回，红侠暗想：十年苦练神剑，何苦耗用于此？当自收住退后。

正在这个当儿，外面人声鼎沸，几如万马奔腾。红侠身蹲屋脊，引颈一望，只见明火执械，百余名总督亲兵，涌队前来，那狞鬼也已赶上屋脊。红侠不及顾盼，急忙驾空飞驰，约行小半个时辰，已离省城百里之外，收剑下地，休息凝思了好一会儿，重又回到尼庵探听动静，只见庵门大开，有十几个亲兵守着，其中空无一人，连声息都没有了。

红侠意想不好了，倒害了庵中住持，被那衙役尽行捉去了。急忙飞行入总督衙门，匿屋檐查察，果见贝和诺坐堂审讯，庵中五六个尼姑及香伙、杂役人等，都跪在堂上呼冤。贝和诺严用刑讯，拷掠再三，尼姑等供称有红衣女子投入求宿，曾言来此寻母，并无反逆情形。

贝和诺喝命尼姑"交出红衣女子，否则，即将汝等全数偿命"，红侠听了，真是愤激万状。待要掷剑去救，转眼又是无数大头狞鬼追迎前来，接着满衙呼喝，如临大敌。

红侠知此时苦缠不是道理，只好退回，暂时避锋，暗探衙中究是什么妖术，再与师父、师兄商议。主意既定，急从总督衙门退出，恐那大头狞鬼追赶，不好就近栖止，重又飞行五六十里，至一市镇，见一家庭院参差，墙户高宏，念必是富裕人家。跃入院中，闪上楼房，翻箱倒箧，寻出一套合身衣服，又偷偷地洗了面，敷了脂粉，急忙退出，至荒野中换了。登时变了个广东妇女模样，一派温存之姿，十分秀丽之态，谁也梦想不到就是总督衙门的刺客了。

红侠把衣饰既已换就，忽想到东城赵氏旧宅现被官中发封，偌大庭院空无一人，不妨到那处休息。于是又回到省城，跃入赵氏空宅，好在床铺桌椅都已齐全，又无人知悉，即就赵宅当了个寓所，不分日夜，乘间察访，足足三五日，才把那总督衙门妖术根由看透明白了。

原来这施行妖术的人是个倭人，本是倭国一个阴阳师，名作长木秋龟，学得一身妖法，能飞符召将，搬运遮眼铁算盘诸术，刀枪不入，水火不灾，真是无法无天，无所不为。他施行妖术，只把纸张剪几个人，念上符咒，打发出去，随便可以差遣，要搬金银珍宝，把铁算盘一架，无论藏在何处，一索立得，如囊中探物，毫不在意。

他更喜搬运妇女，专事摄取元精，纸人剪成，念过符咒，遣发出去，不到一刻时辰，无论远隔五六十里，就会搬运家来，事后仍念符咒，叫纸人送还原处，妇女们恍如经了一梦，并不惊动，只觉身被人污，从此日渐黄瘦，有的身体纤弱，就此成疾亡命。

他不但剪纸可以成人，无论飞禽走兽、虎豹狮象、毒蛇猛兽，只消念上符咒，都可剪得如真活一般，而且气猛势雄，更比真活的厉害十倍。如果要攻杀他时，他就用遮眼法，把身体藏过，你再也找不到他。他那无数大头狞鬼就是剪纸模型，纸剪得这么怪状，就会化出这么怪状来。这狞鬼出发时节，长木秋龟端坐闭目，毫不动作，只把精神对付去，就可使神遣鬼，什么都能办得。所以他必要摄足元精，取用无竭，被他糟害的妇女儿童，也不知实有多少。

他在倭国做了无数孽障，被官员捉去，官员认得是长木秋龟丝毫无讹，待要捆去斩杀，忽然变了个两三寸长的纸人，官员噤得手足无措，再去捉到，依然又是纸人。于是倭官员奏闻倭王，倭王发下谕旨，命长木秋龟特往中国传教，永远不准回国，如果在中国建了功业，始允将功赎罪。

长木秋龟无奈，趁着康熙帝征噶尔丹时，奔赴清营效力，偏逢康熙帝不信道术，又因他是倭人，拒不收留。长木秋龟历次游说王公大臣，都因倭人邪术，不敢收用，也有碍着康熙帝意旨，要收用而不敢违逆的。因此长木秋龟游行南海，适到琼州雁峰塔上，四面俱是水洋，中留一岛，风景幽绝，岛上原有殿宇、庑廊、僧舍数十间，乃是从前了因和尚与师父红柳儿唐五盖造的，如今是几个道士住着。

长木秋龟游行到此，恋不忍去，决意在琼州岛上传教，就施了法术，把几个道士都收服了，作为徒弟。那几个道士，又教他中国话，长木秋龟渐成了中国习惯，自己架起铁算盘，暗算琼州府下居民钱财珍宝。那琼州本是富裕之区，一经收敛，整千整万的珍珠宝饰不知其数，都被长木秋龟搬运到雁峰塔上，随又把纸人剪成，四处分发，收罗妇女，每夜必有两三个侍寝，都是大家闺秀，娉婷妩媚之姿，被这长木秋龟一夜糟蹋，便体无精魄。

于是琼州府县人民大哗，有告发钱财被人盗窃的，有告发珍宝被人暗算的，有告发女儿姬妾少年新妇被鬼物害祟的，问起奸窃各案，都是差不多情形；问那被奸的妇女，都说那奸夫紫黑脸儿，矮胖身材，面庞有八字式须髭，约莫四十多年纪，不是本地人的样子。如此告发之案，每日必有三五起，合总起来，起码有三五百起。于是府县全体震怒，合府严查，所有寺庙住宅无处不搜。

长木秋龟得悉此情，心中不免大惊，正在这个当儿，贝和诺新命总督到任，长木秋龟急极生智，想了一条妙计出来。

不知长木秋龟妙计如何，且听下回分解。

第三十三回

飞符挟计惊总督
端坐凝神呵鬼兵

话说长木秋龟闻悉琼州府县挨户严查，适逢新总督到任，心生一计，当下命雁峰塔几个徒弟将所有劫来珍宝钱财窖藏地下，自己出了琼州境界，往省城去了。到了省城，拣了一所客舍住下，晚间施行法术，剪成十几个纸人，都是怪可怕的，念上符咒，打发到总督衙门作祟。

贝和诺一到任，在内房宿下，眨眼便看见狞鬼，动不动就遇着怪物，吓得贝和诺一家大小都不安寐，接连两三夜，都是伴着冤鬼过活，后来鬼怪越多，居然白昼出现，捣毁器物，暴伤人畜，无恶不作，姜婢听差都被鬼怪害了病。贝和诺把总督印信前去镇压，忽然印信飞到屋瓦去了，贝和诺自恃身为大员，张口喝骂，却被鬼怪打了十几个耳光，从此贝和诺也不敢多嘴，设起大仙牌位，日夜叩头供养，也不相干。

贝和诺急得没法，正要派人到江西龙虎山去请张真人，忽闻吏役递进名片，前来通报，说有个外国道士来谒辕门，能飞符召将，镇压邪魔。贝和诺接过名片一瞧，上写"长木秋龟"四字，听了这话，自是欢喜不迭，急忙请进。只见矮矮的一个小老儿，穿着是道非道的衣服，进来行了一礼，开口问道："总督大人衙门中近来有无怪异？"

贝和诺惊道："正患怪异，不知高道从何知晓？"

长木秋龟道："贫道周游天下，来到上国，偶经此地，见总督衙门中黑雾重重，想必是那十四个山魈木魅作祟了。这十四个牲畜，从前贫道在潘阳地方镇压过的，谁知年代多了，它又出来了。"言下非常感叹。

贝和诺十分恭维，忙请他镇压，长木秋龟故意迟疑道："也需它们修炼有年，怕贫道一时镇压不及。如今先须与总督大人说了，镇得好时，休要夸奖，镇不好时，休嫌缓慢。"

贝和诺忙道："哪里说得这话？这是本总督请求高道的事，自然由高道指使。"

长木秋龟答应了，想出许多法门，都是些骗人骗鬼的计划，不必细表。贝和诺件件应允，令出如山，无不办到。于是长木秋龟设起符坛，便在总督衙门捉起鬼来，果然第一夜鬼怪少了一半，第二夜只闻鬼怪隐隐哭泣，第三夜竟然绝迹了，第四夜又现出了一二个，自后忽隐忽现，终无害人的举动。但离不得长木秋龟一晚，长木秋龟离了，便又撕闹起来。因此贝和诺敬奉长木秋龟似祖宗似的，不敢怠慢。

长木秋龟见百计已售，再也不怕什么府县了，回到琼州雁峰塔上去察看了一回。谁知几个徒弟见财起意，把些窖藏的珍宝财物应有尽有，掘得逃走了，只剩两个徒弟看守空庙。长木秋龟暗想此后倒要重运财物，更离不得总督贝和诺，因此再到总督衙门。

贝和诺自是十分欢迎，长木秋龟细察贝和诺为人做事很是厉害，日后倒怕他看出破绽来。正在疑虑，适值红侠来暗杀贝和诺，长木秋龟正在外厅晏息，乍见人影飞过，疑是剧盗，追入里面，乃是行刺贝和诺的，便施了妖术抵御，却不令贝和诺知悉，因是无数大头狞鬼就是总督衙门作祟的玩意儿。

长木秋龟以为如此一御，必然刺客知难而退，哪知红侠第二飞剑又紧接直发，锋利狂奔，势不可当，使劲抵御，那剑锋已落贝和诺案前，白光闪烁，倏忽张目不开，吓得贝和诺横倒地下。待侍婢扶起，好一会儿苏醒了，贝和诺亲自去找长木秋龟，一步跨出房门，只见长木秋龟指挥众衙役追贼，瞬息间闭目坐在厅上，正如前日镇魇时一样情状。

贝和诺心知长木秋龟运气会神，不敢声张，立着静候。一会儿，长木秋龟张目四顾，见贝和诺站在面前，忙俯身施礼，说道："飞贼寓在城中西北门尼庵，速派亲兵健将杀去。"说毕，仍是闭目端坐。

贝和诺立即招呼吏役率兵前进，自己陪着长木秋龟坐下，只见长木秋龟头上出汗，口中呶呶念咒，忽听长木秋龟喊道："糟了糟了，飞贼逃走了，好厉害的女子！"说罢，转身对贝和诺道："请总督预备审堂，他们把庵中一切人等捉住来了。"

话未说完，早有人来报，说："女贼越屋逃去，把尼庵女僧、香伙一共十二人带到衙门，听总督示下。"

于是贝和诺坐堂审讯，审讯无话，命女僧等十二人付押。贝和诺退后回到内厅，细问长木秋龟："这飞贼究是什么人？"

长木秋龟回说："是女剑客，穿的通身红衣，行刺大人来的。"

贝和诺道："如今该怎么处置咧？"

长木秋龟道："不打紧，只要自己严加守备，贫道自有法抵御，女贼虽是凶狠，究不能犯大人丝毫。"

贝和诺点头称奖，从此长木秋龟更为贝和诺所信任，两人每晚伴坐密谈，必至深夜。谁知红侠换了衣服，每夜必来探听消息，所有长木秋龟来历根由都被探听明白。红侠想：此妖士果然敏捷凶险，非讨教师父，别设方法不可。记得师父临别吩咐，待庚申月庚申日约会雁荡，今为时已近，而路途遥远，计算时日，须得即日动身。于是起身离了广东，直赴雁荡，与剑道人、黑侠都会晤了，既把清宫内幕报告之后，即将长木秋龟全情说与剑道人、黑侠听了。

剑道人道："邪道妖术，果然阴险，可是你也曾见过这人么？"

红侠道："弟子退败之后，幽寓赵宅，晚间匿入总督衙门探听，见这厮与贝和诺坐谈，曾见过两次。"

剑道人道："你看他施行妖术之时，是否闭目端坐？抑或是谈笑自若？"

红侠想了一想，道："倒不曾见得。"

黑侠听剑道人此语，动问师父缘何有此一问，剑道人道："这不过探听他修炼功夫，他那大头狞鬼，原是由他派遣，功夫未深，必须闭目端坐始能应付，功夫过火，便是谈笑自若也得措置周旋。"说着了，又问红侠："你始终不曾见他当场设法么？"

红侠摇头道："却未见得。"

剑道人道："那么他大半是闭目端坐的了。既是这样，咱们三人同去，让我见过这人，再作道理。"

于是三剑客同下雁荡，一路往广东而行，途中改换衣装，扮作江湖卖解之流。剑道人嘱咐红、黑两侠，如有人盘问，只说我们三父女，你们是同胞姊妹，红、黑两侠遵师父之命做去。

黑侠本已祝发，这回又戴上网结，扮起家女模样。两弟子随剑道人同行十余年，从未见剑道人如此装束，因不解用意，动问缘故。剑道人道："贝和诺是两广总督，声势煊赫，你既下手不成，他自然防备特严，关津要道必须查问，我们虽不怕刀兵水火，但一经招摇，一则妖道必有徒党，恐先有所备；二则贝和诺派大兵防布，究也有不便之处；三则即使毫无妨碍，我们又何必多留痕迹。"

红、黑两侠听了师父吩咐，都各小心将事，一路进发，到了广东地界，果然查问得非常森严。师徒三人先有预备，自是平安过去，毫无疑难。行到省城，先找了所客舍住下，师徒计议已毕，先由红侠飞入总督衙门前去挑战。红侠跃过围墙，跳上屋檐，行到原处，下瞰贝和诺住所，只有绛烛高烧，却没个人影儿在内。又转过屋脊，行到后厅，细听东侧屋中，好像有两三人说话。红侠探望再三，看不出究是何人。行到东侧屋山，一个鹞子翻下，倒挂檐际，打从窗户窥去，正是贝和诺与长木秋龟谈话。旁边又添了个道士，恭恭敬敬坐在长木秋龟下面，一望而知是长木秋龟的党羽。

红侠细看清楚，暗计这时飞剑斩去，倒是个机会，料得这厮必然未备。正在凝思，忽见长木秋龟闭目打盹起来，红侠因曾听剑道人提过这话，忽然猛省，赶先使劲提防，纵身直上西侧屋瓦，袖剑以待，果然无数大头狞鬼从东侧屋拥挤而出，直扑上屋瓦而来。红侠退过一步，顶对东侧屋长木秋龟坐处掷剑飞斩，一道白光早被大头狞鬼拥拒折回，随又发出，又即空返，如此五六次，大头狞鬼怒极，个个突目张口，从左右前后四路抄袭过来。红侠飞剑只能及近，见来势不佳，一运气跳出鬼围，往墙外奔逃。直抵客所，推门而入，只见剑道人手执长剑，披发闭目而坐，黑侠早已外出，去无踪影。

红侠运足元精，当户鹤立，不消片刻，那无数狞鬼早已追到。红侠退至剑道人后面，狞鬼直扑剑道人，剑道人镇坐不动，但微微向空呵气，一呵气，狞鬼退开三四步，随又扑来，剑道人又呵气抵御，狞鬼又退，如此七八回，狞鬼终扑不上剑道人身去，渐渐退开，至于无影。忽然一阵怪响，无数狰狞大头小头鬼魔直奔荡空而入，接着猛虎长蛇、鹰狮猿熊之属，飞的飞，奔的奔，腾踔的腾踔，闹得满屋子不得开交。那鹰猿狠命地向剑道人头上扑来，剑道人昂首四周呵气，依然闭目不动，那无数鬼魔猛兽毒蛇，进了又退，退了又进，终不能逼近剑道人一步。

红侠乘此忽地飞起，跳出房外，打从后面不断地飞剑厮杀。剑道人又加足精气，层层呵逼，恶魔陷入重围，见势不佳，越发凶张，几乎要破屋冲霄，如此二三十回合，恶魔腹背受敌，始终坚持，剑道人知敌气已馁，张目向空一望，忽然站起，手把长剑向敌三挥，用足气力往前呵斥，红侠越发使劲挥剑，果然敌势不支，有好几个恶魔跌下地来。正在这个当儿，忽听空中格格数声，全数恶魔纷纷灭迹，正如雪片似的飞下地来，往下看时，都是些纸剪怪人、怪兽、怪禽，遍铺地上。

剑道人道："长木秋龟死也。"

话犹未完，突地空中跳下一人，说道："快走快走！大兵转眼到了！"

定睛看时，这人不人别人，正是黑侠。

欲知黑侠从何而来，且听下回分解。

第三十四回

雁峰塔扫荡余孽
贝勒府透说祸根

　　话说剑道人欲斩除长木秋龟，早已预定计划，叫红侠先去挑战，勾引妖道全副精神追来，自己凝神坐定，运足气魄，备妖道来攻，一面叫黑侠追蹑红侠之后，匿入总督衙门，乘长木秋龟对付前敌无暇反顾之际，忽跃飞剑斩去。又恐贝和诺知悉寓所，派兵围击，特叫黑侠先入总督衙门，将如数侍卫亲兵住处加锁反扣。

　　黑侠依计而行，不敢怠慢，既入总督衙门之后，游行各处，觉夜深人静，无一提防，探着出入要道、兵卫住所，全数加锁倒扣。诸事既毕，来到内厅东侧室，偷视长木秋龟紧闭双目，兀兀坐定，旁一道士手持剪刀剪成种种人怪花样，交给长木秋龟。只见长木秋龟双唇微动，知是虔诵咒语。黑侠不便久伏窥察，便退至后面伺候。

　　这时长木秋龟派发无数恶魔追赶红侠，与红侠师徒正在客寓决斗，两方激杀，简直无暇与贝和诺说话。再后恶魔渐渐退开时候，便是长木秋龟叫贝和诺派兵往击，贝和诺自然立即呼召，谁知出入要道均已杜绝，无一人得入。贝和诺亲自打出门去，夜黑人静，又无差役，打出数重大门，已是费时不少，点动侍卫亲兵，又都倒锁室门，不得听召立出，再四迁延，耽误时刻。

　　等到大兵云集时候，那黑侠旁伏静观，早见长木秋龟汗出如雨，面转红色，便迅雷不及掩耳地一道白光把长木秋龟五脏心肝都烧焦

189

了。调剑左转，把旁坐的道士也顺手一刺，立即飞出总督衙门，直向寓所报知剑道人，说："快走快走，大兵转眼到了。"

剑道人道："红侠前往赵氏宅中，确是稳妥万全，我们不妨同去隐息一回，叫红侠引路。"

红侠答应是了，于是三剑客即离客店，移往赵宅去了。这里总督府大队兵马开到，吓得店主人面如土色，吏役要他立交飞贼出来，店主人只是叩头跪拜，哀求申诉，闹到个不亦乐乎。后来店主人悟到是江湖卖解的父女三人，领吏役进去，早已不翼而飞，吏役怒极，把店主人拖下混打。

这面正在胡闹，那里贝和诺回进东侧屋，见长木秋龟与旁坐道士横死地上，血流如注，吓得魂不着体，急令召回兵士，保守总督衙门要紧，贝和诺命所有兵役手执利器，四围保护，有蹲在屋瓦上的，有立在窗上的，有靠住墙壁的，人山人海，站了好几层。自己居了当中的屋子里，又与手下一个侍卫调换衣服穿上，叫侍卫做了总督，自己做了侍卫。

如此提心吊胆过了好几夜，终究放心不下，请师爷商量法子。内中有个师爷，也是读书讲理的，回说："防盗不如防己，盗既不因财物而来，必是心有不平，大概总督平日治案，有过于严厉的地方。依某愚见，莫若把几个嫌疑罪犯从宽释放，一面出示晓谕，如有冤屈，尽管前来控诉，倒是冤家宜解之道。"

众员司都说师爷此言不差，贝和诺就照此办理，把前日拘来尼庵女僧等十余人一律释放，把赵鸣銮的妻子家族也就回复了，赵鸣銮叛逆已经奏报，自然只好候旨发落。其余冤屈的案件，也解结了好几桩，暂且按下不提。

且说三剑客隐息赵氏宅中商议后事，剑道人道："长木秋龟这倭贼，胆敢到中国浪传邪道，真是死有余辜，他必别有党徒，如此残酷妖魔，必斩除干净才是。"遂问红侠道："你说他琼州别有巢穴，究是什么处所？"

红侠道："弟子有一晚入总督衙门，听长木秋龟对贝和诺说，琼州雁峰塔上有座古刹，是他传道所在，要请贝和诺派兵保护，想必是他的巢穴了。"

剑道人道："不差，我们就到琼州去瞧一回。"

于是三剑客即刻起身，浮渡南海，不上五日，已到琼州。三剑客一路寻到雁峰塔上，果然有一座古刹，却是殿宇新葺，规模宽宏，入门进去，绕了好几转，才遇到两个道士。剑道人便问："你们师父长木秋龟哪儿去了？"

两道士望了望剑道人，待答不答，剑道人道："我们自己人，有话尽讲。"

两道士回说："师父被总督大人请了去，现在广东省城，老丈有什么吩咐，小的前去传报就是。"

剑道人道："不必，我倒要问你们几句话，你们的技术如今精了没有？"

两道士回说："从前有六个同伴，四个见财起意，把窖藏珍宝掘走了，后来被师父撞见一个，收了去，其余三个不知去向，我们只会搬运是了。"

剑道人要了他们搬运的符咒看，两道士恭恭敬敬拿出来，递与剑道人。剑道人打量了一回，都是些魔鬼符咒，只往佛座前琉璃灯火中一丢，早已烧成灰烬。两道士大怒，往前突来攫取，早被红、黑两侠点了穴，再不得动弹。

于是三剑客走入上房，搜寻了好一会儿，寻出无数纸剪怪物，一律付之一炬。方要折回，忽听女子声息，在那里感叹，细听是旁屋后面发出来的声音。绕过旁屋，却是草地，又不见房屋。从旁屋进去，开门忽听响铃，瞥见一裸体女子从柱中闪出，见了三剑客，立即避回。红、黑两侠随着追下，乃知柱是空设，原是一头雕空圆门，柱中便是扶梯，踏下扶梯，却是一间地穴。地穴中排布的锦簇绣帷，陈着满案珍珠宝饰，更有女子三人，也是裸体睡着。红、黑两侠叫四女穿好衣服，问明缘由，四女子回说都是被妖道搬运来此，各有家室。

红、黑两侠把情形回过剑道人。剑道人大怒，重到大殿，把两道士点醒，追问同党，两道士忙着跪下求命，呈上师徒名册，又呈上遮眼法符咒一卷。剑道人批阅名册，与两道士所说不错，也不追究，当把名册、符咒一起焚化了。红、黑两侠请示办理，剑道人道："留这种孽障何用！"一语未毕，早见两侠腾出神剑，把两道士斩了。一面叫四女子各回乡里，所有珍珠宝饰分给四人带回。四女子流涕感谢，说不尽洪恩大德，即日下山回乡不提。从此雁峰塔上妖魔巢穴被三剑客扫尽了，只有那三个余孽逃亡不知去向，后来闹出白莲教乱子，就是这三个余孽种的祸根，如今也无暇细表。

单说三剑客浮渡南海，扫除妖穴，诸事大定，再计后事，红侠急得要杀那贝和诺，剑道人道："多事不如省事，有名不如无名，杀了这贼员，我们自然不费吹灰之力，倒累得差役们东捉人不成，西拿刺客不得，吃苦受痛，未免又要波及良民，不如另觅路径，借力杀了，好觉干净。"

红、黑两侠忙问如何另觅路径，剑道人道："红侠不是曾经说过，那清朝四阿哥禛贝勒，如今正疑着廉亲王行动，不如把廉亲王镇魇皇太子的事，与禛贝勒说了，就说这计划都是两广总督贝和诺主使的，那禛贝勒必然密奏康熙帝，康熙帝查着镇魇皇太子的事，没有不严厉查办的。贝和诺自然首领不保，横竖是他清宫事，糟透了也与我们无干，我们只须这轻轻一句话，把贝和诺杀了是了。"

红、黑两侠唯唯应命，剑道人又嘱咐了好几桩事情，于是三剑客约定会期，各行别散，分头干事去了。

且说清四皇子禛贝勒外示安仪，满面和气谦恭，心中也着实怀抱不测，眼看廉亲王胤禩势力日大，连次保奏大员，迭蒙恩旨照准，可见皇上信任，心中焦灼万分，怎奈无法破坏。自从那日见廉亲王府的张道士一派鬼鬼祟祟样子，意下早已疑忌，回邸之后，就叫了几个会轻身术的门客，半夜飞入廉亲王府探听。谁知探听回来，都说只有相面人张德明与廉亲王讲些无关的事。禛贝勒也辨不清什么张笃铭、张德明，只当前日相见的就是相面人张德明了。

看官，你道这张德明哪里来的呢？原来廉亲王把张笃铭藏到直郡王府之后，独防禛贝勒上奏康熙帝，要查明张笃铭，故此把相面人张德明替代，既将镇魇木偶移到直郡王府，又把张笃铭扮了奴才掩饰无踪了。这一桩案件永远埋藏，再也查不出来，因此禛贝勒迭遣门客探听，终不得丝毫破绽，心中万分忧虑。

有一天晚上，又派人去访查，独自坐在卧房，没精打采地推想凝思，忽见眼前电光一闪，抬头看时，立着一个黑衣女僧。禛贝勒吓得逃也不及，几乎要跪下求命。女僧摇手道："不慌，你是禛贝勒么？我来帮你忙的，你只管放心。"

禛贝勒急忙端了椅子，请女僧坐下。

女僧道："你现在查了廉亲王的把柄没有？"

禛贝勒一惊，答道："没有。"

女僧道："你知道皇太子的狂病，就是廉亲王请人镇魇的么？"

禛贝勒一闻此语，如得至宝，恭恭敬敬作了揖，说道："请大师指教，这是怎么来历？"

女僧道："这是两广总督贝和诺主使的，贝和诺在外镇着重兵，将来就拥护廉亲王做嗣皇。"说着，便把镇魇根由略略说了一遍，又指示"现在镇魇在直郡王府后园中，你去举发是了"，说毕，一道白光从窗户射出，瞬息不见人影。

禛贝勒不胜之喜，望空下拜。那女僧出了贝勒府，方要跳出墙外，忽然迎面来了个黑影，走近一看，乃是个十八九岁的女子，黑衣女僧不免一惊，立即留心提防。

欲知此女子是谁，且听下回分解。

第三十五回

名姝侠女一夕相逢
刺客囚僧两番动众

话说黑侠出了禳贝勒府，突遇一女子，看她姿势气魄不是平常，心下早自防备，那女子走近，细认黑侠，从头至脚打量了一回，说道："看大师也是落落不凡，何至替贝勒当差？方才听大师一番话，似乎要封功赏禄似的，岂不奇了？"

黑侠听到这话，越发惊疑，说道："出家人哪计利禄？只见皇太子无故被魇，故有此说，敢问小姐尊姓贵府？缘何到此？"

那女子笑道："不劳大师动问，道不同，不相为谋，各自便了。"说罢，返身欲去。

黑侠见她技术十分精熟，听她言语更是纯正有旨，哪里肯放她走？一把拖住，说道："小姐慢行，有话待讲。小姐技精旨正，果然双美，只惜锋芒不藏，见事不细问情形，似乎美中不足。"

那女子听黑侠这么一说，急着呆住，问："大师是何出处？"

黑侠约略说了来由，那女子忙得俯身下拜，说："原是黑侠大师，我师父也常说起过的。"

黑侠连称"不敢"，那女子偏要师事黑侠，黑侠义不当让，也就应允，于是二人同离贝勒府去了。

看官们知道，这女子不是别人，乃是浙江吕留良晚邨老先生的女儿，吕葆中的胞妹，因其兄妹中排列第四，取名叫作四娘。吕晚邨先生是明季名儒，严夷夏之辨，垂先圣之道，一生不苟取予，耿介清廉，谁都服膺，只因生逢不辰，遭着明鼎失措，奴才窃国，晚邨在家息影，闭户著书，只把牢骚抑郁发扬于文字。当时也着实有几个节义之士望风归从，都是大明遗民，忠诚一贯。这位吕晚邨先生愤着新朝苛政，世乱多盗，一则为保护自身，二则将招收豪杰，在家请了个拳师，特教自己几个子女。谁知吕葆中兄弟是文弱之后，体魄不及，都教不成功。偏是这位小姐四娘，年稚体轻，生成侠骨，一教就会，不上几年，少林派拳术已得了精髓，又学那内家张三丰派，也果然更加精进。后来出了家门，四方求师，遇着个老尼，生得满面红光，一身气魄，就拜老尼为师。谁知这位老尼乃是大明崇祯皇帝长女长平公主，因国破出亡，削发为尼，精通拳派，锻炼剑术，在保定飞龙岭建了个太阳宗派，问起吕四娘便是吕晚邨之女，帝室遗臣，两相遇合，就此吕四娘随长平公主学剑。五年剑成，出来问世，探听清宫禁院，一路招收英雄，也自有一种旨派。不想遇了黑侠，本是道同一旨，两下相见，又成了师弟之谊，正是有缘千里相会，无缘半面不识，这话提过，待在后表。

如今要说那禛贝勒，得了黑侠指示，有了头绪，急待密奏，再想兹事体大，如果冒奏得罪，那大阿哥、八阿哥正在宠信，吃了反坐，岂不自投罗网？又思黑衣女僧来去无踪，究竟是为甚前来报告？不免猜疑。这禛贝勒心机多端，做事果然慎默，手下委实有几个能手，又暗地派遣出去，到直郡王后园探查，探查回来，报说大阿哥与八阿哥密谈镇魇皇太子的事，果然皇太子的病狂是他们做作的。另外更有许多勾结大臣情形，都被探了来报告，禛贝勒点了点头，不语，于是把此事打听确实，乘康熙帝在畅春园时候，密投见驾。

康熙帝素知禛贝勒安分守己，向不承管外事，谕旨太监传进，禛贝勒叩头请过圣安，奏道："子臣胤禛，有事密奏父皇。"

康熙帝准了奏，把太监屏去。禛贝勒遂把廉亲王胤禩、直郡王胤禔，与两广总督贝和诺密谋加害皇太子，请相面人张德明设法镇魇太子，如今相面人张德明尚在胤禔家中，镇魇偶像，埋在胤禔后园，一一奏过。

康熙帝大怒，转问禛贝勒："汝从何知悉？"

禛贝勒又奏自己前为皇太子求医，遇张德明，后来由胤禔、胤禩家太监传出，始知内隐。

康熙帝当下不语，命禛贝勒退出。第二日早朝，胤禔、胤禩入觐，康熙帝命内侍卫捉拿看守，一面降旨九门提督派兵围住两家，果然在胤禔家搜出相面人张德明一名，在胤禔家后园掘出偶像一具，上书太子姓名、生日时刻，一如禛贝勒所奏。

诸事暴露，康熙帝召诸皇子入乾清宫，降谕道：

> 朕废胤礽之时，早有明诏，诸阿哥中，如果有钻营皇太子的，就付法严办。胤禩为人奸诈，到处妄博虚名，勾结藩臣，废皇太子之后，胤禔曾奏称胤禩好，可见朋比为奸。今胆敢谋害太子，更属妄为干法，着将胤禩、胤禔锁拿，交与议政处审理。

这时诸皇子都在跟前，九阿哥胤禟对十四阿哥胤禵道："尔我此时不言，更待何时！"

胤禵奏道："八阿哥无此心。"

康熙帝怒极，拔起佩刀，要杀胤禵，五阿哥胤祺跪抱康熙帝泣劝，康熙帝命诸皇子将胤禟、胤禵逐出，一面命大学士温达等审讯相面人张德明。张德明供称："由顺承郡王长史阿禄荐于廉亲王，看相时，我只说丰神清逸，福寿绵长，并无别的妄言。"

谁知康熙帝早准禛贝勒的奏，胸有成竹，即日谕诸皇子、议政大臣、大学士、九卿、学士、侍卫等，将胤禩、胤禔革去爵禄，为闲散宗室；张德明情罪极为可恶，着凌迟处死；贝和诺勾结皇子，逞强害民，着来京查办。

这案件发生，诸王大臣没一个不私自忧惧，倒便宜了那张笃铭，自从改作奴才，入直郡王府，别人也不知他是个道士，事变之日，早已闻风远飏，逃至洞庭伏虎山了因和尚那里去了。胤禩、胤禵兄弟犯了这案之后，从此渐失声势，胤禵后来被康熙帝监禁，胤禩直到禛贝勒登基，仍封了和硕廉亲王，雍正四年，又革爵监禁，末后终死在禛贝勒之手。那皇太子胤礽，经镇魇发掘之后，居然病体若失，几次调养，也就复原，康熙帝又立胤礽为皇太子。后来又废了胤礽，又宠信十四阿哥胤禵，终被禛贝勒妙计暗算，鬼斧神工似的用了一个暗算团，名作血滴子，把诸阿哥的内幕都探明了，杀的杀，害的害，其中着实有光怪陆离的情形。另有《血滴子》专本，详细叙明，如今也无暇再述。

单说黑侠与吕四娘二人，出了禛贝勒府，黑侠问明吕四娘来京何意，吕四娘道："也无一定宗旨，只为探听清宫内幕，迟早随便。"

黑侠道："那么你既无事，我们不妨同去郑家庄，到咱庵中去休息儿大。"

吕四娘连声答应，当下动身离京，在路上耽搁了两三天。到白莲庵，黑侠一进庵门，香伙上前报说："有个瘦子，操北京口音的，来看师父，说要与师父谈一句话，可巧师父出门了，他非常懊丧，他说这一次碰不到，又要等一回，别的也无话说了。"

黑侠问这人多大年纪，从前有无来过，香伙回说："这人大约四五十岁年纪，非常瘦弱，骑了一匹小骡来的，从前并未来过。"

黑侠想了好一会儿，终猜不着是什么人，也不去空想，让了吕四娘进屋坐下，先谈些世故人情，再后吕四娘请教黑侠种种剑法，黑侠有问必答。住了五六天，吕四娘说要回家去探看父兄，黑侠再三留住，二人正在谈话，吕四娘抬头一望，闪入一位红衣女子来，心下很是纳罕。黑侠忙回头看时，见是红侠，上前问好，转过身来，又与吕四娘说："这位就是咱师姐红侠。"也把在京遇到吕四娘的话说过。吕四娘忙着下拜，红侠连连还礼，三人又谈笑了一会儿，黑侠道："京事我已办了，贝和诺想必已接到圣旨了。"

红侠笑道："你道贝和诺还活着么？说来很奇，我到广州，就听街上人争说总督被刺，我以为就是我们从前的事，后来一探听，乃是新近遇害，刺客掷下一刀，刀上画有一顶僧帽。我所说的龙越标、赵鸣銮都被刺客放走了，他一共放了七十多人，真是豪爽得很。我想探听这七十多个逃犯，一个都没有追得，你看这是什么人呢？"

黑侠道："你既在广东省城，不好进去探一回刺客的行踪么？"

红侠道："怎么不探？这人也不会玩剑，倒是亏他本领不小。"

黑侠道："我这边也有一桩怪事，来了一个什么瘦子，到庵中瞧我，我们行踪还有谁知道呢？你想这又是一个人了。"

红侠也深以为异，三人谈谈笑笑，不觉夕阳一角，转瞬昏暮，红侠、吕四娘都在黑侠禅房中宿了。

第二天早晨，吕四娘要起身回南，红侠道："我们就送吕小姐一同下山，到郑家庄替她雇了骡车，横竖十几里路，不妨走走玩玩。"

吕四娘连说不敢，竭力劝止，黑侠道："我们本闲着无事，往常也下山游行，并不是特地送你的。"

吕四娘笑了笑答应了。三人早餐用毕，同出白莲庵下山，一路谈去，不知不觉已到郑家庄。黑侠替吕四娘雇了车，送她就道，看她去远了，始与红侠回转原路，二人正在郊望，忽见官路上来了大队人马，黑侠道："这不是押解犯人的么？"

红侠道："是咧，我们不妨看看。"

说时迟，那时快，那大队人马早已来到庄前，只见前后官兵二百余人，个个挂着快刀，有几个亲兵，好像是督抚身旁的，中间一具囚车，囚车外四个汉子紧紧扶着，看那汉子行步说话种种姿势，都是精通拳术的样子。囚车中犯人，乃是个和尚，不戴帽，也不着鞋，只是科头赤足，目光炯炯，极有神采，额角上一条条皱纹，显得他不是平凡，虽在囚车，而面目很是从容自然。押解官兵到了郑家庄，由押解官传令稍憩，命众兵士吃过干粮再走，于是众人都偃

198

息了。

红、黑两侠看得清清楚楚，知囚车中犯人必不平庸，如此大队兵马押解，更有四个汉子牢牢守候，定是严重无疑。当下众兵士憩了，黑侠乘间探问，才知是两江总督的亲兵，由天津押解到南京总督衙门去过堂的，黑侠丢了个眼色暗号与那囚犯和尚，和尚也答了个眼色，红、黑两侠大惊，当下私自密议，决计前往探询。

欲知红、黑两侠探询何事，且听下回分解。

第三十六回

赵家庄赤足脱樊笼
秦淮河骈指伤纨绔

话说红、黑两侠在郑家庄口遇了囚车中和尚，丢了个眼色暗号，才知那和尚也是同道中人，不由得心中一惊，两人私自密议，少不得跟上探询，只是大队人马回护，两人又是女子，红裳黑衣，显而易见，如何去得？红侠低声说道："他们既是押解南京城去，人马众多，势必迟缓，行宿官路，自有定站，我们可屈指计算，不如先待他们走了，晚间再去未迟。"

黑侠道："我也是这么想，我们既算定他们路程，由别路绕转，先去等候，不是更妥？"

红侠点头称是。二人正在说话，只听官兵一声呼喝，押着囚犯拔步走了。这里红、黑两侠重又回到山上，整整休息一天，也就下山，赶程前进，二人约定在山东、江苏交界所在，有个赵家庄，料得官兵必经要道，就往那里前去等候，一路车骑步行，朝发夕宿，约经五六天光景，已到赵家庄口，二人不断地在庄外遥望，足足等了一昼夜，听得马嘶人语，官兵果然来了。

这时天色已晚，黄沙四起，只闻人声，不辨人影，霎时官兵走近，二人纵身匿至树林探看，但见官兵疾步速行，只顾前进，并不在赵家庄下宿。二人也即跳下地来，隐躜后面，步步追赶，大约又走了十多里路，已是黄昏时候，见官兵蜿行郊野，绕过小道，转向山下去了。二人又追着前望，只见半山中悬有一盏天灯，料得必是庙宇。黑侠道："对了，官兵往庙宇宿去了，我们绕过山后坐等，待他们睡足再行下手。"于是二人绕到山后，翻过前峰，正是庙宇，庙在半山，后面有一支合抱大树，二人就在大树杈枝上坐了，只听庙中笑语声、叱咤声、磨刀霍霍声，闹得不得开交。又见那灯火忽明忽隐，人影倏来倏往，足足有三个时辰，都将息睡去了。

红侠悄悄地对黑侠道："我们动手吧。"

黑侠道："好。"

噼啪一声，两人一齐跳下，又飞上庙宇屋瓦，四围打量，见囚车放在大殿正中，四个汉子在旁横卧，紧紧守着，汉子外面统是兵士，背对背靠着睡去，简直无丝毫缝隙可以近身。两人正在打算，只见对面一个黑影凭空跳起，也在屋瓦行走，红、黑两侠连忙引避潜伏瓦上，探看此人如何动作。正探看时，又接着两条黑影直上，只见他们混在一处，似乎是较量方法。红、黑两侠渐渐走近，从背后细瞧，乃是三个短打和尚，心下暗喜，知必是前来劫囚的了。

这时有两个更夫，穿着号衣，在庙中四围打更，两侠见了无害，并不在意，蓦地里见两和尚闪入庙中，蹑至更夫后面，淅沥一声，两更夫活活倒了。两和尚剥起更夫号衣穿上，也打起更来，一个走上大殿，往囚车打量，正在这时，屋瓦上的和尚也突地跳下，走近囚车，与更夫和尚动手行劫了。

红、黑两侠看得起劲，冷不防囚车边的汉子似龙虎般地跳起，大吼一声，即对两和尚厮杀过来。那旁边打更的和尚也拼命赶上，杀入大殿，兵士们听得惊变，都从梦中跳起。一时庙中刀光血影，杀个不亦乐乎，三和尚只管与四汉子混杀，渐渐被汉子杀到三门。

红、黑两侠见此时不助，更待何时？使劲齐发两剑，白光缭绕，直逼大殿囚车，把囚车铁柱、锁链都斩毁了，那囚车中和尚直如放笼之鸟，出阱之虎，飞也似的从后杀出，一声长啸，四个和尚夺出重围，一齐飞上屋瓦。四个汉子也急着追赶，在屋瓦上混打起来。

兵士们爬的爬，纵的纵，用软梯的用软梯，都跟到瓦上。谁知四和尚又跳到山下，一面对兵，一面脱逃，红、黑两侠见和尚如此挣逃不脱，又飞起神剑，只在四汉子面前猛闪光芒，一道道匹练，缭绕个不住。四汉子眼昏心乱，一霎时四个和尚逃无踪影了，红、黑两侠见和尚都已脱险，放过一边，追向和尚而来。

那和尚正在翻山过岭，见后面两个人影，回身望了一望，听得一人说道："自己人，自己人，站住再说！"

两侠走近，那脱囚的和尚连忙跪下叩头说道："今晚不是两位剑侠，老衲性命难保。"

后面三个和尚也一齐跪下，两侠连连退避，说道："何必如此，既是同道，休说客气，咱们走路要紧。"

当下四个和尚站起身来，听候指挥，红、黑两侠问明来历，才知那脱囚的和尚就是赤足和尚，俗名叫方大成，其余三个都是他的徒弟，叫作普仁、散义、静智。本来赤足和尚住在舟山清凉寺中，一手少林精拳，两只铁炼赤足，素在山中行道修业，不问外事，前回书中早已提过。只因从前清凉寺住持是个妖道，专会些驯养毒蛇猛虎，买祸邻山，被赤足和尚打退。那妖道深记怨毒，日图报复，赤足和尚也心知肚明，紧着备防，原叫普仁、静智把守前门，散义看管后门，戒备森严，并不撤防。为的那涵信逆徒，艺成复仇，还俗做官，又居然娶起亲来，赤足和尚闻了大怒，命普仁、静智前去杀害，不料反被涵信中伤，幸亏慈云搭救，收下两人，同往伏虎山了因那边学艺。普仁、静智也因杀害未成，无颜再见师父，就拜了因为师学剑。谁知剑术一道，成与不成，大有定数，普仁、静智学了几年，始终不入门径，倒累那赤足和尚四个徒弟，三个跑了，只有个散义在寺把守。

天下事防着不来，不防就来，那道士无巧不巧，在这个当儿到清凉寺复仇来了。赤足和尚心下果然大惊，事到临头，也只好出去招呼。那道士见了赤足和尚，呵呵大笑，说："本庙托你管了几年，也该还给我了。"不由赤足和尚分说，早从袖中发出一条毒蛇，名作竹叶青的，顶对赤足和尚脑门飞来。

赤足和尚连连退避，道士又放出一条蜈蚣，赤足和尚又退过一边。道士连七连八地放了无数毒物，赤足和尚只管退让，始终不还击一次，道士倒也无法，笑道："你自己大约也知道错了，冤家宜解不宜结，咱们也不为过分之举，只是庙宇是我起造的，我却要收了去，大家清净点子。"说着，把长袖一挥，登时四处火起，一座清凉寺，转眼成为瓦砾之场。赤足和尚也不与计较，道士竟大笑而去。

赤足和尚全用了忍耐功夫，怯退道士，眼看寺宇劫灰，心下终是不安，又因寺中也有不少小和尚，到哪里住宿？因此决计化缘重新建造，先盖了几间草屋，叫小和尚住下，自己与散义托钵出行，由舟山出发，分向宁波、上海、苏州、镇江、无锡、常州一带，沿路募化，可是世态炎凉，人情薄于纸，像这么一个破烂赤足的和尚，谁肯给钱？一连托钵几个月，不过几百吊大钱。于是又到南京，在南京城中挨户募化。

有一天，募化到秦淮河畔，见一家朱门洞辟，碧油油屏门四照，曲曲亚字栏杆，亭亭假山石笋，好一个官家所在。赤足和尚背着黄纸香架，手敲木鱼，一步一步拜进去，方踏进屏门，听得人声喧杂，抬头一望，见一个少年公子坐在上首，旁边侍立两人，好像是跟随仆役，下面站着年老夫妻二人。有个十八九岁的女子，生得雪肤花貌似的，蓬头靠住年老夫妻，呜呜啜泣，正似梨花带雨，海棠无力样儿。那对年老夫妻只管向少年打躬作揖地恳求，少年狰着眼，不是训，就是骂。

赤足和尚口念阿弥陀佛，手敲木鱼，心下早自忖度，料得少年情状好似要强逼女子，老夫妻正在求肯的样子。正在这时，假山旁边走出一个老家人来，一见赤足和尚，跑过来说道："出去出去！此刻东家有事，过后再来化缘。"

赤足和尚道："化缘不化缘不打紧，倒要请问老丈，这少年是何

203

人？为甚这样凶狠？"

老家人一把拖住赤足和尚，轻轻喝道："你这和尚要不要命，这位是总督大人的公子呀。"

赤足和尚点了点头，又问老家人："他到这里干什么？"

老家人不耐烦起来，说道："明天来吧，明天来吧！"

赤足和尚哪里肯走？东问一句，西问一句，说道："难道他要抢你东家的小姐么？"

老家人拍手道："对啦！咱们到外面去讲。"说着，拖住赤足和尚跨出屏门，到门房坐下，开言道："岂有此理！我讲给你听，我们东家叫冯玉书，开布店的，平日行善做功德，不论什么好事都做的，偏是人丁不旺，只有一位小姐，前天在莫愁湖看龙船，东家带了太太、小姐一道去，谁知我们小姐被这位总督大人的公子看上了，必要讨去做第四房新妇。老师父想，我们东家只有宝贝似的一个女儿，哪里肯呢？再三说情，终不答应，这回偏他自己带了家人上门来了，东家急得没法，叫小姐自己出来问，小姐一定不肯，已经吃过盐卤，寻过死了，东家也只少寻死，真可怜！我们做奴仆的，看了酸心了，这位公子真作孽，还说我们东家瞧他不起，不把女儿给他。"

老家人正与赤足和尚说话，忽听堂中一阵号哭声，那少年督同两个家人，拉着冯玉书的女儿，正如鹞鹰抓小鸡似的，拖出屏门来了。冯玉书老夫妻一壁哭，一壁求，少年连头也不回一回，老家人上前去拦阻，早被那家人踢了一脚，痛得腰身屈曲。赤足和尚目见此情，哪里还忍嗓得住？蹿出门来说道："有话尽讲，何必动蛮？"

那家人一见是个和尚，不问皂白，一个耳光劈来，赤足和尚趁势让过，飞起右足，那家人往前一扑，跌了个浑身贴地。第二个又接过来，拔出拳头，拼命混打，赤足和尚随便使了一手，那人不知不觉地昏了去。

少年怒极，用足气力亲自直扑前来，赤足和尚骈着两指，向少年腰骨一插，顺手一个耳光，转过来又是一个，噼噼啪啪，接连打

204

了十几个，几乎要把少年打熟了。冯玉书吓得连忙跪下说情，赤足和尚道："莫慌，你老人家只管把小姐领去将息，我自会收拾他们。"说着，把三个人一起拖出大门外，往秦淮河浅滩中一丢，管自敲着木鱼走了。

欲知后事如何，且听下回分解。

第三十七回

大吏逞残蕃爪牙
壮夫得救免刀锯

话分两头，却说总督公子和家人两个被赤足和尚痛打一顿，掷下浅滩，觉遍身刺痛，半晌醒来。公子痛得越发厉害，由两家人扶着，直往两江总督衙门，哭诉总督去了。这位两江总督，不是别人，就是前回山西做巡抚的噶礼，噶礼本有廉亲王的奥援，后来又走着皇舅内大臣佟国维一条门路，朝中有人，好官易做。康熙帝亲近大臣都说他才具有余，办事敏练，因此廉亲王虽经过事变，他不但毫无损伤，而且升拔为两江总督，真是戏法人人会变，各有巧妙不同，这便是噶礼的才具。

噶礼到任之后，上疏劾罢大员，所有江苏巡抚于准、布政使宣思泰、按察使焦映汉、督粮道贾朴、知府陈鹏年，都被他一网打尽，于是江南官场无不惶恐失色，没一个不走他的门下。自从他吃了曹仁父的亏，知道光是张着官威也不行，须得找几个飞贼已备差遣把守。虾有虾路，鱼有鱼路，只要有钱有势，何事不可办成？不到几个月，居然找到五个能手，名作贾大魁、施鸿、葛虎、朱二标、朱三标。这五人之中，要算贾大魁最出色，施鸿、葛虎长的内家，是贾大魁的徒弟，朱二标、朱三标是兄弟两个，长的外家，个个拳棒精通，髓坚如石，身轻如棉，着实可以对付。五人投入总督衙门之后，噶礼便命他们率领侍卫亲兵，很是优待，因此噶礼越发胆大妄为，平生最恨江湖上人，不论好坏，一律严办，仍是不忘曹仁父凌辱之意。噶礼的儿子，名作笃敦，专喜淫荡，不务正业，却是噶礼原配生的，噶礼还有个小儿子，乃是媵妾所生，故此笃敦正如独养子一般，因钟爱过分，格外放纵。

当下笃敦与两家人在秦淮河闯祸回府，哭诉噶礼，噶礼大怒，立饬江宁县把冯玉书全家拘案审理，一面饬拿和尚严办，江宁县哪敢怠慢？遂把冯玉书全家老少拘到拷讯。冯玉书自然照实供上，江宁县将冯玉书全家发押，一面饬拿和尚，连派捕快出发，终是捉拿不到。江宁县正在忧急，谁知笃敦被赤足和尚骈指对腰一插，已经坏了脏腑。不到半月，一命呜呼，这一来真也了得，气得噶礼毒蛇猛虎似的，一刻不安，立把冯玉书合家吊案亲自审问，严刑迭用，打得个体无完肤。一面派施鸿、葛虎、朱二标、朱三标四人捉拿和尚，闹得五花八门，满城惊慌。

再说那赤足和尚切齿痛恨的是旗人，当日晓得是总督噶礼之子，特地下了这毒手，如今累了冯玉书一家遭祸，心中颇自不安，自己性命不算，倒先要替冯玉书设法。闻得总督衙门派出四个能将捉拿自己，光身又不敢斗，于是想起普仁、静智在洞庭伏虎山习剑，不妨去叫他们找了了因同行划策。一到伏虎山，事有不巧，了因、慈云都北上去了，只遇普仁、静智，师弟阔别相见，自多一番问候，赤足和尚把来意叙明。普仁、静智也都说非师父了因、师兄慈云不可，只得上北去寻，寻到再说。这时散义在无锡化缘，由静智先去招邀，四人先后北上，约定天津会齐。

赤足和尚与普仁先到，觅了客店住下，普仁急着去找了因、慈云，谁知了因、慈云未曾找到，那总督衙门侍卫头儿施鸿等四人找了来了。原来这四人本是江湖盗伙，到处都有熟人，一路打听和尚行踪，随有眼线，直到天津，询问旧日同伙，说果然有个不着鞋的和尚住在客店，四人横冲直撞而进，人多力足，赤足和尚寡不敌众，遂被擒住。当日交给天津镇台衙门审讯，赤足和尚直言不讳，镇台行文两江总督衙门，总督复文特派亲兵着即押解归案办理。

这时普仁、静智日日探听消息，急得好几夜合不着眼，随后散义、静智都到了，三人商议，决计等押解时节，断路去劫。过了十几天，两江总督文书到津，赤足和尚即日起解，普仁、散义、静智紧紧跟着，但见官兵二百多名，又被那施鸿、葛虎、朱二标、朱三标严密看守，终无间隙可以下手。待后行到苏鲁之界，夜宿荒庙之中，三人眼看情形，再不能坐待，只得下手行劫，幸亏红、黑两侠挥剑一助，遂得脱险，也是赤足和尚命数未尽。

当下红、黑两侠救出赤足和尚之后，与赤足和尚、普仁、散义、静智一共六人，在山中详细叙了一回。红、黑两侠恍然大悟从前噶尔丹战中，那三个和尚，就是了因、涵信、慈云了。赤足和尚讲毕，心心挂念冯玉书无故遭祸，仍要普仁等三人去救，普仁道："我们先要替师父安置妥当，现在风声紧急，师父如何独自行得呢？"

红、黑两侠也以为然，红侠道："冯玉书的事，让我们干去，你们只管自己想安全法子是了。"四人大喜，连忙谢过两侠。

静智道："师父现在既不好回舟山，又不便到洞庭去，不如由济南转青岛漂海北上，再找了因师父，省得我们大家不放心。"

赤足和尚道："那么也好，只是舟山草寺中一班小秃头要冻馁死了，散义还是到舟山去理值。"

散义答应了。于是六人分三路而行，赤足和尚与普仁、慈云一路走济南，红侠、黑侠一路走南京，散义自回舟山，一声珍重，各从荒山分路走了。

不说别人，仍说红、黑两侠，到了南京城，先探听秦淮河畔冯玉书家况，果然房屋被封，家丁在押，讨询邻舍，都说在总督衙门监牢里。两侠待过夜半，施展轻身飞行之术，直奔总督衙门，查知辕门直上一排高墙就是犯人发押之处，行经屋瓦，跳入墙内，只闻得银铛手铐脚镣之声，木栅栉比，狱户蝉联，走来走去，都是犯人，不知哪儿是冯玉书监所。

两侠初以为极其容易，到这时简直毫无头绪，忽听脚步声，说查夜的来了，两侠突地跳到廊屋上，伏住椽桷，倒挂蜻蜓似的往下细看。只闻查夜的说道："你们当心点儿，东边列字号最要紧，总督大人今儿听得消息，那赤足和尚逃走了，你们若把僧帽刀放走，可仔细你的脑袋！"查夜的一面说，一面把灯笼照了照各狱户的铁锁，远远去了。

红、黑两侠又跳下来，黑侠暗中握住红侠的手，低声说道："僧帽刀名字熟得很，谁呢？"

红侠道："哎哟！是了！不是我在广东，听人说到刺贝和诺的刺客，有把刀画着僧帽的么？"

黑侠道："难道这刺客被捉了么？我们且去寻看一回。"

红侠道："不知哪儿是列字号？"

黑侠道："走过东边再说。"

于是两侠潜身暗伏，疾步驰到东边牢狱，只见一处牢门有几个人管着，格外严密，红侠、黑侠凑近说道："必是这一所狱户了，我们跳上屋檐，先去瞧瞧那犯人。"说着一纵上屋，蹲着瓦上，正对那牢狱，狱前有一盏路灯，照得忽隐忽现，留心狱门，果贴着一个列字。狱中俨然坐着一个身长面方、眉清目秀的年轻犯人，钉着脚镣手铐，神色自然，光彩奕奕，双目不时轮动，看他端坐姿势，绝不是平庸之徒。

黑侠看过明白，说道："我们试他一试如何？"

红侠道："好。"

两人就运起气来，直射犯人身上，这运气直射，与剑锋一样，觉着非常尖冷，简直凛乎其不可当。两侠一则试犯人气魄，二则暗中通知，两道寒气逼人，犯人愣了一愣，抬头往对面屋瓦一觑，微微点了头，缓缓转过背来，特地给红、黑两侠看了后身，才知犯人身畔另外还缠住一条粗铁索。

红、黑两侠都解意，私下商量了一回，一齐跳下，把几个管狱的牢头都点了双穴，不得动弹，也不得说话了。于是二人用力斩毁了铁锁，黑侠把犯人缠住粗索先解了，红侠拆去犯人脚镣。那犯人自己也把手铐拆断，松了松手脚，一纵身飞上屋瓦，两侠随即跟上。

三人一路跳出墙外，问过姓名，始知犯人姓吕名元。吕元对两侠说道："二位恩师，今未暇拜谢，倒先要想个安身之处，二位有无去处？"

两侠道："咱们都是客边，此地情形不熟。"

吕元道："莫愁湖畔有一家是咱自己人，不妨同去一憩，天明再说。"

两侠都道很好。说着，飞也似的直奔莫愁湖而来。见湖畔朝南一座楼屋，很是高大，吕元道："到了。"

三人跳墙进去，吕元前面侧身引路，行到大厅，便见灯烛辉煌，吕元让两侠坐下，恭恭敬敬叩了四个头，说："吕元因祸得福，欣逢二位恩师，真是吕元一辈子造化。二位恩师如以吕元尚可教训，请收为徒。"

两侠也不退让，说道："很好，大家研究研究，愿无不可。"

吕元喜极。这时宅中仆役静悄悄都已出来，听候指使，吕元回头问众人道："三爷出去了么？"

众人回说三爷出去了。吕元忙命设席斟酒，恭请两侠。正要入席，忽一人自外扬长而进，说道："大爷果然回来了么？"

吕元道："回来了，幸亏这两位恩师搭救。"说着，对两侠道："这位是弟子的把弟，姓关名通。"

关通见过两侠，让大家入席，说道："小弟刚从总督衙门探听回来，这事已经发觉，那噶礼少不得又要挨户查察，如今风声是紧极了，吕大兄还是往他处一避。"

吕元点头称是。黑侠道："咱们此来原是探救冯玉书，不知此人究竟监禁在哪里？"

关通道："无论何人，这时万万动不得了。"

210

红侠道："那么我们不妨同去郑家庄，暂且藏锋休养。"

吕元道："好极，冯玉书的事就托你老弟干去。"一时席终，四人计定，吕元跟着红、黑两侠清早动身北上，从此就在白莲庵学剑了。

欲知吕元因何犯罪，冯玉书能否救出，且听下回分解。

第三十八回

秉庭训刀记僧帽
宿茅店壁窥异人

话说红、黑两侠夜入牢狱，本是为的冯玉书，只因查夜的一句话，提醒了红侠，两人商量搭救吕元，究竟吕元为甚坐罪落监，说来有个缘故。这吕元本是大明忠臣之后，是广东一个世家子弟，他祖父在明朝本是个武科，父亲是浙江参将，后来入瞿阁部的部下，阁部殉国，投了张苍水，再后张苍水散兵南田，他父亲见大势已去，不可挽回，愤着祖国沉沦，江山非昔，一腔热血无处可挥，便看破世情，削发入山，从此不见踪影了。

这时吕元不过三四岁，还只在娘跟前怀抱，懂不到什么人事。他父亲出家时候，吩咐他母亲，只交下两件东西：一把刀，一顶和尚帽子，待他长成，交给他，叫他终身莫忘，是要他一辈子记得父亲出家的缘故，和报仇的切心。果然这吕元生得异常灵敏强干，从小就好野斗，等到他省人事时候，他母亲交代他这一番话，真是切齿之仇、痛心之教，入到他灵魂里去。

他每日朝起夜眠，必要练习一套拳技，十五六岁时候，便称霸乡间，谁都见他害怕，他就把两件东西并作一件，凡是他的刀上都画一顶僧帽。后来他年纪渐渐长了，技也渐渐精了。凡是有才的人，往往自好卖弄，他也不免这病，见了无论什么人，就要交手。

有一次，乡间来了一个江湖卖技的老头，满声咳嗽，一把瘦骨，孱弱得不成样子，敲锣招众，设起坛场，无非玩几套打进打出的普通拳架子。吕元上去一瞧，实在看不过，冷笑了几声，说道："老丈，你也不打听打听我们这里有人没有，就玩起这些东西来。"

老头往吕元身上一看，笑道："老朽不过骗几个钱罢了，达官看不中，不看就是。"

吕元道："为你老了，不与你计较，就不看吧。"

老头道："达官，你想怎么计较呢？就请达官打发下子。"

吕元被老头这一激，再也忍不住，说道："计较起来，怕要得罪你了。"

老头道："随便。"

吕元立即跳入场中，称声请，众人都替老头担忧了。吕元使劲伸出右臂，对准老头胸窝打去，谁知老头动也不动，吕元又踢起一脚，老头仍是丝毫不觉，吕元怒极，老头笑嘻嘻伸出右手往吕元肩上轻轻一拍，说"不要计较了"，吕元向后一跌，觉得心肝都会震动起来，连忙立起身跑回家去了。

吕元坐家暗想：一世英名，从此扫地，上负父母，下无颜面对乡里，横竖一死，索性与老头背城一战。晚上探听老头住在邻近破庙中，手执钢刀，深夜潜入，果见老头拥着败絮横卧佛殿下，吕元蛙步蛇行，走近佛殿，对准老头脖子，一刀飞下。谁知刀中骨肉，如斫棉絮，连斫数刀，真如泥牛入水，影响毫无。吕元掷刀要逃，老头一脚钩住，说道："别人安睡，关你甚事，何苦如此恶作剧？"

吕元道："老丈果诚健者，要杀就杀，不必多言。"

老头笑道："好孩子，老朽早见你一派忠勇之气，你若摒除狂妄，静习养气，老朽也乐得指教。"

吕元听老头愿收受自己，喜不自胜，急忙跪下叩头听教。老头自言朱姓，名谦忠，前朝曾充广西水师游击，问吕元也是直臣之后，两下志投意合。天未明时，早随老头学艺去了，从此乡里不见吕元踪迹。

四年回乡，吕元艺术大进，凡运气、轻身、长枪、短刀诸技，件件都精。这时朱谦忠已死，吕元传着衣钵，在乡广收豪杰，他家本有资财，到此都被散尽，在香港设了机关，专事暗杀旗下大员，营救贫民。后来遇到南京关通、泉州李孝达，也是人中之杰，三人更有帮助，只是行事秘密，倒不像从前吕元享着声名。为他行着杀戮，就留着钢刀一柄，画有僧帽，所以别人只晓他僧帽刀。

　　适在此时，贝和诺屡兴大狱，残杀无辜，吕元一怒之下飞入总督衙门，把贝和诺刺死，又把那龙超然、赵鸣銮等七八十个犯人一概放走，都运到香港机关中藏避了。试想杀一个总督，放七八十个犯人在清朝是何等滔天大案？少不得行文各省、各府、各州县搜查个山穷水尽。正在这时，黑侠在京密告禛贝勒，说贝和诺是胤禩羽翼，希图逞强造反，降旨着来京查办，两广巡抚、布政使、按察使等奏明总督贝和诺被刺情形，降旨：贝和诺突遭横死，显见在官暴横不法，遂招怨毒，所有贝和诺子弟，悉发云、贵两省充军，其子女给与旗人兵奴为妻，一面仍着各省严密缉拿刺客，务必到案执法办理。

　　吕元本视差役如土芥，虽在严拿，仍然外出行事，闻讯此旨一下，知贝和诺原有逆罪，越发放心。谁知那两江总督噶礼，秉着个兔死狐辈之念，素来仇视江湖上人，好在两广、两江毗连，因此特派贾大魁等五人悉心查拿，恰巧吕元到南京探望关通，在途中被贾大魁等撞见，五人都是能手，突如其来，合众围击，吕元提防不及，竟被众手扑住。

　　噶礼捉到吕元，好不威武，连审七堂，拷打五六十次，吕元默无供语，只叫噶礼速杀。噶礼一来要审查吕元余党，二来因儿子笃敦死了，忙得心灰意伤，遂把吕元付押延审。自吕元入监，已有半个多月了，关通、李孝达等一流人物，忙得四处张罗，终救不得出，适逢红、黑两侠灵心慧眼，无意中把他脱了樊笼，从此吕元远飏北省去了，暂置不提。

却说赤足和尚、普仁、静智师徒三人从赵家庄逃出，专往济南，一心北上，取道山林，避过官路，路中平安无话。到了济南，也不敢坦宿官舍，只拣了一所偏僻小客店住下。这小客店在济南北门外，房屋陋隘，风沙时从壁缝中乱飞，好在赤足师徒都是百炼金刚，也无处不适。当下三人入店，安宿就绪，店小二供上饼饭，草草吃毕，只见店中客人寥寥，正似僧舍禅房，毫无喧杂之态。唯隔房住着一个瘦子，约有四十多年纪，穿着深蓝杜布棉袍，束了一根几十年前的腰带，面上好像几个月不洗的，一脸油光垢腻，俯着身，驼着背，时常摇头摆尾地念诗句，有时伏着窗下用功。

赤足师徒暗暗好笑，打量上去，不是个落拓掾属，便是个教书先生，也不在意。三人因行路疲困，触枕便呼呼睡足了，偏是赤足和尚心中有事，忽然觉一身冷寒，醒来闻得有人呶呶讲话，静听乃是隔壁瘦子房中出来的声音。赤足悄悄起身，打从壁缝窥去，见瘦子陪着一个高架汉子喝酒，有说有笑，似乎十分快乐。赤足用心静听，终听不懂他们讲些什么。

正在这个当儿，普仁、静智也醒过来了，都觉身发寒劲。赤足回过身来，与两个徒弟轻轻说了几句话，两徒弟也学着赤足细窥壁缝。赤足这一看奇极了，原来瘦子旁边又多了一个汉子，三个人说笑喝酒，真是一霎时工夫，哪里来的人？赤足师徒始终又听不懂他们说什么话，却不敢久窥，也就放过。

第二天早上，赤足满想动身上路，叫普仁、静智去雇长车，二人应命出店，走了一箭多路，对面迎来一人，好生面熟，两下定睛看了好久，那人开口说道："二位师兄何来？"

普仁、静智也忽然记起，说道："尊驾不是胡瑶峰兄么？"

胡瑶峰道："正是小弟。"

普仁、静智为着前年入张凤标宅中，暗杀胡瑶峰不成，心中夹着不安，偏是胡瑶峰大方爽慷，问长问短，毫不在意，说"小弟现在济南住家了"，定要普仁、静智请到家去。

普仁、静智回说："师父也一道同来，急得要上北京去咧。"

胡瑶峰听得赤足和尚也到，喜得直跳起来，连问在哪里。

普仁、静智回说："就在邻近小客店。"

胡瑶峰拖住普仁两个就跑，一入店中，掌柜的、打杂的、店小二齐声说道："胡大人来了！"各个双手下垂，好像听候指使的样儿。

原来胡瑶峰因廉亲王府发生事变，那张笃铭是他荐给廉亲王的，不明其中张笃铭已掉了个张德明的情形，深怕祸延及己，苦求廉亲王销差。廉亲王倒是念旧，因山东制台王钧是廉亲王的人，也是胡瑶峰的朋友，就命胡瑶峰到济南来，暗中帮助王钧做事，因此胡瑶峰在济南做起大绅士来，手中既有钱，官中又有势，没一个不知道胡大人的了。

恰巧这日便服出行，到北门访友回来，遇到普仁、静智两个，胡瑶峰回想前情，仍是搁着不安，因此格外亲昵。当下走进客店，由普仁、静智引见赤足和尚，胡瑶峰恭恭敬敬在赤足和尚跟前行了四跪四拜大礼，客店中人突见得那么不成样子的和尚，有这么大势力，一时看呆了，满堂哗说，莫不称异。那隔房的瘦子也出来瞧了一瞧，立即退缩去了。

这里胡瑶峰见过赤足和尚，开言便道："弟子前奉到师父严训，便无日不自忏悔，只缘一时被廉亲王、张提督两个缠绕昏了，有此一劫。如今弟子已脱离苦海，在此闲住，再也不想干那些勾当，师父如果不忘前情，瞧得起弟子，还要请师父训诲。"

赤足和尚起初听得胡瑶峰来见，满肚子愤激牢骚，后听胡瑶峰如此一说，知道有点改悔了，也就和平起来，说道："人各有志，本来我也不好强你，只是入了佛门，自然要始终如一，你如今既改悔了，也不用说了。"

胡瑶峰听着，忙立起身谢恩，恳道："师父大驾到此，弟子不曾迎迓，实在抱歉，如今既聆面命，务请师父光降草舍。"

216

赤足和尚道："这可不必了，我急着要到北京去，下次回南再说。"

胡瑶峰再三请驾，赤足再三不许，倒是普仁、静智觉得难为情起来，说："胡瑶峰兄既这样诚意邀请，师父去了就是。"

赤足见众人都这么说，也就应允了。

不知胡瑶峰如何待遇赤足师徒，且听下回分解。

第三十九回

济南城了因伸大义
狮子林关逼刺元凶

话说胡瑶峰苦邀师父赤足和尚，请到家去，赤足和尚被普仁、静智都这么劝了，也就应允。胡瑶峰当命掌柜的叫四顶绿呢轿子，一面付过店资，满堂侍奉，热闹自不必说。一时轿子叫到，胡瑶峰陪同赤足、普仁、静智，一共四个人，飞也似的进北门至东门胡宅去了。只见一座官宅，五间大厅，前面两排侧室，满列着侍卫随从，轿入厅堂，胡瑶峰亲自扶出赤足，普仁、静智也就下轿。胡瑶峰恭恭敬敬叫三人座下，自己亲手端过茶来，吩咐厨房立办上等酒肴伺候，命侍卫随从人等打扫后院客室，一律听命办去。一时酒席齐备，胡瑶峰让赤足师徒上座，把酒畅谈，乘间询问："师父此来有无贵干？如有吩咐，弟子立即应命奉办。"

赤足笑说："也无甚事，不过玩着罢了。"

胡瑶峰心知赤足三人同行，必有缘故，只是赤足不说，也不好动问。酒后引着赤足游玩花园，乘着赤足不在，盘问普仁，普仁性本诚实，见胡瑶峰如此恭维，想无恶意，把所有一切详情都告诉胡瑶峰。胡瑶峰一壁听，一壁点头计议，说道："这事容易办得，只须小弟恳求廉亲王一封书，把这案都可勾销，那冯玉书也得放出，何必再跋涉千里，去找了因师父？只是小弟有句话，先须交代师兄，小弟看师父意思，尚是不信小弟，这话暂且莫告诉了师父，光是我们知道是了，等到两江总督回文来时，说明未迟。再则师父如果要走，须请师兄留住。"

普仁信以为真，谁知胡瑶峰早怀了鬼胎，在北京亲王府留住几年，满肚皮都是功名利禄，把心肝五脏早都熏黑了，意想赤足师徒留在世上，终不是道理，将来怎能升官食禄？冤怨有孽，奇巧狭路相逢，胡瑶峰哪肯放过他们？少不得要一网打尽，故此用了北京官僚一味敷衍手段，竟然把赤足师徒三人骗到，正思设法断送，又听得普仁讲起赤足犯了命案，又是越囚逃出来的，适合胡瑶峰心苗，一棒两击，既可斩除祸根，又可讨好噶礼，间接就是奉承王爷，心满意足，百事妥帖，再也顾不得师徒同门之谊。只是一层，赤足师徒三人俱是拳技健手，一人万不能对敌，于是想了一个方法，特地叫侍役打扫三间空房，把三人分住三房，名儿是恭敬优遇，暗地是分清敌势，便于对付。一面又关照制台王钧，派选六十名干员，半夜动手捉拿。计议已定，设起盛宴，请赤足师徒晚餐，东一句恭维，西一句赔罪，英雄只怕说苦话，倒说得赤足也安心起来。

席终归寝，胡瑶峰亲自奉陪赤足至后院卧房睡下，又陪同普仁、静智各自安睡，羊入虎口，逃无可逃，胡瑶峰好觉得计。一会儿，门上通报，制台王大人来了，王钧静悄悄踱入胡宅，两下不说别话，但问可动手么，胡瑶峰道："制台带来的侍卫呢？"

王钧道："在尊府四周埋伏了。"

胡瑶峰道："不必埋伏屋外，叫他们进来，我自带领捉拿。"

王钧点头踱出宅外招呼，一会儿，雄赳赳的六十名侍卫依次轻轻走入，连脚步都没声息。胡瑶峰把六十人分作三队，每队二十人，自己脱去长衣，亲率三队人偷偷地行至后院，每队把守一个卧房，把三处卧房都看守好了。胡瑶峰先打进赤足和尚房门，不由分说，扑前去抓，赤足和尚从床上跳起，闪过一边，伸足踢向胡瑶峰腰肋，胡瑶峰转身疾绕赤足后面，赤足正要转过面来，那二十名侍卫一齐拥进，把赤足团团围住，拧手后挪，拿上绳索，捆了个结实。

这里正在捆缚，那面胡瑶峰又打进普仁房门，前去捉拿，把普仁也捆缚了，又去捉那静智，自然鸡笼捉鸡，唾手而得。一霎时，三人都变了阶下之囚。胡瑶峰命侍卫将三人押到大厅，自己与王制台上座，开口言道："师父、师兄原谅，你们三位犯了命案，逃狱而来，嫁祸到我胡瑶峰身上，如今王制台奉着两江总督密札，前来缉拿，我胡瑶峰也为你们所累，受着处分，你们却怪我不得。"

　　赤足和尚道："逆徒毒计已逞，何赖狡说，把我们速去格杀，看你升官是了。"

　　普仁、静智恨得切齿痛骨，一言不发。

　　正在这个当儿，一道白光劈空而下，当中忽然立着一个和尚，普仁、静智抬头一望，连呼"师父师父"，接着又是两人从空下立，赤足和尚一眼看去，这两人就是客店中隔房的瘦子和喝酒的高架汉子。那和尚不是别人，就是了因。

　　了因对着胡瑶峰叱道："逆徒利欲熏心，甘做满狗，胆敢毒害恩师、师兄，本当处你个分尸斩肉，姑念昔日之谊，赐你一死。"说毕，只见三道剑光忽来忽去，缭绕厅中，六十名侍卫，个个眼昏头晕，身发寒劲，待光寂影过，三个和尚都脱了绳束而去，胡瑶峰对心一穴，穿过背后，横死地上，王制台晕倒在桌子底下，辫子、胡子都被割断烧焦了，只剩得几根短毛，再也不像个人。六十名侍卫，哭也不是，笑也不是，只得把王制台抬回衙门。这里胡瑶峰家人大小哭了满堂，不过是办些丧事罢了，不必细说。

　　单说那赤足和尚、普仁、静智三人，在危急中被了因等三剑客带走，不知怎的轻身疾飞，已换了一个所在。了因指着瘦子对赤足和尚道："这位就是师兄周浔。"又指着高架汉子道："这位是师兄曹仁父。"

　　赤足和尚连忙跪下谢恩，了因俯下双手托住，周浔、曹仁父也都让过扶起，说道："老英雄居心纯厚，遭此毒算，真乃天地都无，这小贼该死有余辜了。"

这时普仁、静智向了因行了师生礼，又见过周、曹二人，六人分宾主坐下。赤足因问此是何处，了因道："这是泰山第二峰。"话未说完，闻一人在外笑道："诸公功德圆满了么？"周浔随口答道："便宜了你了。"

赤足师徒听有人来，连连站起，那人已跨进门来，赤足一见，就是那晚与周浔喝酒后来的人，了因又道："这位是师兄白泰官。"

白泰官忙道："见过的，见过的。"

了因呆了一呆，说道："哪里见过的？"

白泰官道："不是客店里见过的么？"

周浔、曹仁父都笑了，赤足和尚也懂了这话，笑道："老衲轻轻一窥，诸公就洞悉无遗，仰见神乎其技。"

白泰官道："周浔、曹仁父兄听得你起来脚步，说是少林正宗，那不是更神乎其技么？"

曹仁父道："老白不要捣鬼了，咱们与赤足师傅相遇，也是有缘，如今该讲点正经话。"

众人都道不差。原来周浔在客店见过赤足和尚，就知赤足和尚必有事故。第二天胡瑶峰来请赤足，周浔因了因说起胡瑶峰是个逆徒，就告知了因，了因这时因张笃铭已逃回，诸事皆败，奔向欲把胡瑶峰除了，闻得赤足和尚入胡宅去了，因此探听胡瑶峰究竟如何待遇赤足，谁知胡瑶峰与王制台一席话都被了因听明，了因怒极，遂邀周、曹二人同去搭救赤足。

这一番情形，了因都与赤足讲了，赤足道："我这回虽身被幽囚捆缚，却逢两次奇遇，诸公是第二次了。"

众人忙问还有甚事，赤足就把红侠、黑侠搭救自己的事说了一遍，了因道："是了，这两位女侠和我也对过兵的，了不得。"

曹仁父道："如今她们在哪里呢？"

赤足道："仍到南京救冯玉书去了。"

白泰官也道："可惜我们不知地点找她们。"

周浔道："地点我是知道的，我曾到白莲庵去问过一次，却不曾遇到。"

众人都道："我们几时一路去会她们。"

周浔道："如今不讲别的，眼前事要紧了。"

众人都道："不差，眼前事完了再去。"

看官，你道这几位剑客来到济南干什么呢？原来康熙帝要下旨南巡，先到山东济南，诸剑客风闻此讯，乘机看事，故留着济南等候。不到几天，果然御驾南来，济南城外搭帐结彩，大小文武官员郊外跪接，城中城外人民一律在门口设起香案，说不尽威武严肃。周浔等眼巴巴望着到了，谁知御驾并不停留，不到半天，就往前而进，御前侍卫，万分周密，上至天上飞鸟，下至蛙鸣虫声，无不留心。御驾经过济南街道，露帐上跳过一只白猫，只不过一道白光，猫身上就中了七支手镖，如此周密，虽在剑客，也难以下手。

康熙帝离了山东，南巡江苏，周浔、了因、曹仁父、白泰官、赤足师徒也都分程而行，各自散了。康熙帝到了江苏，在苏州狮子林驻跸。一夜月明，开窗赏月，心中正是赞叹江南风月，倍觉清新，身为太平天子，巡守南省，自有异样风味，忽然抬头瞥见一条黑影，从窗前照墙掠下，康熙帝急忙回身引避。只听哗啦啦一声，早有汉满侍卫飞起十几支手镖，掷向刺客，刺客让身急避，被中了左腕逃去。

原来康熙帝窗前望月，窗下立有侍卫四人，照墙内外又站着八人，其余随扈吏员，不知其数，刺客哪里腾身得进，这里汉满侍卫闻刺客脱逃，拼命追赶，却无踪影。康熙帝大惊，降旨督抚府县严拿钦犯，一面越发防范得周密详尽。

看官，你道这刺客是谁？就是吕元的把兄弟名作关通的那人。关通原也是一条好汉，因历次救援冯玉书，未见成功，心下万分忧闷，明知禁跸深严，难以下手，只激于义愤，遂轻身一试，果然失败，狼狈而回，左腕上受了重创，也不好叫人医治，连夜奔逃，天明到了镇江，因无处投宿，就在镇江城隍庙中住了。庙中并无别的，只是些做小生意的人，其中也有几个拆字的，一个卖画的。

卖画的人年纪约四十多岁，很是和气，见了关遇，打了个招呼，关遇走近看他的画，不过是鹞鹰虫鸟之类，也不在意，两下就攀谈了几句。忽见一个十四五岁的孩子从外进来，对卖画的行了个礼，关遇打量这孩子，正似个官家子弟，品貌非凡，言语动作也不是平常，因问卖画的："这是谁家少爷？"

卖画的回说："孩子姓甘，住在城外谢家村。"

关遇笑了一笑，仍与卖画的畅谈，孩子在旁静听，直到日午而去。午后又来了，几乎坐到天黑，卖画的道："难为这小孩子，很好的，每日终要来几次。"

关遇也不在意。这晚关遇与卖画的同住在城隍庙中，谁知第二天早上起来，不但卖画的不见，连城隍庙都没有了，奇极怪极，关遇竟睡在自己家中了。

欲知关遇如何会飞到南京，且听下回分解。

第四十回

计施连环五毒亡命
箱开预兆八侠欣逢

话说关通与卖画的住在镇江城隍庙中，第二天早上，神不知鬼不觉地回到自己家中了，再也想不出是什么道理，只觉回忆起来，好像半夜里有人劝他走路的，是梦非梦，足足悬想了半天，才觉左腕刺痛，于是叫人请医诊治。谁知那清侍卫镖中有毒，一夜未治，延及脏腑，竟然医药罔效，不上五天，这一条好汉归天去了。

再说那卖画的，究竟是什么人呢？看官记清，就是峨眉山上五同门中第一人路民瞻。路民瞻漂荡天下，历查各省大员，曾在两江总督衙门去过好几遭，两次遇到关通在监探询冯玉书，故查知关通住在南京莫愁湖畔。只因剑客生涯藏头露尾，又以夜深极迫，始终未曾道破。这回路民瞻到镇江，是有两种目的，其一他看中了那姓甘的孩子，一心想收作徒弟，将来托以大事。

说起这姓甘的孩子，本是大明崇明伯中军提督甘辉的孙子，嗣王郑经部下中军守备甘英的儿子，名作凤池，因国破之后，全家被离，只剩得凤池这一个覆巢完卵，从死中逃生出来，跟着舅父谢品山在镇江城外谢家村居住。因逛城隍庙，遇着路民瞻，路民瞻一见甘凤池骨相非凡，心地纯厚，便与讲些至性理论，甘凤池果然受了魔似的，十分谨听，因此无日不来。后来竟被路民瞻带走，领到深山，教成剑术，为八大剑侠之殿，此是后话，暂不详叙。

其二为的是康熙南游，路民瞻不忘前志，自然要去走探，曾到狮子林探过几回，奇巧又遇到关通，故在城隍庙中一见之下，路民瞻早已熟悉统纲。因关通瞒三瞒四，路民瞻也不便明言，晚上同榻之后，路民瞻见关通伤势甚重，又值严缉之际，更难出面求医，英雄邂逅，由不得心中矜恤起来，因此半夜里扶起关通，飞剑送回家去。这本是剑客分内之事，不足为奇。

路民瞻因关通一刺，听得外面搜捕刺客非常严厉，忽然想出一条连环妙计。他想噶礼手下贾大魁等五人为虎作伥，专事捉拿江湖上人，被他们害的也不少了，这回倒要用驱犬逐盗之法，索性断送了他们。主意既定，立即动身，赶往南京，先在总督衙门旁边绕了几圈，打听贾大魁等有无出门。正在行走暗想，横街忽闪过一人，自后看去，活像是白泰官，追上细认不误，打了个暗号。白泰官回过头来，见是路民瞻，两下握手言欢，各问来意，路民瞻道："到酒馆里谈去。"

两人徐步缓行，进了一所酒馆坐下，胡乱叫了些菜，沽了半斤汾酒，吃喝起来。路民瞻道："把你的话先告诉我。"

白泰官先把赤足和尚经过的事说了一遍，又把红、黑两侠搭救的话也讲过，说道："赤足和尚脱逃之后，托红、黑两侠救护冯玉书，红、黑两侠也答应了，昨儿听人说，冯玉书快要正刑了，难道红、黑两侠救护不得么？还是两侠别有危险呢？因此小弟前来探听。"

路民瞻道："请你帮我的忙，我事办成了，这些事都容易办。"

白泰官道："可以可以，你想怎么办呢？"

路民瞻道："康熙帝不是遇着刺客么？现在正在大索刺客，我想那噶礼手下的贾大魁等五毒，残杀同帮兄弟，毫无义气，我们寻他们什么一桩凭据出来，无论刀，无论手镖，只要有他们名字的，丢到那狮子林去，康熙帝必然彻查，纵使贾大魁等逃了，那噶礼终不成官，你所说的事就容易办了。"

白泰官拍手道："妙计妙计，他们当公事的，刀上必有名字，用不着寻别的，最好是刀。"说到这里，想了一想，又道："可是他们在家没有呢？"

路民瞻道："打听过了，朱二标、朱三标已经出门，贾大魁、施鸿、葛虎都在家。"

白泰官道："好极，咱们准其照此办理。"

二人又谈了一回别事，会过酒资，因时候尚早，到雨花台凭吊了太祖陵寝，再到莫愁湖，望见湖畔一家有许多道士、和尚在做法事。路民瞻道："哎哟！义士千古了。"

白泰官忙问是谁，路民瞻低声道："姓关名通，就是干狮子林的，必是中了毒镖了。"说着，叹息了一回。

白泰官道："咱们进去吊丧好么？"

路民瞻道："好好，我倒忘了。"

两人跨入关宅，在关通灵前磕了三个头，路民瞻触景生情，不免挥英雄之泪，白泰官见路民瞻如此伤感，心中也恻怛起来。

二人走出关宅，已是上灯时候，又往秦淮河去走了一遭。等到夜半，飞入总督衙门，探明贾大魁等五人住处，路民瞻、白泰官噼啪一齐跳下，探看贾大魁正在习练双刀，施鸿用刀枕头，靠着打盹，葛虎独自喝酒。路民瞻与白泰官看毕，分开两路，白泰官跳上屋瓦，飞剑从施鸿身上一掠，施鸿惊得直跳起来。葛虎丢下酒杯，见瓦上有人，横飞一镖，白泰官顺手一接退后，施鸿早已跳出门来防敌，路民瞻乘间跳入，窃取施鸿枕上短刀在手，与白泰官打了招呼，飞出衙墙。贾大魁闻警出来，早已渺无踪影。

三人还自喜退贼迅速，谁知路民瞻、白泰官早已取得一刀一镖，往灯下细看，刀柄果刻有"施鸿"二字，镖上也留有火烙印，是个篆书"虎"字。二人大喜道："计果售了，不如即往苏州干了就是。"

计定而行，驾剑驶空，瞬息已到狮子林。二人闪入行宫，路民

226

瞻掷镖，白泰官飞刀。时已四更天气，康熙帝正在玉软香温，前后满汉侍卫同时惊报：一飞贼仍来照墙，掷下一镖，一飞贼闪过前檐，被侍卫们追喝逃去了。康熙帝惊得披衣起来，内监跪奏现已平安，康熙帝方才放心。

第二天近亲侍卫在前殿檐下又拾得一刀，奏报刀上有字，镖上有印，康熙帝命呈御览，看明字迹，钦命随扈大臣严查施鸿，又查那名取虎字的人，随扈大臣护军统领阿邦戎奏称彻查两江总督噶礼侍卫有贾大魁、施鸿、葛虎、朱二标、朱三标五人，随扈大臣大学士温达等奏称两江总督噶礼隐蓄飞贼，潜图不轨，江苏巡抚张伯行奏劾噶礼身为督臣，竟忍负皇上隆恩，擅作威福，胆敢唆使侍卫飞贼夜谋大逆，凶残狂妄，杀有余辜，难逃圣明洞鉴。

康熙帝连接疏劾噶礼章奏十余起，不禁震怒，降旨革职，下刑部鞫讯，刑部审实奏上，噶礼令自尽，妻亦从死，子弟发往黑龙江充军，家产入官，降旨贾大魁等五人凌迟处死。谁知贾大魁、施鸿、葛虎等失刀之后，忽然悟到被人所给，早已谨防，闻风远飏，落草为寇去了。那冯玉书在监，噶礼本要正刑，因此大案发生，由公正绅士求释，也就放了无罪。从此后康熙帝游太湖，游松江九峰三泖，往往微服出行，督抚道府正在叩头迎接，康熙帝却已轻衣小帽，早入城中，都是怕的遇刺。其中着实有许多笑话，因与本书无关，不提烦絮。

却说红、黑两侠收了吕元，同上白莲庵，一年面壁，两年学剑，竟然成了个完才，女师父心细才大，无所不教。三年之后，命吕元问世行道，吕元秉承师训，从此也漂荡天下，遍有踪迹。红、黑两侠也为着师父剑道人之召，赴雁荡约会，一所白莲庵，只剩得香伙、道婆几人看守。周浔、曹仁父等一连来探看红、黑两侠好几次，不曾撞着个人影儿。吕元回到庵中，香伙把话禀上，说某日有汉子来，某日有和尚来，说得吕元莫名其妙，究不知是谁找谁。

一日，吕元由香港回到庵中，刚跨上石梯，庵中走出四个汉子、一个和尚、一个十七八岁的少年，吕元打量了一周，问道："众位英兄来此何事？"

众人都道："我们特来拜会红、黑两侠，闻得两侠高徒有位吕元英兄，可就是阁下？"

吕元回道："正是小弟，请诸兄里面坐谈。"

于是宾主七人鱼贯入庵，依次坐下，吕元一一问过姓名，问那年长者，道路民瞻；问那瘦子，道周浔；问那高架汉子，道曹仁父；问那紫糖脸儿，道白泰官；问那和尚，道了因；问那少年，道甘凤池。

路民瞻接着道："姓甘名凤池，乃是敝徒。"

周浔道："少年英雄，青出于蓝，我辈老朽，当让公瑾独步。"

甘凤池连连立起身来说道："师伯太夸奖了，凤池后生，正要前辈教导。"

吕元道："在座七人，果然是凤池英兄与小弟末座，五位是前辈的了。"

了因道："哪有这话，咱五人同学白侠之门，吕英兄是秉的红、黑两侠师训，两侠与咱师父本出一门，咱们便是同学了。"

话未说完，只见路民瞻、周浔昂首而望，随口说道："诸兄试看，一片云远远而降，定是两侠来也。"

吕元立起身来往外看，道："不是，不是，师父哪得再来？"

说着，一女子翩然下地，疾如惊鸿，清如冰雪，步如洛神妃子，见了众人，不觉退缩。吕元急着下阶迎道："原来是吕四小姐，不约而同，不期而会，我们正虚左以待呢。"

吕四娘笑说不敢，遂与众人一一见了，坐定之后，吕四娘转问吕元道："师父出去了么？"

吕元道："师父怕不回来了呢。"

众人都惊问"不回了么"，吕元道："前几天，师父同上雁荡去朝太师父剑道人，说太师父遇到从前两个飞升入仙的女弟子，劝太

228

师父不必在凡了，太师父召师父去，说近来衣钵有传，江山不易骤改，未了之事，让后人做去，叫师父适可而止了。师父临走，交代一只小箱，嘱交付吕四小姐亲开，因此未敢动弹。"说着，往里拿出一只小箱、一个锁匙，放在吕四娘面前。

吕四娘打开一看，只一张纸条，上面写道：

今日八剑侠会日，吕元为东道，此后患难相助，善共尔事。

众人看毕，惊得望空下拜，都道："太师父、师父仙去了，仙去了。"

于是吕元依着遗训，举办酒席，八人团团围坐，结了义侠。席间，吕四娘道："我在京中探听清宫内幕，禛贝勒结识年羹尧组织血滴子，谋夺皇位，草菅人命，有许多不幸之事，此来本听两侠示下，今既如此，就请众英兄努力。"

众人都道："自然是我们责任。"

欲知禛贝勒如何结识年羹尧，年羹尧如何组设血滴子，禛贝勒如何谋夺皇位，八大剑侠如何摆布，须看《八大剑侠》正、续全传。

附 录：

陆 士 谔 年 谱

（1878—1944）

田若虹

1878 年（清光绪四年　戊寅）一岁

是年，先生出生于江苏青浦珠街阁镇（今上海市青浦区朱家角镇）。先生名守先，字云翔，号士谔，别署云间龙、沁梅子、云间天赘生、儒林医隐等。

《云间珠溪陆氏世系考》曰：

考吾陆，自元侯通食采于齐之陆乡，始受姓为陆氏。自康公失国，宗人逼于田氏，南奔楚，始为楚人。入汉而后，代有名贤，遂为江东大族。自元侯通六十三传而文伯卜居松江郡城德丰里，吾宗始为松人。自文伯九传而笏田公避明末乱，迁居青浦珠街阁镇，而吾族始有珠街阁支。

清代诗人蔡珑《珠街阁散步》述曰：

行过长桥复短桥，爱寻曲径避尘嚣。

隔堤一叶轻如驶，人指吴船趁早潮。

胜地曾经几度过，千家烟火酿熙和。

朱家角古镇水木清华，文儒辈出。仅在清代，就出了举人、进士三十余名。文人雅士创作的诗词、编著的文集，及专家撰写的医书、农书等各类著作达一百二十余种，名医、名儒、名家，层出不穷。

祖父传：寿鉎（1815—1878），字仁生，号稼夫，捐附贡生，直隶候补，府经历敕受修。生嘉庆乙亥十一月初四申时，殁光绪戊寅

233

十一月二十二日午时，享年六十四岁。葬青县十一图，月字圩长春河人和里主穴。配沈氏，子三：世淮、世湘、世沣。

祖母传：沈氏（1814—1889），享年七十六岁。

《云间珠溪陆氏谱牒》曰：

> 洪杨乱起，遍地兵氛分，相挈仓皇避乱。乱事定而故居半成瓦砾，于是艰苦经营，省衣节食，以维持家业，及今已逾二代尤未复归。观然守先等得以有今日，则沈孺人维持之力也。

父传：世沣（1854—1913），字景平，号兰垞，邑禀生，生咸丰甲寅十一月二十日寅时，殁民癸丑二月二十七日戌时，享年六十岁。配徐氏，子三：守先（嗣世淮）、守经、守坚。《云间珠溪谱牒·世系考》记曰："吾父兰垞公讳世沣，字景平，号兰垞，邑禀生。聘温氏，生咸丰甲寅十一月二十四日寅时，殁同治癸酉六月十三日。配徐氏，生咸丰乙卯八月三十日。"

守先谨按：徐孺人系名医山涛徐公之女。性温恭，行勤俭，兰垞公家贫力学，仰事俯育悉孺人是赖，得以无内顾之忧。一志于学，成一邑名儒，寒窗宵静，公之读声与孺人之牙尺、剪声，每相呼应，往往鸡唱始息。今年逾七十，勤俭不异少时。常戒子孙毋习时尚，染奢侈俗，可法也。

兰垞公生子三人：守先居长；次即大弟守经，字达权；三即小弟守坚，字保权。

守先谨按：公性孝友，事母敬兄家庭温暖如春。母沈孺人病，亲侍汤药，衣不解带，旬日未尝有惰；容兄竹君公殁，出私财经纪其丧，抚其子如己子。艰苦力学，文名著一邑。于制艺尤精。应课书院，辄冠其曹而屡困。秋闱荐而未售，新学乍兴，科会犹未罢，即命儿辈入校肆业，其见识之明达如此。其次子，守先之弟守经，

234

清华学堂毕业，留学美国政治学博士，司法部主事、厦门公审会堂堂长、江苏地方审判厅厅长、淞沪护军使秘书长；其幼子守坚，毕业于南洋公学铁路专科，沪杭铁路沪嘉段长。"皆驰声军政界，为世所重。"兰垞公为其后代定辈名为："世""守""清""贞"。

嗣父传：世淮（1850—1890），字同元，号清士，同治癸酉举人，大挑教谕，内阁中书。生道光庚戌七月二十一日，殁光绪庚寅十月初十日，得年四十一岁。

《陆氏谱牒·河南世系》记载："寿铨长子世淮，字同元，号清士，同治癸酉举人，大挑教渝，内阁中书。生道光庚戌七月二十一日，殁光绪庚寅十月初十日，得年四十有一。"

《青浦县续志》卷十六（人物二·文苑传）曰："钱炯福，字少怀，居珠里。为文拗折，喜学半山。同治庚午副贡。癸酉与同里陆世淮同领乡荐。世淮字清士，亦工文。"

《云间珠溪陆氏谱牒》曰：

> 公刚正不阿，任事不避劳怨，终身未尝二色。应礼部试，过沪江，同年某公邀公同游曲院，公秉烛危坐，观书达旦，竟无所染。角里路灯，系公所发起，行人至今便之。市河淤塞，公聚金开浚，今已越四十年，执政者无复计议及此。

嗣母传：石氏（1851—1914），生咸丰辛亥八月十一日亥时，殁于民国三年旧历甲寅三月十七日卯时，享年六十四岁。子三，守仁、守义、守礼，俱殇。

1881 年（清光绪七年　辛巳）三岁

其弟守经（1881—1946）诞生。守经，字鼎生，号达权。守经曾先后赴日、美留学。后历任厦门公审会堂堂长、江苏及上海审判厅厅长等职，亦曾任清华、燕京、南京等大学教授。

1883 年（清光绪九年　癸未）五岁

其妹陆灵素（1883—1957）诞生。陆灵素，原名守民（一作秀民），字恢权，号灵素，别署繁霜。南社社友。自幼聪慧好学，喜吟咏，善儒曲。陆灵素在黄炎培所办广明师范毕业后，于光绪三十二年（1906）去安徽芜湖皖江女校任教，与同校任教的苏曼殊、陈独秀相识。宣统二年（1910）与上海华泾刘季平（刘三）结婚。季平在北京大学任教时，灵素亦在北京，与陈独秀、沈尹默等有来往；季平在南京任教时，灵素也与黄炎培、柳亚子有往返。民国二十七年（1938）秋刘季平病逝，陆灵素悉心整理遗著，辑为《黄叶楼诗稿尺牍》。寄柳亚子校正，不幸遗失于战火，直至民国三十五年（1946）才以副本油印分赠亲友。新中国成立前夕，柳亚子在北京写诗怀旧："交谊生平难说尽，人才眼底敢较量。刘三不作繁霜老，影事当年忆皖江。"[1]

陆灵素是个女诗人，擅昆曲。每逢宴客，季平吹箫，陆唱曲，人皆比之为赵明诚与李清照。1903 年，邹容从日本回国，因撰写《革命军》号召推翻满清统治，建立中华共和国，被捕入狱，于1905 年瘐死狱中。季平为之葬于华泾自己家宅的附近。章太炎在《邹容墓志》中云："……于是海内无不知义士刘三其人。"

1887 年（清光绪十三年　丁亥）九岁

是年，先生从朱家角名医唐纯斋学医，先后共五年。世居江苏省的青浦。

唐纯斋曾以"同学兄唐念勋纯斋氏"为之《医学南针》初集和二集写序，极力赞其"好学深思""积学富""学尤粹""每发前人

---

① 参见《上海妇女志·人物》。

所未发""青邑望族代有闻人，而以医学名世则自君始"。并赞曰："角里地灵人杰，王述庵以经著名，陈莲舫以医术行世。惜莲舫之道行未有述，述庵之学之博而未曾知医。君今以经生之笔，释仲景之书，明经络之分治，导后学以准绳，湖山增色。"

1890 年（清光绪十六年　庚寅）十二岁

10 月 10 日，嗣父世淮殁。

是年，弟守坚（1890—1950.10）诞生。守坚，字禄生，号保权。毕业于南洋公学铁路专科。毕业后，又赴美国旧金山大学留学，专攻土木学，回国后，任沪杭铁路沪嘉段段长等职。

1892 年（清光绪十八年　壬辰）十四岁

是年，先生到上海谋生：

　　在下十四岁到上海，十七岁回青浦，二十岁再到上海，到如今又是十多年了。①

　　少年时曾为典当学徒，不久辞退回里。

1894 年（清光绪二十年　甲午）十六岁

8 月 1 日，中日甲午战争爆发。这一史实，在其历史小说《孽海花续编》中作了详尽而深刻的描述：

　　却说中国国势虽然软弱，甲午以前纸老虎还没有戳破，还可虚张声势。自从甲午战败而后，无能的状态尽行宣布了出来，差不多登了个大广告，几乎野心国不免就跃跃欲

---

① 陆士谔：《新上海》第一回。

试……究竟都立了约，都定了租期。我为鱼肉，人为刀俎，国势不强，真也无可奈何的事。①

1895 年（清光绪二十一年　乙未）十七岁

4 月，本县始有机动船航班，载运客货通往外埠。

是年，先生回青浦。在青浦行医的同时，亦在家阅读了大量的稗官野史和医书。

1898 年（清光绪二十四年　戊戌）二十岁

是年，先生再次来到上海。先是以默默无闻的穷小子悬壶做医生。弃医改业图书出租，"收入尚还不差"，继而又潜心钻研小说，渐悟其中要领。大胆投稿，竟获刊登，由短篇而中篇，由中篇而长篇。那时还有几家书局收购了他好几种小说稿刊成单行本，风行一时。先生走上小说创作道路，与孙玉声先生很有关系。陆士谔来上海后认识了世界书局的经理沈知方，以及孙玉声。孙玉声这时在福州路麦家圈口开设上海图书馆，知道陆士谔学过医，就劝他一方面写小说，一方面行医，且允许他在上海图书馆设一诊所。在创作小说的同时，先生亦从事租书业务。

是年，青浦青龙镇十九世中医陈秉钧（莲舫），经两广总督刘坤一等保荐，从是年起，先后五次受召进京为光绪帝、孝钦后治病。

1899 年（清光绪二十五年　己亥）二十一岁

娶浙江镇海茶叶商人之女李友琴为妻。夫妻感情甚笃。李友琴曾多次为其小说写序、跋及总评，如《新孽海花》《新上海》《新水浒》《新野叟曝言》等。

《云间珠溪陆氏谱牒》记载：先生配李氏，镇海李兰孙次女；继

---

① 陆士谔：《孽海花续编》第三十六回。

238

李氏，泗泾李凤楼长女。

1900 年（清光绪二十六年　庚子）二十二岁

是年，先生长女敏吟（1900—1991）诞生。其与丈夫张远斋一起创办了华龙小学和山河书店。张远斋任校长，敏吟任教员。

1902 年（清光绪二十八年　壬寅）二十四岁

是年，先生次女陆清曼（1902—1992）诞生。其丈夫徐祖同（1901—1993），青浦镇人。

1904 年（清光绪三十年　甲辰）二十六岁

刘三与《警钟日报》主编陈去病在沪创办《世纪大舞台》杂志，提倡戏剧改良。同年，又与堂兄刘东海等于家乡华泾宅院西楼创办丽泽学院，并购置图书一万五千余册。在该院任教的有陆守经、朱少屏、黄炎培、费公直、钱葆权等。

1906 年（清光绪三十二年　丙午）二十八岁

是年，先生作《精禽填海记》发表，署"沁梅子"，由愈愚书社刊行。阿英《晚清小说史》提及此书，并称其为"水平线上的著作"。

8月，作《卫生小说》，后改为《医界镜》，由同源祥书庄发行。吴云江活版印刷再版时，先生以"儒林医隐"之笔名在书前小引中曰：

> 此书原名《卫生小说》，前年已印过一千部。某公见之，谓其于某医有碍，特与鄙人商酌给刊资，将一千部购去，故未曾发行。某公爰于前年八月下旬用鄙人出名，将缘由登在《中外日报·申报论》前各三天（某公广告，鄙人所著《卫生小说》已印就一千部，因中有未尽善之处，

尚欲酌改，暂不发行。如有他人私自印行及改头换面发行者，定当禀究云云），是版权仍在鄙人也。今遵某公前年登报之命，已将未尽善及有碍某医之处全行改去。因急于需用，现将版权出售。

儒林医隐主人谨志

在《医界镜》中，先生曾论述过中西医孰长的问题，他指出：

> 西人全体之学，自谓独精，不知中国古时之书已早具精要。不过于藏府之体间有考核，未精详之处，在西书未到中华以前，虽未尽合机宜，而考验全体之功，其精核之处自不可没也。

是年，作《滔天浪》，古今小说本。先生用笔名"沁梅子"。阿英提及此书曰：

> 沁梅子著，光绪丙午年俞愚书社刊。

又道：

> 沁梅子不知何许人，据可考者，彼尚有《滔天浪》一种，亦是历史小说。唯纪实性较弱，是如他自己所说，凭自己高兴张长李短地混说。[1]

是年，作《初学论说新范》共四卷，由文盛书局出版发行。该

---

[1] 阿英：《晚清小说史》第十二章。

书由末代状元张謇题写书名。

1907 年（清光绪三十三年　丁未）二十九岁

先生所著之《新补天石》《滑头世界》《滑头补义》及《上海滑头》写成。在《新上海》中，陆士谔借主人公梅伯之口提及其书：

> 梅伯道："你这《新中国》说得中国怎样强、怎样富，人格怎样高尚，器物怎样的精良，不是同从前编的什么《新补天石》一般的用意吗？"我道："一是纠正其过去，一是希望其未来，这里头稍有不同。"梅伯道："同是快文快事，我还记得你《新补天石》几个回目是'杀骊姬申生复位，破匈奴李广封侯''经邦奠国贾谊施才，金马玉堂刘濆及第''奉特诏淮阴遇赦，悟良言文种出亡''霸江东项王重建国，诛永乐惠帝再临朝''岳武穆黄龙痛饮，文山南郡兴师''精忠贯日少保再相英宗，至诚格天崇祯帝力平闯贼'。"一帆道："我这几天没事拿小说来消遣。翻着一册《滑头世界》里头载着金表社的事，他的标题叫《滑头金表社》，你何不回去作一篇《滑头补义》？"我道："不劳费心，我已作过的了，停日出了版，送给你瞧就是了。"①

是年，在《神州日报》上发表了《清史演义》一、二集。先生所撰《清史演义》始披露于《神州日报》，陆续登载。发刊未久，阅者争购，报价因之一增。有目共赏，数月以来，风行日远，尤有引人入胜之妙，而爱读诸君经以未窥全貌为憾。或索观全集，或购定预卷，无不介绍于神州报社，冀速遂其先睹之。社友于是商之，陆君即将一、二集先付剞劂，其余稿本修定遂加校雠，不久可陆续

---

① 陆士谔：《新上海》第四十二回。

出版。

是年，江剑秋先生于《鬼世界》（1907）序中提及先生所作另外几部小说：《东西伟人传》《文明花》《鸳鸯剑》等。上述几种应为先生 1907 年之前所作。

1908 年（清光绪三十四年　戊申）三十岁

元月，作《公治短》，载《月月小说》十三号，署名"沁梅子"，为短篇寓言故事。译《英雄之肝胆》，标"法国乌伊奇脱由刚著，青浦云翔氏陆士谔"译。亦作《官场真面目》《新三角》《日俄战史》三种。

《新孽海花》序录李友琴与陆士谔关于《官场真面目》等书之问答云：

> 今秋复以《新孽海花》稿相示。余读云翔书，此为第十八种矣。评竟问之曰：君前所著，意多在惩恶；此书意独在劝善，然乎？云翔笑曰：唯，子何由知之？余曰：君前著之《官场真面目》《风流道台》等，其中无一完人，嬉笑怒骂，几无不至。[①]

夏，作《残明余影》，李友琴女士于《新孽海花》载宣统元年（1909）冬十月序中曰：

> 友人以陆君云翔所著之《残明余影》稿示余，余亦视为寻常小说未之奇也，乃展卷细读，见字里行间皆有情义，而笔情细致，口吻如生，古今小说界实鲜其匹，循环默诵，弗胜心折。九月重阳，《医界镜》修改后再次出版发行。吴

---

① 陆士谔：《新孽海花》序。

云记活版部印，同源祥书庄出版。

1909 年（宣统元年　己酉）三十一岁

是年，作《新水浒》《新野叟曝言》《风流道台》《改良济公传》《军界风流史》《骗术翻新》《绿林变相》《女嫖客》《女界风流史》《绘图新上海》《新孽海花》《苏州现形记》和《新三国》十三种。

2月，作《风流道台》，此书在《新上海》及《晚清小说史》中均提到：

> 当下梅伯到我书房里坐下，见了案上的两部小说稿子《风流道台》《新孽海花》，略一翻阅笑道："笔阵纵横，到处生灵遭荼毒。云翔，你这孽也作得不浅呢！"我道："现在的人面皮厚得很，恁你怎样冷嘲热讽、毒讽狂讥，他总是不瞅不睬。不要说是我，就使孔子再生，重运他如椽大笔，笔则笔，削则削，褒贬与夺，再作起一部现世《春秋》来，也没中用呢。"
>
> 梅伯抽了两袋烟问我道："你的新著《风流道台》笔墨很是生动，我给你题一个跋语如何？"我道："那我求之不得，你就题吧。"……只见他题的是：《风流道台》，以军界之统帅效英皇之韵事，未始非官界中佳话。第以惜玉怜香之故，竟至拔刀操戈，殊怪其太煞风景。乃未会巫山云雨，顿兴宦海风波。于以叹红颜未得，功名以误，峨眉白简旋登，声望全归狼籍，可恨亦可怜矣。①

阿英《晚清小说史》亦云：

---

① 陆士谔：《新上海》第一回。

陆士谔著，六回，宣统元年（1909）改良小说社刊。

是年，作《新野叟曝言》，为国内最早之科学幻想小说，谈文素臣全家至月球事。全书共六册，约四十万字，宣统元年五月初版，同年同月发行，由上海小说进步社印行。此书亦另有磊珂山房主人撰的《新野叟曝言》一种。

7月，作《鬼国史》，改良小说社刊行，阿英评曰：

> 维新运动是失败了，立宪运动不过是一种欺骗，各地的革命潮，在如火如荼地起来。中国的前途将必然地走向怎样的路呢？这是不需要加以任何解释就能以知道的。把握得这社会的阴影，是更易于了解晚清小说。其他类此的作品尚多，或不完，或不足称，只能从略。就所见有报癖《新舞台鸿雪记》、石傯山民《新乾坤》、抽斧《新鼠史》……陆士谔《新中国》……也有用鬼话写的，如陆士谔《鬼国史》（改良小说社，1909 年）……专写某一地方的，也有陆士谔《新上海》、佚名《断肠草》（一名《苏州现形记》）等。①

阿英《晚清小说目录》称：

> 《女嫖客》，陆士谔著，五回，宣统年刊本。

陆士谔《龙华会之怪现状》中谈及《女界风流史》：

> 秋星道，你也是个笨伯了，书是人，人就是书，有了

---

① 郑逸梅：《艺林散叶续篇》。

人才有书呢。即如《女界风流史》何尝不是书。试翻开瞧瞧，你我的相好怕不有好多在里头么。穷形极相，描写得什么似的……这符姨太小报上曾载过，她是磨镜党首领呢，像《女界风流史》上也有着她的事情。①

11月，李友琴为其《新上海》序于上海之春风学馆，序中进行了评述：

> 盖云翔之用笔与他小说异，他小说多用渲染笔墨，虽尽力铺张扬厉，观之终漠然无情；云翔独用白描笔墨。写一人必尽一人之体态、一人之口吻，且必描出其性情，描出其行景。生龙活虎，跳脱而出，此其所以事事必真，言之尽当也。云翔在小说界推倒群侪，独标巨帜。有以夫，余读云翔新著二十三种矣，而用笔尖冷峭隽，无过此编。云翔告余曰，与其狂肆毒詈，取憎于人，孰若冷讥隐刺之犹存忠厚也。故此编于上海之社会、上海之风俗、上海之新事业、上海之新人物以及大人先生之种种举动，虽竭力描写淋漓尽致，而曾无片词只语褒贬其间，俾读者自于音外得悟其意。此即史公《项羽本纪》《高祖本记》《淮阴列传》诸篇遗意欤。

第六十回，镇海李友琴女士评曰：

> 书中描摹上海各社会种种状态，无不惟妙惟肖，铸鼎像奸、燃犀烛怪，使五虫万怪，无所遁影。平淡无奇之事一运以妙笔，率足以令人捧腹，是真文字之光芒而世道之

---

① 阿英：《晚清小说史》。

功臣也。若夫词隐而意彰，言简而味永，按而不断，弦外有声，《儒林外史》外鲜足匹矣。

是年 5 月 4 日至次年 3 月 6 日，作《也是西游记》（注：十七期上署名"陆士谔"），在《华商联合报》连载。后又结集出版。

1910 年（宣统二年　庚戌）三十二岁

是年，长子清洁（1910.6—1959.12）诞生。1927—1937 年间，清洁悬壶杭州。十七岁起在杭州创办医报《清洁报》，并历任浙江省国医馆顾问、中医院院长、疗养院院长等职。1937 年抗日战争全面爆发后回沪，先于白克路行医，后又迁往吕班路。1944 年先生病逝后，又迁回汕头路 82 号行医，直至 1958 年。清洁先生亦著有多种医书，如：《备急千金方疏证》十二册、《金匮类方疏证》三册、《伤寒卒病论疏证》三册、《伤寒类方疏证》二册、《评注王孟英医案》二册、《评注本草纲目疏证》七册等。

是年，其妹守民与刘三相识，经南社诗人苏曼殊撮合而结为伉俪。

是年，作《乌龟变相》《新中国》《最近官场秘密史》《六路财神》《逍遥魂》《玉楼春》《最近上海秘密史》七种。

3 月，作《官场新笑柄》，在《华商联合报》连载。

腊月，《六路财神》刊行，版底云：

大小说家陆士谔先生健著十一种。先生著书不下五十余种，此十一种均系本社出版者：《新上海》《新鬼话连篇》《新三国》《风流道台》《新水浒》《六路财神》《新野叟曝言》《骗术翻新》《新中国》《改良济公传》《新孽海花》。

是年，在《新上海》中，他曾借主人公之口评述《逍魂窟》和《玉楼春》两种：

> 我道："这月里通只编得两三种，一种《新中国》，一种《逍魂窟》，一种《玉楼春》，稿子幸都在这里。"说着，把稿本检了出来。梅伯逐一翻阅，他是一目十行的，何消片刻，全都瞧毕。指着《逍魂窟》《玉楼春》两种道："这两种笔墨过于香艳，未免有伤大雅。"①

1911 年（宣统三年　辛亥）三十三岁

是年，先生弟守经被录取在美国威斯康新大学学习政治。与之同往的还有竺可桢、胡适、李平等。

是年，作《龙华会之怪现状》《女子骗述奇谈》《商界现形记》《官场怪现状》《官场艳史》《官场新笑柄》《十尾龟》《血泪黄花》八种。

4月，作《商界现形记》，由上海商业会社印行。

《商界现形记》共二集（上下卷），十六回。于宣统三年三月付印，宣统三年四月发行。著作者百业公，编辑者云间天赘生，校字者湖上寄耕氏。在《商界现形记》初集上卷，书前署曰："作者真实姓名和生平事迹，则无从考察。"此书与姬文的《市声》、吴趼人的《发财秘诀》及托名大桥式羽著的《胡雪岩外传》皆为晚清反映商界活动的力作。阿英均收入《晚清小说丛抄·卷四》。现据本人考，该书为陆士谔先生所撰。②

长篇小说《十尾龟》共四十回，由上海新新小说社印行。

---

① 陆士谔：《新上海》第五十九回。
② 可参见田若虹《陆士谔小说考论》第六章第一节：《〈商界现形记〉著者探佚》。

是月，《龙华会之怪现状》标时事小说。上海时事小说社发行，共六回。

《女子骗术奇谈》二册共八回，古今小说图书社刊行。"是指摘当时所谓新女子的作品，对撷拾一二新名词即胡作非为的女子加以讽刺，间有一、二宣扬之作。所见到的有吕侠《中国女侦探》……陆士谔《女子骗术奇谈》。"①

9月，《绘图官场怪现状》大声小说社版，初集十回。

在《最近上海秘密史》中，陆士谔借书中人物之口，介绍他的另外几部小说时道："他的小说像《官场艳史》《官场新笑柄》《官场真面目》都是阐发官场的病源。《商界现形记》就阐发商界病源了，《新上海》《上海滑头》等就阐发一般社会病源了。我读了他三十一种小说，偏颇的话倒一句没有见过。"

10月10日，晚九时，武昌新军起义，辛亥革命爆发。11月，起义军攻陷总督衙门，占领武昌全城。革命党人成立中华民国湖北军政府，推新军协统黎元洪为都督。12日，革命军占领汉口，湖北军政府通电全国，宣告武昌光复。

11月，先生创作讴歌武昌起义的《血泪黄花》，又名《鄂州血》。这部小说出版于1911年11月，距武昌起义仅一个月。作者满腔热情地歌颂辛亥革命，描写了起义军民的英勇奋战，表达了他对旧民主主义革命的向往之情。

1912年（民国元年　壬子）三十四岁

是年，《孽海花续编》由上海启新图书局、国民小说社、大声图书局出版，续编共有二十一至六十一回。在《十日新》封底的小说广告中登有陆士谔所出小说数种：

---

① 阿英：《晚清小说史》第九章。

《历代才鬼史》二册（洋八角）、《清史演义》（初集）四册、《清史演义》（二集）四册、《清史演义》（三集）四册、《清史演义》（四集）四册、《孽海花》（初集）各一册、《孽海花》（续编）四册、《女界风流史》二册、《女嫖客》二册、《末代老爷大笑话》二册、《也是西游记》二册、《雍正剑侠》（奇案）三册、《血泪黄花》二册。

1913 年（民国二年　癸丑）三十五岁

8 月，先生次子陆清廉（1913.8—1958.8）诞生。陆清廉，字凤翔，号介人。

《青浦县志·人物》记曰：

陆凤翔原名清廉，朱家角镇人，中国共产党员，革命烈士，陆士谔次子。1958 年 8 月 20 日，在北京开会返宁途中，因飞机失事不幸遇难，时年四十五岁。后经江苏省人民委员会追认为革命烈士。

《青浦文史》亦记曰：

陆凤翔（1913—1958），原名清廉，青浦朱家角人，为通俗小说家、名医陆士谔次子。早年毕业于苏州高中，后在胡绳等的影响下，接受共产主义思想，创办社会科学研究会。1936 年 9 月加入中国共产党①。

是年，创作《宫闱秘辛》、《朝野珍闻》、《清史演义》第一部、

---

① 《青浦文史》第五期。政协青浦委员会、文史资料委员会编，1990 年 10 月。

《清朝演义》第二部四种。

8月,《清史演义》第一部由大声局发行,标历史小说。

民国二年至十三年（1913—1924）,陆士谔完成了《清史演义》一至四部的撰写:

> 余撰《清史演义》,此为第四部。第一部大声局之《清史演义》,第二部江东书局之《清史演义》,第三部世界书局之《清史演义》。第大声本书有一百四十回,长至七十万言。而江东本只三十万言,世界本只二十万言。

同时,他阐明了"演义"之缘由:

> 夫小说之长,全在表演。何为表?叙述治乱兴衰及典章文物、一切制度。何为演?将书中人之性情、谈吐、举动逐细描写,绘形绘声,呼之欲出。故旧著三书,唯大声本尽意发挥,或可当包罗万象;江东本与世界本为篇幅所限,未免蹈表而不演之弊。然而一代之功勋以开国为最伟大,一代之人物以开国为最英雄。与其歌咏升平,浪费无荣无辱之笔墨,孰若记载据乱,发为可歌可泣之文章。此开国演义所由作也。

10月10日,先生生父世沣殁,得年四十有一。

1914年（民国三年　甲寅）三十六岁

元月,《清史演义》三集共四册出版。

是月,《十日新》第一至四期连载言情小说《泖湖双艳记》。

2月,《孽海花续编》再版,大声图书局出版。又,上海民国第一图书馆版本，标历史小说。本书从第二十一回写起，至六十二回止。回目全用曾朴、金松岑原拟。

10月，《清史演义》四集初版，继而出版五集。

是月，《也是西游记》题"铁沙奚冕周起发，青浦陆士谔编述"。在第八回回末，先生述曰：

> 《也是西游记》八回，奚冕周先生遗著也。笔飞墨舞，飘飘欲仙，士谔驽下，奚敢续貂。第主人谲谏，旨在醒迷，涉笔诙谐，岂徒骂世。既有意激扬，吾又何妨游戏。魂而有灵，默为呵者欤！

> 己酉十月青浦陆士谔识

在上海望平街改良新小说社广告中登有特约发行所改良新小说社启：

> 新出《也是西游记》，是书系铁沙奚冕周、青浦陆士谔合著。登华商联合会月报，海内外函索全书纷纷如雪片，盖不仅妙词逸意、文彩动人，而远大之眼光、华严之健笔，实足振颓风、挽末俗。或病其文过艳冶、意近诲淫，则失作者救世苦心矣。

12月10日，在《十日新》第一期发表短篇小说《德宗大婚记》《新娘！恭献！哈哈》《贼知府》《泖湖双艳记》①。

是月20日，在《十日新》第二期发表逸事短篇小说《赵南洲》。

---

① 陆士谔：《泖湖双艳记》第一至四期连载，标艳情小说。

是月 30 日，在《十日新》第三期发表滑稽短篇小说《花圈》《徐凤萧》《英雄得路》。

是年，其文言笔记《蕉窗雨话》由上海时务图书馆出版。《蕉窗雨话》（共九种），记乾隆间吏部郎中郝云士诡事和珅事，记杜文秀踞大理事，记石达开老鸦被擒异闻，记董琬欲从张申伯不果事，记张申伯为太平天国朝解元事，记王渔洋宋牧仲逸事，记说降洪承畴事，记岳大将军平青海事，记准噶尔与俄人战事①。

1915 年（民国四年　乙卯）三十七岁

是年，先生妻李友琴病故，终年三十五岁。先生悲痛不已。常以医术不精、未能挽爱妻为憾，遂更发奋钻研医学。又创作几种笔记体文言短篇小说，如《顺娘》《冯婉贞》《陈锦心》《顾珏》等，皆散刊于上海《申报》。

3 月 14 日，作笔记小说《顺娘》，在《申报》"自由谈"、"红树山庄笔记"栏目发表。

3 月 15 日，继续连载《顺娘》。《顺娘》以庚子事变之后"罢科举"，选派留学生到西方留学的这段历史为背景。其中又穿插了男女主人公雁秋和顺娘悲欢离合的故事。故事虽未脱俗套，但情节曲折，人物个性鲜明，其中不无对世俗的道德观和封建习俗的批判。

3 月 19 日，作笔记小说《冯婉贞》，在《申报》"自由谈"、"爱国丛谈"栏目发表，亦见于《虞初广记》。写咸丰十年英法联军火烧圆明园时事，当时有圆明园附近的平民女子冯婉贞率少年数十人以近战博击的战法，避开敌人的枪炮，击溃了敌军数百人，杀死百余人。文章的结尾陆士谔曰："救亡之道，舍武力又有奚策？谢庄一区区小村落，婉贞一纤纤弱女子，投袂起，而抗欧洲两大雄狮，

---

① 收于《清代野史丛书》。

竟得无恙，引什百于谢庄，什百于婉贞者乎？呜呼！可以兴矣！"①
其书在 1916 年被徐珂收编入《清稗类钞》，修改了原文。亦被列入
中学范文读本。

4 月，《清史演义》五集再版。

8 月，作《顺治太后外纪》，由上海进步书局出版。1928 年 2 月
五版。

提要曰："是书叙顺治太后一生事实。夫有清以朔方，夷族入住
中原，论者多归之天而不知兴亡盛衰之故乃操之于一女子手。盖佐
太宗之侵掠，说洪氏之投降与有力焉，然而深宫秘事史官既讳而不
书，远代茫然罔识，是编记载最为尽，诚足广异闻而资谈助也。"

1916 年（民国五年　丙辰）三十八岁

4 月 7 日，作笔记小说《顾珏》在《申报·自由谈》发表。

《顾钰》刻画了一位身怀绝技、武力超群，而又恃强踞傲、强不
能而为之的"勇"者形象。顾钰，亭林先生八世孙。其躯干彪伟，
孔武有力，一乡推为健士。他夜不卧床榻，巨竹两端而剖其中，"卧
则以两臂撑之。竹席如弓，身卧其内。醒则疾跃而出，竹合如故"。
"稍迟延，臂竹猛夹裂颅破脑，巨竹之张合，常在百斤左右"，其两
臂之力可谓巨矣。然山外有山，人外有人，顾终因"耻受人嘲"而
不自量力，在比斗中惨败。

4 月 10 日，作笔记小说《陈锦心》，在《申报·自由谈》发表。
《陈锦心》以"义和团运动，洋兵入京"之时代为背景，描写了男
女主人公国华和锦心的悲欢离合。国华就读于武备学校，他与锦心
约"俟武校毕业始结婚"。不料被"匪"掳，"迫为司帐"。荡析流
离，积二年之久，始得归。而锦心虽误以其为死，却"死生不渝"，
"矢志柏舟"。小说终为大团圆之结局。作者将国华与锦心之婚姻悲

---

① 陆士谔：《冯婉贞》，《申报·自由谈》1915 年。

剧归罪于"红巾"之乱，无疑体现了其封建思想之局限性，但小说中又通过叙事主人公的视角简要地描述了庚子事变联军入京后之情况：

> 国华被匪掳去，迫为司帐，不一月而大沽失守，洋兵入京，匪众分队四散。国华被众拥出山海关迁流至奉天，又至黑龙江，积二年之久，始得归。

这篇笔记小说，与吴趼人的《恨海》和忧患余生的《邻女语》皆为反映庚子事变之题材。虽不能与之媲美，但亦有异曲同工之妙。

是年，作《帐中语》，上海进步书局印行，署"云间龙撰"，标家庭小说。首语云："留作世间荡子的当头棒喝。"

提要曰："夜半私语恒于帐中为多，此书叙夫妇二人帐中问答。语言温柔旖旎，有时为诙谐之谈笑，有时为正当之箴规，亦风流亦蕴藉，是小说别开生面之作。"

是年秋，作《初学论说新范》，张謇题书名。弁首编辑大意共八条，如第一、二条阐明编辑题旨："本书论说各题皆自初等教科书中选来，即文中曲引泛论用典、用句均不越教科书范围。""本书条文词句务求浅近，立意务取明晰、务期初学易于开悟。"

1917年（民国六年　丁巳）三十九岁

是年，娶松江泗泾李氏素贞为续室。

6月，作《八大剑仙》，一名《清雍正朝八大剑仙传》。共十九回，约七万余字。现存民国六年（1917）六月，上海交通图书馆铅印本一册。该本至民国十二年（1923）十月，已出至十版。

是年，作《剑声花影》。1926年3月，五版。其提要曰：

> 女中豪杰载清史籍者，令人阅之心深向往。本书所述

杀身成仁之侠女韩宝英，更属巾帼中所罕见者。宝英本桂阳士人女，逊清洪杨之役为贼所掳，几至辱身。幸遇翼王石达开援救脱险，并为杀贼报仇扶为义女。宝英感恩知遇，卒以死报，脱翼王于难。全书自始至终叙事曲折详尽，文笔亦简明雅洁，堪称有声有色、可歌可泣之作。

1918 年（民国七年　戊午）四十岁

是年，"岁戊午，挟术游松江"。[①] 在松江西门外阔街悬壶。行医中将十多年来对医学研究的心得，写成医书十余种。

7 月，先生作《中国黑幕大观·政界之黑幕》共一百零一则，由上海博物院路 8 号鲁威洋行发行。编辑者路滨生，发行者葡商马也，由蔡元培等人作序。陆士谔所写"政界之黑幕"有别于当时鸳鸯蝴蝶派小报所津津乐道的秘事丑闻，与其社会小说宗旨一致。他的此类小品文皆以社会现实和时事新闻为描写题材，广泛而深入地触及当时社会、经济、军事、文化、外交、政治的各个层面，其揭露和讽刺之深刻与时代的节奏深相吻合。其文或庄或谐，或正或奇，嬉笑怒骂皆成文章。

其中《民国两现大皇帝》调侃了政体之变更竟同儿戏；《五百金租一翎项》写民国以来，红顶花翎已抛去不用了，不意复辟之举突如其来，某司长知翎项为必需之物，遍搜箱匣，竟无所获，遂租一优伶之花翎代之；《闽神之门联》描写了张勋复辟后之民俗；《二本新审刺客》写民国二年三月，前农林总长宋教仁，拟由上海搭火车北上，方欲上车，突被刺客击中腰部，越再日逝世之事件；《新南北剧之黑幕》《新南北剧之第一幕》揭露了袁项城篡位总统和北洋军权之丑闻；《洪述祖之大枪花一》述中法和约告成，刘遣洪诣法军；《杜撰之灾祸与谶语》叙蔡锷起师护国，北军屡北，不得已取消

---

① 陆士谔：《医学南针》自序。

帝制;《失败之大原公子》写洪宪帝既颁称帝之令，乃亟兴土木。在《疑而集诗》中，陆士谔曰：

> 政界之黑幕不外吹牛、拍马、利诱、威逼种种伎俩。此四者尽之……不意自民国以来，政治界幕中偏又添新色料，一曰阴谋，一曰暗杀。如总统之突然称作皇帝，浙江之忽然伪号独立，此均属于暗杀者。人心愈变愈阴，国势愈变愈弱。

10月，作《薛生白医案》，神州医学社新编，上海世界书局出版，1923年8月三版。序曰：

> 薛生白君，名雪，字生白，自号一瓢子。生白因母文夫人多病，始究心医术。其医与叶香严齐名，当时号称叶、薛。吾国医学，自明季以来，学者大半沉醉于薛院，使张景岳之说，喜用温补，所误甚多，独生白与香严大声疾呼，发明温热治法，民到如今受其赐……薛氏医案如凤毛麟角，弥见珍贵。临证之暇，特将先生医案分类校订，并附录香严案以资对照，使读薛案者得于薛案外，更有所益也。

民国八年十月后学珠街阁陆士谔谨序于松江医寓

1919年（民国八年　己未）四十一岁

从1919—1924年间，陆士谔在松江医寓先后写了十多种医书。至1941年止，先生共创作医著、医文四十多种：《叶天士幼科医案》、《陆评王氏医案》、《薛生白医案》、《叶天士手集秘方》、《医学南针初集》、《医学南针二集》、《王孟英医案》、《丸散膏丹自制法》、

《增注古方新解》、《温热新解》、《奇疟》、《国医新话》、《士谔医话》、《叶香严外感温热病篇》、《李士材医宗必读》、《邹注伤寒论》、《陆评王氏医案》、《陆评温病条辨》、《医经节要》、《诊余随笔》、《基本医书集成》（主编）、《家庭医术》、《增注徐洄溪古方新解》、《内经伤寒》、《新注汤头歌诀》、《寒窗医话》、《医药顾问大全》、《论医》、《国医与西医之评议》、《中西医评议》、《小闲话》。医学论文多在《金刚钻》报发表。

元月，先生幼子清源（1919—1981）诞生，笔名海岑。毕业于立达学院。清源幼承庭训，博闻强识，其医学和文学皆颇有造诣。抗战期间，他辗转于福建长汀、泉洲、永安各地从事翻译、教学、编辑及行医等工作。并以行医所得创办了《十日谈》出版社，印行了不少文艺书籍，如德国苏特曼的戏剧集《戴亚王》（施蛰存译）等，行销于东南五省。抗战胜利后，清源回沪。其时陆士谔去世不久，他继承父业，挂起了"陆士谔授男清源医寓"的招牌，正式悬壶行医。新中国成立后，清源曾先后任平明出版社、新文艺出版社和上海文艺出版社编辑，从事英、俄文学翻译。主要译著有屠格涅夫的《三肖像》《两朋友》《多余人日记》、卡拉维洛夫的《归日的保加利亚人》、米克沙特的《英雄们》等。1979 年，他与施蛰存合作，根据西方独幕剧的发展历史编了一套《外国独幕剧选》（六册）。由于精通俄语，他负责选编苏联及东欧诸国的剧本。当第一集于 1981 年 6 月出版时，清源已于同年 4 月病故，未能见到此书的出版。

元月，作《叶天士幼科医案》，上海世界书局出版。陆士谔序曰：

> 叶香严先生，幼科专家也。而其名反为大方所掩。世之攻幼科者，鲜有读其书，是何异为方圆而不由规矩、为曲直而不从准绳。吴江徐洄溪，素好讥评，而独于先生之

幼科，崇拜以至于极。一则特之曰名家，再则曰不仅名家
而且大家。敬佩之情溢于言表。今观其方案，圆机活泼，
细腻清灵，夫岂死执发表攻裹之板法者，所得同年而语耶？
《冷庐医话》载先生始为幼科，虚心求学，身历十七师而学
始大进，则如灵秘术其来固有自也。

民国八年十月后学珠街阁陆士谔谨序于松江医寓

是年，作《叶天士女科医案》。

1920 年（民国九年　庚申）四十二岁

元月，作《增注徐洄溪古方新解》共八卷。上海世界书局石印
本 1922 年 6 月再版。

2 月，《叶天士手集秘方》，上海世界书局出版。陆士谔序曰：

秘方者师徒相授，从未著之简策者也。顾未著之简策，
后之人从何纂集成书？曰，秘方之源，非人不授，非时不
授，故名之曰秘。岁月既久，私家各本所传各自记述。然
方之秘难泄，而纂秘方者，大都不知医之人，所以秘方之
书虽多，而合用者甚鲜也。叶天士为清名医，其手集秘方，
大抵本诸平日之心得，较之《验方新编》等自可同年而得。
顾其书虽善，体例已颇可议……因系先辈手译，未便擅自
更张；方有重出者，亦未敢留就删节致损本来面目。唯逐
细校雠，勘明豕亥，使穷乡僻壤有不便延医者按书救治，
不致谬误，是则校者之苦心也。

7 月，作《医学南针》初集，上海世界书局石印本。1931 年七
版。其师唐念勋纯斋氏序曰：

陆士谔，好学深思之士也。其于《灵》《素》《伤寒》《金匮》等书极深研几，历十余年如一日。昼之所思，夜竟成梦。夜有所得，旦即手录，专致之勤，不啻张隐庵氏之注《伤寒》也。顾积学虽富，性太刚直。每值庸工论治，谓金元四大家之方药重难用，叶香严、王潜斋之方药轻易使，陆子辄面呵其谬，斥为外道之言。夫病重药轻，无补治道；病轻药重，诛伐无辜。论药不论证，斥之诚是。然此辈碌碌，何能受教，徒费意气，结怨群小，在陆子亦甚不值也。余尝以此规陆子，而劝其出所学，以撰一便于初学之书，俾后之学者。得由此阶而进读《灵》《素》《伤寒》，得造成为中工以上之士，则子之功也。夫医工之力，不过能治病人之病；医书之力，则能治医工之病，于其勉之，陆子深题余言，操笔撰述，及一载而书始成。其网罗之富，选才之精，立论之透，初学之书所未有也。较之《必读》《心悟》等，相去奚啻霄壤。余因名之曰《医学南针》，陆子谦让未遑。余曰，无谦也，子之书不偏一人，不阿一人，唯求适用，大中至正，实无愧为吾道之南针也，因草数言弁之于首。

民国九年庚申夏历二月唐念勋纯斋氏序于珠溪医室

是年夏，作《孽海情波》，由上海沈鹤记书局出版。

1921 年（民国十年　辛酉）四十三岁

4 月，作《增评温病条辨》，（清）吴塘原著，先生增评。

5 月，作《王孟英医案》，上海世界书局出版。哈守梅序曰：

青浦陆君士谔，名医也。其治症，闻声望色，察脉问证，洞见藏府，烛照弥遗。就诊者无不叹为神技，而不知君固苦心得之也。余以善病喜读医籍，去年冬，购得《医学南针》，读之大好，因想见陆君之为人。与君畅谈医学并及近代名流，君于王孟英氏最为推服……因出其自编之孟英医案，分类排比，眉目朗然，余不禁狂喜，劝之发刊。君曰，孟英原案，犹《资治通鉴》，余此编，犹纪事本末，不过自备检查尔，何足问世。余曰初学得此，因证检方得见孟英之手眼，未始非君之功也。陆君颇韪余言，余因草其缘起，即为之序。

民国十年五月金陵哈守梅拜序

陆士谔自序曰：

《王孟英医案》有初编、续编、三编之分，编者不一其人，而《归砚录》则孟英自编者也。余性钝，读古人书，苦难记忆，而原书编年纪录检查又甚感不便，因于诊余之暇，分类于录，籍与同学讲解。外感统属六淫故，风温、湿温间有编入外感门者。夫孟英之学得力于枢机气化，故其为方于升降出入，手眼颇有独到；而治伏气诸病，从里外逗，尤为特长。大抵用轻清流动之品，疏动其气要，微助其升降，而邪已解矣。其法虽宗香严叶氏，而灵巧锐捷，竟有叶氏所未逮者。余尝谓孟英于仲夏伤寒论、小柴胡汤、麻黄附子细、辛汤诸方必极深穷研，深有所得。故师其意不泥其迹，投无不效。捷若桴鼓，读者须识其认证之确、立方之巧，勿徒赏其用药之轻，庶有获乎！

民国十年五月青浦陆士谔序于松江医室

农历六月，作《丸散膏丹自制法》。1932 年 5 月再版，由陆士谔审订。先生自序曰：

客有问此书何为而作也，告之曰，神农辨药，黄帝制方，圣王创制为拯万民疾苦。伊尹、仲景后先继起，孙邈有《千金》之著，王涛有《外台》之集，《圣济》《圣惠》各方选出，无非本斯旨而发未发光大之。自世风日下，业此者唯知鸢利，罔识济人，辄以己意擅改古方药名，虽是药性全非。医师循名用辄有误，良可慨也，本书之作意在使制药之辈知药方定自古贤，药品之配合分量之轻重、制法之精粗，丝毫不能移易。各弃家技一秉成规，庶几中国有统一制药之一日，按病撰药无不利药病有桴鼓应之，斯民尽仁寿之堂，是所愿也。有同道者盍兴乎，来客悦而退，因讹笔记之以叙本书。

民国十年夏历六月陆士谔序

全书分为内科门四十一类、女科门九类、幼科门十一类、外科门十类、眼科门六类、喉科门七类、伤科门、医药酒门……

是年，增补重编《叶天士医案》，上海世界书局出版。

是年，作武侠小说《血滴子》，又名《清室暗杀团》，二十回，六万多字。现存民国十年（1921）六月上海时还书局铅印本一册。卷首有民国十五年（1926）长沙张慕机序。此书在当时尤为风行，还改编成京剧在沪上演。

1922 年（民国十一年　壬戌）四十四岁

元月，《绣像清史演义》序，写于松江医寓。

是月，《七剑三奇》，上海中华新教育社出版，共四十回。现存民国十一年（1922）上海中华新教育社平装铅印本二册，二万多字，首有作者序，卷后有李惠珍识语。

6月，编《增注古方新解》。

约是年，撰侠义小说《七剑八侠》，共二十四回，由上海时还书局出版发行。第二十四回中写道："种种热闹节目都在续编之中，俟稍停时日，当再与看官们相会。《七剑八侠》正篇终，编辑者陆士谔告别。"

1923 年（民国十二年　癸亥）四十五岁

10 月，《薛生白医案》第三版。

是月，《八大剑仙》第十版。

是月，《金刚钻》报创刊，陆士谔曾协助孙玉声编撰《小金刚钻》报。

1924 年（民国十三年　甲子）四十六岁

4月，作《医学南针》二集，上海世界书局出版。首有先生自序题："民国十三年甲子夏历四月青浦陆守先士谔甫序于松江医寓"；亦有唐纯斋序曰：

陆君士谔名守先，医之行以字不以名，故名反为字掩。而君于著述自著，辄字而不名，故君之名，舍亲戚故旧外，鲜有知者。角里陆氏系名医陆文定公嫡系，为青邑望族，代有闻人。而以医学名世者，则自君始。君为午邑名儒兰坨先生哲嗣。先生学问经济名重一邑，而屡困场屋，以一明经终，未得施展于世。有子三人，俱著名当世。君其伯也，仲守经，字达权；季守坚，字保权，均驰声军政界，为世所重。而君之学尤粹。君以预防为主医学，极深研几，每发前人所未发，于五运六气、司天在泉，则悟地绕日旸。

以新说释古义，语透而理确；于伤寒温热、古方今方，则以经病络病，一语解前贤之纠纷。盖君喜与经生家友，每借经生之释经以自课所学，故所见迥绝恒蹊也。角里在松郡之西，青溪环绕，九峰远拥，地灵人杰。王述庵以经著名，陈莲舫以医术行世，惜莲舫之道、之行而未有著述；述庵之学、之博而未曾知医。君今以经生之笔，释仲景之书，明经络之分治，导后学以准绳，湖山增色。吾闻君之《医学南针》共有四集，此其第二集也。以辨证用药读法为三大纲，较之初集进一步矣。其三集则专以外感内伤立论，四集则专释伤寒金匮，甚望其早日杀青也，是为序。

是月，清明节，刘绣、刘曼君、刘缙、刘龙《先父刘三收葬邹容遗骸的史迹》一文中曰：

　　1924年清明节，章太炎、于右任、张溥泉、章士钊、李印泉、马君武、冯自由、赵铁桥诸先生来华泾祭扫先烈邹容茔墓时，吾父权作主人，于黄叶楼设宴招待。章太炎先生与吾父所吟今尚能背诵。太炎先生诗云：“落泊江湖久不归，故人生死总相违。至今重过咸丹墓，尚伴刘三醉一回。”吾父缅怀亡友，追念往事，悲慨遥深地吟曰：“杂花生树乱莺飞，又是江南春暮时。生死不渝盟誓在，几人寻冢哭要离。”

7月，《女皇秘史》由时还书局出版。此为《清史演义》之第四部。作者自序称于民国十三年（1924）七月，青浦陆士谔甫序于松江医寓。是月24日，江苏督军齐燮元、浙江督军卢永祥为争夺上海地盘酝酿战争。本县局势紧张。驻松浙军封船百余艘供军用，居民纷纷避迁。县议会及各法团电致北京及江浙当局，呼吁和平。

是月中旬，先生先遣其妻避上海，与长子清洁看守家门。

是月 29 日，先生避难第二次来沪。

9 月 30 日，江浙战争爆发，史称齐卢之战。县城学校停学，商店多半歇业。

10 月 12 日，浙江督军卢永祥兵败下野，江浙战争结束。松江防守司令王宾等弃城潜逃。先生第三次赴沪。在《战血余腥录》中先生叙述了他第三次来沪悬壶之情形。

先生避难来沪后，聊假书局应诊。民国十四年（1925）六月，他先是在英界四马路画锦里口老紫阳观融壁上海图书馆行医，民国十四年十一月十二日，后又迁移到英租界跑马厅汕头路 23 号新层；民国二十二年（1933）九月，他再次迁移到公共租界中央区，汕头路 82 号。

一日，有广东富商路过上海图书馆，恰巧看到士谔正为病家诊脉开方，就上去攀谈。一交谈，就觉得陆士谔精通医学，请陆出诊，为其妻治病。士谔在病榻边坐下，一看病人骨瘦如柴，气若游丝。原来已卧床一月有余，遍请名家诊治，奈何无灵。病情日见沉重，饮食不思，气息奄奄。富商请陆士谔来看病，也是"死马当活马医"。诊脉后，士谔开好药方说："先吃一帖。"第二天，富商又到诊所邀请，说病人服药后就安然熟睡，醒来要吃粥了。这样经过半个月的诊治，病人霍然而愈。富商感激不尽，登报鸣谢一月，陆士谔的医名由此大振。不久就定居于汕头路 82 号挂牌行医，每日门诊一百号。

12 月 27 日，在《金刚钻》报"诊余随笔"，先生撰文谈小儿虚脱症及其疗法。

是年，先生修《云间珠溪陆氏谱牒》（不分卷），署"陆守先修"，其侄陆纯熙在《云间珠溪陆氏谱牒》中曰："士谔叔父就珠街阁近支先行编纂校雠，即竣，付诸石印，分给同宗俾珠街阁近支世系。已可按世稽查。"

关于《云间珠溪陆氏世系考》陆纯熙述曰：

守先谨按：吾宗谱牒世甚少，刊本相沿至今，即抄本亦复罕购，浸久散佚，世系将未由稽考，滋可惧也。此百数十年中急需修入者不知凡几。屡拟评加修订，而宗支散处，调查綦难，因商之，士谔叔父就珠街阁近支先行编撰。校竣，即付之石印，分给同宗，俾珠街阁近支世系已可按世稽查。

中华民国十三年十一月十八日纯熙谨识

1925 年（民国十四年　乙丑）四十七岁

1—6 月，《金刚钻》报连载其短篇小说《环游人身记》。

在其科幻短篇小说《寒魔自述记》和《环游人身记》中，作者通篇运用了生动贴切的比拟和比喻来说明病毒侵入人体之途径。如《寒魔自述记》叙述了"途"之六兄弟：风魔、寒魔、暑魔、湿魔、燥魔、火魔漫游人体之经历，从而感受到"此为世界风景之最"。在《环游人身记》中则记述了"余"挟暑风二伴"登女郎玉体"分道从"寒府"，人之汗毛孔和"樱唇"通过咽窍（食管）、喉窍、颃颡舌本、脾脏（少阴脉）、肾脏（阳阴脉）、胃府进入人之膏粱之体，它们环游人身一周。文中穿插了"余"与暑伴等之对话，辛辣地讽刺了那种不学无术的庸医，同时倍加推崇名医之医术医德。上述两篇，皆具有较强的故事性和情节化的特点，语言亦幽默风趣，读来引人入胜。

是年，作《今古义侠奇观》，该书演历代十四位男女义侠的故事。出版广告启曰："当行出色撰著武侠说部之老手陆士谔君，收集古今英雄侠义之事迹，仿今古奇观之体例，编成《今古义侠奇观》

一书，以为配世化俗之工具。情节离奇，文笔紧凑，聚数千年来之侠义于一堂，汇数十百件之佳话为一编，前后合串，热闹异常……写英雄之除暴，则威风凛凛；写义侠之诛奸，则杀气腾腾，可以寒奸人之胆，可以摄强徒之魂……洵足以励末俗，而挽颓风。"①

在《留学生现形记》封底，亦将其列为最新出版之小说名著：

> 吴趼人：《二十年目睹之怪现状》《九命奇冤》《电术奇谈》
>
> 李涵秋：《近十年目睹之怪现状》《自由花》
>
> 海上说梦人：《歇浦潮》《新歇浦潮》
>
> 徐卓呆：《人肉市场》
>
> 不肖生：《江湖义侠传》
>
> 陆士谔：《今古义侠奇观》《剑声花影》
>
> 以及名家译著：《十五小豪杰》等共二十二种。

是年，作《续小剑侠》，由上海时还书局出版。

4月，作《小闲话》连载。另有医学杂论《治病之事》《治病日记》。

8—12月，作《义友记》，连载于《金刚钻》报。

是年，《金刚钻》报登载《内科陆士谔诊例》一个月。

3月，《金刚钻》报记曰：

> 世界书局管门巡捕某甲，于正月二十一日晨正洗脸间，忽然仆倒，就此一蹶不醒，不及医治而死。及后该局经理沈知方叙之于先生，并研究其致死之由。先生曰，此则唯有"脱"与"闭"两症。"脱"则原气溃散，"闭"由经络

---

① 见于《红玫瑰》杂志第三十二期广告。

闭塞，闭则有害其生，脱则虽有神丹，难挽回也。沈君曰，死者全身青紫。越日，两医解剖其尸，则肺脏已经失去其半。先生曰，该捕平日必酷嗜辛辣而好之饮烧酒，不然肺何得烂，然其致死之因，虽由肺烂，而致死之果，实系气闭。因仆侧肺之烂叶遮住气管，呼吸不通，故遂死也。询之果然。

是月，《金刚钻》报载有一病人家属严寿铭感谢他的信曰："舍亲俞幼甫谈及避难来申之陆士谔，姑往一试，至四马路画锦里口上海图书馆陆寓，延之来诊。不意药甫下咽，胸闷既解，囊缩即宽。二诊而唇焦去、身热退。三诊而能饮半汤，四诊而粥知饥矣。"

是月，先生著《温热新解》。先是《金刚钻》报发表，1933 年9 月又在《金刚钻月刊》重版。

5 月，先生在《金刚钻》报"读书之法"中曰：

先父兰垞公以余喜涉猎古史，训之曰，读书贵精不贵博，汝日尽数卷书，聊记事迹耳，其实了无所得。因出《纲鉴正史》曰，何如……余遂以刘三（小学家）读经之法，读秦汉唐各医书，而学始大进。辩论撰方，自谓稍易着手，未始非读书之益也。

5 月 27 日，先生曰："余自《医学南针》出版而后，虚声日著。远客搭车来松者，旬必有数起，均系久来杂病，费尽心机，效否仅得其余。及避难来沪，沪地交通便利，百倍松江。囊时远客，仅沿沪杭线各城镇，今则有由海道来者，有由沪宁线各站来者。"

6 月 12 日，《金刚钻》报《陆士谔名医诊例》：

所治科目：伤寒、湿热、咳嗽、妇科、产后、调经各种杂病。

　　时间：上午十时至下午三时门诊，午后三时出诊。

　　地址：英界四马路画锦里口上海图书馆。

11 月 12 日，先生迁移到英租界跑马厅汕头路 23 号新层。

1926 年（民国十五年　丙寅）四十八岁

3 月，《剑声花影》第五版刊行。

是月 31 日，在《金刚钻》报上登载《修谱余沈》曰：

　　今吾家新谱告成，自元侯通至士谔凡七十九世……原
原本本，一脉相承，各支宗贤亦均分载明白。扬洲别驾分
类，为吾二十六世祖，娄王逊为吾五十八世祖……

4 月 14 日，先生作《寒魔自述记》连载于《金刚钻》报。

12 月，《家庭医术》初版，上海文明书局印行。1930 年再版，
署"辑选者陆士谔"。

1928 年（民国十七年　戊辰）五十岁

2 月，《顺治太后外纪》五版，由上海进步书局印行。

4 月，《绘图新上海》五版。

4 月，由范剑啸著、先生参与润文的小说《双蝶怨》由上海大
声图书局出版。

9 月，《古今百侠英雄传》由上海时还书局出版发行，标绘图古
今侠义小说。先生自序曰：

　　余嗜小说，尤喜小说之剑侠类者。所读既多，未免技
痒。缘于诊病之余，摇笔舒纸，作剑侠小说。在当时不过

偶尔动兴，聊以自遣，不意出版之后，竟尔风行，实出余意料之外。意者下里巴人，属和遍国中耶？

中华民国十七年八月十五日

青浦陆士谔序于上海汕头路医寓

是年，出版《北派剑侠全书》与《南派剑侠全书》。在《古今百侠英雄传》之末页，附南北两派剑侠全书总目：

北派：《红侠》、《黑侠》、《白侠》、《三剑客》（二册）。

南派：《八大剑侠传》、《血滴子》、《七剑八侠》（二册）、《七剑三奇》（二册）、《小剑侠》（二册）、《新剑侠》（二册）。

10 月，作《新红楼梦》，由上海亚华书局出版。

是年，《金刚钻》报登载《内科陆士谔诊例》一个月。

1929 年（民国十八年　己巳）五十一岁

元月，作短篇《记平湖之游》①，作者于冬至日作平湖之游，其记曰：

平湖多陆氏古迹，此行得与二千年前同祖之宗人相聚，意颇得也……盖平湖支为唐宰相宣公系。宣公系三国东吴华亭候补丞相逊之后，而吾宗为选尚书王昌之后，王昌与逊在当时已为同曾祖姜昆，故吾宗与平湖陆氏，为二千年前一家。考诸家乘，信而有征也。此次邀余往诊者，为平

---

① 于 1929 年 1 月 6—12 日连载于《金刚钻》报。

湖巨绅陆纪宣君。甲子秋，余避难来沪，纪宣亦携眷来沪。其夫人患病颇剧，邀余往诊，遂相认识。由是通信，如旧识焉。

是年，作武侠长篇小说《江湖剑侠》，共四十回，由国华书局出版。回目前写有"陆士谔著、蔡陆仙评"。并有云间吴晚香之序言，写于上海。其序文称：

> 青浦陆士谔先生精"活人术"，复长于写武侠小说。形其形状，其状惟妙惟肖，可骇可惊。历次所作，阅者无不击节。盖先生于乱世触目伤心、愤激之余，发为奇文，非以投世俗之所好也，聊以鸣方寸之不平耳。

蔡陆仙先生第一回评曰：

> 叙武侠本旨如水清石出，历历可见。所谓探骊得珠，已白占足身份，况描写官吏之嚣顽、社会之黑暗、胥吏之残酷，无不细心若发，洞若观火，笔墨酣畅，尤有单刀直入之妙。

1930 年（民国十九年 庚午）五十二岁

2月，作《龙套心语》，共三册，书末标社会小说。以龙公名义发表。由上海竞智图书馆出版。此书先是在《时报》连载，现上海图书馆存有《时报》版剪贴本和竞智图书版本两种。书前有龙公自序、答邮人书（代序），又有马二先生序。序曰：

> 《龙套心语》著者署名"龙公"，不知其何许人也。全

书二十四回。著者自云"记载南方掌故，网罗江左佚文"。语虽自负，正复非虚。

篇末曰：

> 著者必为文章识见绝人之士，而沉沦于末寮者，故能巨细靡遗，滔滔不尽，若数家珍。虽曰诙谐以出之，而言外余音，固含有无限感慨，殆所谓伤心人别有怀抱者耶？

1984 年，文化艺术出版社在"中国史料丛书"中再版推出此书，更名为"江左十年目睹记"，并认为本书的作者是姚鹓雏，首页为柳亚子题序，1954 年 7 月 20 日写于首都。（是年 6 月 25 日姚鹓雏先生卒。）又增加了出版说明和常任侠序，并将其置于马二先生原序之前，同时亦保留了龙公自序。书后附吴次藩、杨纪璋增补的《龙套心语·人名证略》。《龙》书首页及封底皆为云间龙在空中飞舞，与陆士谔之《商界现形记》同。其书之目录"一士谔谔有闻必录"，作者自己充当书中之人物，亦与其小说风格一致。故据本人考证，此书作者应为陆士谔。①

3 月，陆清洁编辑、陆士谔校订的《万病险方大全》由上海国医学社印行，国医学社出版，中央书店发行。次年 7 月再版。夏绍庭序曰：

> 青浦陆士谔先生邃于医学，莅沪行道有年，曩尝闻其声欬。审知为医学士，平生撰述甚富。著有《医学南针》一书，精确明晰，足为后学津梁。今其哲嗣清洁英台秉性

---

① 可参见田若虹《陆士谔小说考论》第六章第二节：《〈江左十年目睹记〉著者考》。

聪慧，为后起秀。既承家学之渊源，又竭毕生之心力，广撷博采，罗致历年经验良方汇成一书。

民国十有九年暮春之初夏绍庭序于九芝山馆

陆清洁自序：

智者千虑，必有一失。愚者千虑，必有一得。故名医之处方，有时而穷，村妪之单方，适当则效，非偶然矣。谚称"单方一味，气死名医"。夫单方非能气死名医也，必单方神效，如鼓应桴始足当之无愧。本书各方，苦心搜访，南及闽粤，北至燕晋，风雨晦明，十易寒暑。而异僧奇士，秘而不宣人之方药，必有百计以求之。一方之得，必先自试用，试而有验，珍同拱璧。有历数月不得一方，有一日间连获数方。积之既久，乃编为十有三种。包罗有系，或谓余篇有仲景之验、千金之富、外台之博，则余岂敢。余编是篇，聊供乡僻之处，医士寥落、药铺未计所需耳。初无意问世也，平君襟亚热情殷殷，坚请付印，盛情难却，始从其议。然自审所编，挂一漏万，在所不免，知我罪我，唯在博雅君子。

中华民国十九年三月陆清洁序于沪寓

4月15—30日，《小闲话》中以王孟英医书为题，论及当时医林之风尚：

海宁王孟英，为清咸同间名医。近世医者多宗医说，喜以凉药撰方，或谓近日医家之弊，孟英创之也，欲振兴古学，非废孟英书不可。余颇不然之。孟英当日大声疾呼，立说著书，无非为救弊补偏之计。源当时医者不认病症，不究病源，唯以温补药为立方不二法门，故孟英不得已而有作也。试观孟英医案，救逆之法为多，亦可见当时医林风尚之一斑。

1924—1936 年，先生在《新闻夜报》副刊《国医周刊》上主笔介绍医药知识，亦公开为病家咨询。

6 月，先生《家庭医术》再版。

是年，先生在如皋医学报五周汇选撰《中西医评议》，就中西医之汇通问题与余云岫展开论辩，双方交锋数月。先生认为："中西医学说，大判天渊。中医主张六气，西医倡言微菌；一持经验为武器，一仗科学为壁垒，旗帜鲜明，各不首屈。"然而两相比较，则"形式上比较，西医为优；治疗上比较，中医为优。器械中比较，西医为胜；药效上比较，中医为胜。为迎合世界潮流，应用西医；为配合国人体质，应用中医"。

是年，《金刚钻》报登载《内科陆士谔诊例》一个月。

1931 年（民国二十年　辛未）五十三岁

是年，清廉考入江苏省苏州中学高中部。"九一八"时，他积极参加请愿团宣传抗日，并与同学胡绳一起创办了社会科学研究会，宣传马列主义。

先生仍在上海行医，又任华龙小学校董。先生女婿张远斋任校长，女儿敏吟和清婉皆任教员。先生之剑侠小说约写于 1916—1931 年间，大多由时还书局出版。其历史小说以历史事件为基础，而根据稗官野史、民间传闻加以敷衍虚构而成，故曰："书中事迹大半皆有根据，向壁虚造，自信绝无仅有。"当时他曾摘诸家笔记中剑侠百人，别录成册，以备异时兴至，推演成书。后老友郑君彝梅见之，劝之付梓，先生辞不获，因草其摘取之。其剑侠小说为《英雄得路》、《顾珏》、《红侠》、《黑侠》、《白侠》、《七剑八侠》、《七剑三奇》、《雍正游侠传》、《剑侠》、《新剑侠》、《今古义侠奇观》、《小剑侠》、《江湖剑侠》、《古今百侠英雄传》、《新三国义侠》、《新梁山英雄传》、《八剑十六侠》、《剑声花影》、《飞行剑侠》、《八大剑仙》（又名《八大剑侠传》）、《三剑客》、《血滴子》、《北派剑侠全书》、《南派剑侠全书》二十四种。此外有评点《双雏记》和《明宫十六朝演义》两种。

11月，先生在《金刚钻》报撰《说部杖谈》曰：

> 他人作小说，而我为之评注，非易事也。下笔之初，必先研究作者之布局如何、用意如何，首尾如何呼应，前后如何贯穿，何为伏笔，何为补笔，何为明笔，何为暗笔，探微索隐，真知灼见，而后其评注乃不悖于本义。圣叹评《水浒》《西厢》，虽未都尽餍人意，要其心思之缜密，笔锋之犀利，能发人所未发，则似亦不可没也。仆才不逮圣叹万一，更乌评注当代名小说家之杰作，而平江向恺然先生，即别署不肖生者，著《近代侠义英雄传》说部，乃由老友济群以函来嘱余为评，辞意颖颖，弗能却也。谬以己意为之评注，漏疏忽略无当大雅，固于《侦探世界》之辑余赘墨中，言之数矣。

是年，借《侦探世界》半月刊，在其杂文《说部杖谈》中提及：

> 他人作小说，而我为之评注，非易事……固于《侦探世界》之辑余赘墨中，言之数矣。

是年，《金刚钻》报登载《内科陆士谔诊例》一个月。

1932 年（民国二十一年　壬申）五十四岁

5 月，其医书《丸散膏丹自制法》再版。

是年，《金刚钻》报登载《内科陆士谔诊例》一个月。

1933 年（民国二十二年　癸酉）五十五岁

元月，作杂文《说小说》曰："近年小说之辈出，提及姓名妇孺皆知者，意有十余人之多。革新以来，各界均叹才难，只小说界人才独盛，此其中一个极大之原因在……"指出了小说之所以不同于诗赋等文学体裁之五种原因。

是月，作散文《雪夜》。作者在风雪之夜，斗室寂居，颇有感慨：

> 斗室之中，有一寂然之我也。由既往以识将来，百阅百年，此间更不知成何景象。是否变为崇楼杰阁、灯红酒绿之场，荒烟衰草、鬼泣鸦鸣之地，虽尚未能预测，而此日此时此地，未必恰有此风雪，可以决定，即使百年后之此日此时此地，未必恰有此风雪，无论如何，此斗室总已不复存在，此斗室中之我总已不复存在，可断言也。夫然则我之为我，原属甚暂，夫我之为我，即属甚暂，则此甚暂之我，对此甚暂之时光，何等宝贵①。

是月，作散文《快之问题》，慨叹时光之流逝曰："吾诚惧者，老死而犹未闻道，未免始终有失此时光耳。"

是月，在"民众医学常识"栏目谈医说药。从 2 月至 8 月连载。

---

① 《金刚钻》报 1933 年 1 月 2 日。

2月，另作小品文《白话教本》《新文学》二种。

是月，作散文《春意》曰："春风嘘佛，春气融和，春色碧色，春水绿波，春花之开如笑，春鸟之鸣似歌，凡此种种，风也，气也，草也，水也，花也，鸟也，皆可名之曰春意……"①

是月，《金刚钻》报"全年订户之利益"栏目（二）推介《金刚钻小说集》一册曰：

> 小说集中所刊字文，俱戛戛独造之作。短篇数十种各有精彩，长篇三种尤为名贵。长篇一，程瞻庐之《说海蠡测》、海上漱石生之《退醒庐著书谈》……短篇，漱六山房《西征笔记》、陆士谔《猫之自序》……

3月，在"医紧商榷""春病之危机"栏目连载医文。

4月，作《温病之治法》《我之读书一得》《泂溪书质疑》等医学小品文。其曰："辨药唯求实用，读书唯在求知，知之为知之，不知为不知，如武进、邹闰庵之疏证，斯为得矣。"②

是月，"月刊启事"栏目编者曰："某人略谙医药，便自诩神仙。陆君擅歧黄术，将医药常识尽量贡献，神仙之道，完全拆穿；养生之道，十得八九。是医生应该多读读，可以祛病延年；不是医生也可以增进学识。"③

5月，作《清郎中门槛》《医海观潮》《钟馗嫁妹》等小品文。

9月，谈"人参之功用""脚湿气方"，在"医经节要""答言"栏目谈医说药。

是月，作小品文《马桶》《四库全书》《僵先生（二）》等。

是月，编辑《青浦医史》。

---

① 《金刚钻》报 1933 年 2 月 14 日。
② 《泂溪书质疑》，《金刚钻》报 1933 年 4 月 15 日。
③ 《诊余随笔》，《金刚钻》报 1933 年 4 月 24 日。

是月，迁移到公共租界中央区汕头路 82 号。

10 月，先生续汪仲贤的小品文《僵先生》第一集，载于《金刚钻月刊》。全书共三集：其一《僵先生》汪仲贤著；其二《僵先生打开僵局》陆士谔续；其三《僵先生一僵再僵》汪仲贤著。

11 月，先生连载在《金刚钻》报上的短篇小说《寒魔自述记》与《环游人身记》结集重版于《金刚钻报月刊》。

是月，作笔记体小品文《鉴古》。

是年，《绣像清史演义》五版。撰医书《奇虐》等。

是年，《金刚钻》报登载《内科陆士谔诊例》一个月。

1934 年（民国二十三年　甲戌）五十六岁

是年，作《国医新话》，并继续在公共租界英法租界出诊。

公共租界：中央区西至卡德路、同孚路，东至黄浦滩，北至苏州路，南至洋泾浜。

法租界：西至白尔部路、横林山路、方浜桥路，南至民国路，北至洋泾浜，东至黄浦滩。在"陆士谔论医"栏目中提及《国医新话》及其所著有关医书：

> 丞曰：士翁先生通鉴，久仰鸿名，恨未瞻韩，晚滥竽商途，公余，常求医学。然以才短理奥，毫无所得。数年前得大著《医学南针》，指示之深如获至宝。余力诵读，只得一知半解，先贤入门之作，均无此中明显，初学宝筏真为稀有。三、四两集屡询津中世界书局分局，出书无期，去岁秋得公著《国医新话》及《医话》，理论精微，断诊明确，并指示种种法门，开医药之问答，能于百忙之中行此人所难能者。仁心济世，景慕益殷，夫邪说乱政，自古已然，海通以还，西术东来，尤甚于古。当此国人遭医劫之秋、后学失南针之日，吾公雄才大辩，融会今古，绍先

277

圣之正脉，开启后进；障邪说之狂流，挽救生民，天心仁爱，降大衍公也……而敬读尊著，几无一日可离，然除得见者外，如《钻》报之发行所《医经节要》《邹注伤寒论》《新注汤头歌诀》《寒窗医话》未知何家代印发行，统希赐示，俾得购读，使自学得明真理。

民国二十六年五月十九日

是年至次年，由陆清洁编辑、陆士谔校订的《医药顾问大全》（共十六册），由上海世界书局陆续印行。

此书有八篇他序（夏序、丁序、戴序、贺序、蔡序、汪序、杨序、俞序）和一篇作者自序。

俞序曰：

陆君清洁，性谨厚，工厚文。其尊翁士谔先生，为青浦珠街阁名医，精岐黄术。为人治病，常切中病情十全八九，又擅长文学。所著《医学南针》，传诵医林，实天土灵胎第一人也。清洁幼承庭训，学有渊源，而于医学造诣尤深。处方论病，广博精湛，深得其尊翁医学之精髓。

是年，组织中医友声社，在电台轮值演讲中医常识，先生主讲"医学顾问大全"。

3月，在"谈谈医经""小言"栏目谈医说药。

10月，谈中医研究院问题曰：

缘眼前医界，有伪学者，有真学者。所谓伪学者，乃是说嘴郎中，全无根底，摇笔弄墨，居然千言立就，反复盘问则瞠目不能答一语，此等人何能与之群？此一难也。

278

真学者中又有内经派、伤寒派之分……①

是年，先生于《杏林医学月报》发表《国医与西医之评议》，此文针对当时中医改良思潮而发。

是年，先生发表《国医之历史》《释郎中》两种医书。

是年，《金刚钻》报登载《内科陆士谔诊例》一个月。

1935 年（民国二十四年　乙亥）五十七岁

《金刚钻月刊》记曰：

> 青浦陆士谔先生，来沪已有十载，凡伤寒、温热、妇科各症，经先生治愈者，不知凡几。且素抱宏志，开拓吾学，治愈之各种奇症。自撰医话，刊布《钻》报，方案原原本本，足供《医学南针》。唯手撰医书十种在世界书局出版者，均系十年前旧作。近来因忙于酬应，反无暇著书，未竟之稿，未能继续，徒劳读者责问耳。先生常寓公共租界中央区汕头路82号，门牌、电话九一八一一。②

该期还刊登了先生《著作界之今昔观》。此文揭露和抨击了古今那种喜出风头，贯于剽窃成文、据为己有，或以本人名微，辄托前代名人"学者"之不正文风。

元月，先生的《七剑八侠》续编十三版，由上海时还书局出版发行。正、续编二册，定价二元六角，续编共二十回。

4月，先生的《八大剑侠传》亦由上海时还书局出版发行。第二十一版篇末曰："是书草创之始，原拟撰稿二十回，不意撰述至

---

① 《金刚钻》报 1934 年 10 月 9 日。
② 《金刚钻月刊》第二卷第一集。

此，文义已完。增书一字，便成蛇足。陡然终止，阅者谅之。"

1936 年（民国二十五年　丙子）五十八岁

1—10 月，先生在《金刚钻》报连载《按王孟英医案》。

2 月 26—27 日，先生在《金刚钻》报"医林"栏目发表《论藏结》上、下篇。

4 月 28—30 日，陆清源在《金刚钻》报发表《伤寒结胸与痞之研究》一至三篇。

7 月，作《士谔医话》曰："自撰医话，刊布《钻》报，方案原原本本，足供《医学南针》。"由世界书局发行。在 1924—1936 年间，先生常在《金刚钻》报的"诊余随笔"及"管见录"上撰文。《金刚钻》报编辑济公（施济群）曰："陆士谔先生在本报撰'诊余随笔'颇得读者欢迎，后因诊务日忙而辍，近先生复以'管见录'见贻，发挥心得，足为后学津梁。"①

7 月 8—15 日，先生在"医药问答"栏目解疑答难。

7 月 19—20 日，作《黑热病中医亦有治法吗》，发表于《金刚钻》报。

8 月 20—21 日，作医学论文《微菌》上、下篇，发表于《金刚钻》报。

8 月 31 日—9 月 1 日，先生在《金刚钻》报发表《论学术之出发点》上、下篇。

10 月，《清史演义》第四部《女皇秘史》重版。

《清史演义·题词》丹徒左西山曰："金匮前朝尚未修，鸿篇海内已传流。编年一隽温公体，杂说原非野乘俦。笔挟霜天柱下握，版同地编枕中收。吾家曾作《春秋》传，愿附先生文选楼。"

10 月 1— 6 日，先生长子陆清洁发表《驳章太炎先生伤寒论讲

---

① 《金刚钻》报 1925 年 5 月 18 日。

词》1—7 篇。

10 月 2—7 日，在《金刚钻》报"医林"栏目发表《江西热疫之讨论》1— 6 篇。

1936 年 11 月 13 日—1937 年 1 月 19 日，作杂文《南窗随笔》一、二、三、四集。

11 月 15 日，在《金刚钻》报"医林"栏目发表《经验》上、下篇。

12 月 1—2 日，作杂文《南窗随笔》上、下篇。

12 月 13 日，先生之子陆清源在《金刚钻》报登载启事：

> 清源秉承庭训研读伤寒，一得之愚，未敢自信，刊诸"医林"，广求磋切。正在学务之年，未届开诊之日，辱荷厚爱，有愧知音。自当奋勉研攻，以期不负知我，图报之日，请俟他年。现在，尊处贵恙，期驾临汕头路 82 号诊室就治可也。

12 月 17 日，在《金刚钻》报发表《中西医之辨证法（一）》。

1936 年 12 月—1937 年 1 月 27 日，陆清源在《金刚钻》报连载《伤寒小柴胡汤之研究》。

12 月 20—23 日，在《金刚钻》报发表《再论辨证》谈中医问题。

1937 年（民国二十六年　丁丑）五十九岁

1 月 11—12 日，在《金刚钻》报发表论文《落叶下胎辨》上、下集。

1 月 13 日，在《金刚钻》报"医林"栏目发表医学论文《中医之学术》道："做了三十年来中医，看过百数十种医书，觉得中医的短处，就在理论的话头太多。虽然中医书也有不少罗列证据的，拿它归纳比较，终觉理论占据到十分之六七，证据只有十分之三四，断断争辩，公说公有理，婆说婆有理……究其实在，有何用处？"

1月15—16日，在《金刚钻》报发表医学论文《研读叶氏温热篇》上、下集。

1月18日，在《金刚钻》报发表中医理论文章《辨证》。

1月19日，在《金刚钻》报发表短文《邹氏书之销数》。

1月—3月24日，先生在《金刚钻》报连载《叶香严温热病篇》。

1月23—24日，先生作杂文《中医要自力更生》曰：

> 要知道自己的长，先要知道自己的短。中医的短处就好似古代传流的理论，叫作医者意也，讲的都是空话。说长道短，口若悬河，嘴唇两片皮，遇到病症，便如云中捉月、雾里看花地胡猜乱道，一个病都用医者意也的法子诊治。……中医的长处，也就是古代传流的辨证法，叫作症者证也……

1月26—28日，先生作杂文《医者意也之谬》在《金刚钻》报连载。

2—3月，陆清源在《金刚钻》报连载《伤寒阐疑》。

3月，由陆清洁编辑、陆士谔校订的《大众万病顾问》，于是年三月初版。民国三十五年（1946）十一月新三版，编者自云："是书也，四易其稿，历三寒暑。约二十万言，以疗治虽不言尽美，然比较完备，可断言也。……民国二十四年（1935）六月，青浦陆清洁序于杭州板桥路医庐。"

戴达夫为其序曰：

陆君守先，青邑人也。为明文定公嫡裔。博通经籍，妙用刀圭。二十四番风遍栽杏树，八千里余纸抄录奇书。女子亦识韩康，士夫群推秦缓。哲嗣清洁，毓灵毓秀，肯构肯堂，飘飘乎横海之鱼龙，乎缑山之鸾鹤。况能志勤学道，训禀经畲，勉受青囊。精言白石，待膳侍寝之暇，博极群书。闻诗礼之余，耽窥奥衍。餐花梦里，贮锦胸中。摇虎毫而成文，不愧云间才调。喜龟蒙之继德，依然郁石清风。爰著万病验方大全，而丐序于余……

岁次上章敦牂春莫馀干戴达夫序于上海医学会

汪寄严先生序：

清洁同志，英敏多才，国医先进陆士谔先生哲嗣也。幼承庭训，家学渊源，宜乎头角峥嵘，矫然特异。其编撰是书，都二百万言，阅十寒暑始成。浸馈功深，洵巨制也。伏而读之，内外兼备，妇幼不遗。其于病理之叙述推阐靡遗，而于诊断治疗，则多发人所未发。骎骎乎摩仲圣之垒，驾诸家而上之。附方分解，以明方药效能，绝非掇拾者所可比。特开辟调养一门，俾病者于新愈时，知所避忌。其努力以发挥国医功效，谶微备至，是开医学之新纪元，尤足为本书生色。国医当此存亡绝续之交，得是书而振起之。同道可精作他山石，后进得奉为指南针，岂仅社会群众之顾问而已哉。

民国二十三年十月新安汪寄严寄于沪江医寓

4月1—31日，先生在公共租界（中央区西至卡德路、同孚路，东至黄浦滩，北至苏州路，南至洋泾浜）、法租界（西至白尔部路、横林山路、方浜桥路，南至民国路，北至洋泾浜，东至黄浦滩一带）出诊行医。时间：下午二时至六时。每日上午在上海英租界跑马厅，汕头路82号寓所看门诊，时间上午十时至下午二时。

《金刚钻》报继续登载《内科陆士谔诊例》一个月。

4月20日，在"医书疑问"栏目中，病友王道存君提出疑问数点，请陆先生解答。先生次子陆清洁先生一一代为解答。

4月22—23日，上海医界春秋社请杭州光圭君回答"疬节痛风"之疑问，沈君转请陆清洁君回答。

4月26日，湖南湘潭李佩吾君，为其夫人之病函曰：

先生出版《国医新话》《医学南针》，指明应读各种方书，佩吾皆一一购备……感将贱内病状敬为先生详陈之。

4月29—30日，作《叶香严外感温热病篇》，刊载于《金刚钻》报。

5月4—24日，《小金刚钻》继续报载《内科陆士谔诊例》。

5月19日，在"论医"栏目，天津景晨君曰："敬读尊著，几无一日可离。然除得见者外，如《金刚钻》报之发行所《医经节要》《新注伤寒论》《新注汤头歌诀》《寒窗医话》，未知何家代印发行，统希示，俾得读。"

5月21日，先生在《南窗随笔》中谈读书体会曰：

读古人书须要放出自己眼光，不可盲从，始能得益。倘心无主宰，听了公公说，就认为公有理；听了婆婆说，就认为婆有理，纵读破万卷书，绝无用处。如柯韵伯之为伤寒大家、吴鞠通之为温热大家，任何人不能否认，但柯韵伯心为太阳之说，吴鞠通温邪处在于太阴经之说，不可盲从也。

5 月 25 日，在"论病"栏目答李佩吾君第二次求医信。

5 月 28—29 日，继续在"论医"栏目中答医解难。

5 月 30 日，在"论医"中提到："南针三、四集，现方在撰述中。"

是月，先生主编《李士材医宗必读》，由上海世界书局出版。

6 月 1 日，先生在《小金刚钻·南窗随笔》撰文，为捍卫祖国医学不遗余力。

6 月 3—30 日，继续在《金刚钻》报登载《内科陆士谔诊例》。

6 月 8 日，在"南窗随笔"中先生阐明中西医之所长曰：

中医重的是形，形易见而神难知，此世俗所以称西医为实在欤。

7 月 2—30 日，在《金刚钻》报继续刊登《内科陆士谔诊例》。

7 月 16 日，先生三子清源在《金刚钻·国医三话》自序中曰：

清源待诊以来，亲承庭训，研读古书，每遇一方，必究其组织之法。为开为合，疗治之道，为正为反。趋时者则笑源为守旧。源亦知假借他人门阀，足以增光蓬荜……所以守草庐，不愿阀阅，奉久命编辑《国医三话》毕，因述其意为述。

7 月 20—22 日，先生在《金刚钻报·论病》中答李佩吾君第三次来函。

7月25日，先生在《中医教育之我见》中谈中医教育曰：

> 中医之学术，重实验，不重理论；中医之教育，现代
> 都有两途：一是各别教育，一是集团教育。中医学校是集
> 团教育，师徒授受是个别教育。个别教育重在实验，集团
> 教育重在理论。

7月26日，续曰："据余之经验，中医之教育，以个别为适，集团为不适，敢贡献于主持中医教育者。"

8月1日，陆清源在《金刚钻》报上写《国医三话》后序。

8月3日，先生在"论病"栏目中答程君、宝君致函求医。

8月9—13日，陆清源以《桂枝人参汤》为题谈医说药。

1938年（民国二十七年　戊寅）六十岁

秋，刘三病故。陆灵素整理刘三遗稿编成《黄叶楼诗稿尺牍》多卷，交给柳亚子校正刊印，不料太平洋战争爆发，文稿遗失于战火。灵素在痛惜之余，又以惊人毅力收集残稿，刊印出油印本分赠亲友。

是年，撰《内经伤寒》。

1938—1943年，先生悉心行医，整理医学著作。以其医术精湛，医德高尚，而被誉为上海十大名医之一。

1939年（民国二十八年　己卯）六十一岁

1—10月，先生次子清廉任中共晋城县委书记。发动群众减租、减息，组织反扫荡，完成扩军任务。

1940 年（民国二十九年　庚辰）六十二岁

3 月，清廉下太行山开展平原游击战争。至冀鲁豫区留在党委机关工作，后又担任地委宣传部长、清风县委书记、地委书记、区党委副秘书长等职。1949 年，随刘邓大军南下，8 月任西南服务团第一支队队长……1955 年 8 月，在中央高级党校学习，结业后任冶金工业部华东矿山管理局局长。1958 年 8 月 20 日，在北京开会返宁途中，因飞机失事不幸遇难，时年四十五岁。后经江苏省人民委员会追认为革命烈士。[①]

1941 年（民国三十年　辛巳）六十三岁

是年，《金刚钻》报主编施济群编辑《医药年刊》，在其中"中医改进论"栏目中有先生两篇医学论文：《病名宜浅显说》《陆氏谈医》。后者包括：《病家最忌性急》《说病与认证》《中医之药方》《中医之用药》《膜原之病》《脑膜炎》《小白菜戒白面瘾》《鼠疫治法之贡献》《睡眠病之研究》《黑死病之探讨》。在《医药年刊》之"国医名录"中记载：

陆士谔：内科，跑马厅汕头路 82 号，（电话）九一八一一。

陆清洁：内科，吕班路蒲柏坊 35 号，（电话）八六一四二（杭州迁沪）。

1943 年（民国三十二年　癸未）六十五岁

是年冬，先生中风。

---

① 参见《青浦县志·人物》第三十四篇。

1944 年（民国三十三年　甲申）六十六岁

3月，先生因中风卒于汕头路82号寓所。据传先生中风当日，全家人正共进晚餐，忽闻汕头路82号（先生诊所）起火，并见其西厢房上空红光闪烁，原来并非起火，而是一颗陨石坠落。先生亦于是时中风。其长子清洁为其致"哀启"，所叙述的都是关于医药方面之事，于历年来所撰小说只字不提。《金刚钻》报副总编辑朱大可先生为陆士谔写挽词赞曰：

堂堂是翁，吾乡之雄。气吞湖海，节劲柏松。稗史风人，医经济世。抵掌高谈，便便腹笥。仆也不敏，忝在忘年。式瞻造像，曷禁泫然。

先生在中医学上的卓越贡献和在通俗小说创作方面的建树不可磨灭，树立了发愤图强的样板，并以"稗史风人，医经济世"为后人所崇敬。

图书在版编目(CIP)数据

三剑客 / 陆士谔，施济群著. — 北京：中国文史出版社，2019.3

(民国武侠小说典藏文库·陆士谔卷)

ISBN 978 – 7 – 5205 – 0856 – 8

Ⅰ. ①三… Ⅱ. ①陆… ②施… Ⅲ. ①侠义小说 – 中国 – 现代 Ⅳ. ①I246.5

中国版本图书馆 CIP 数据核字(2018)第 267410 号

点　　校：张　汝
责任编辑：薛媛媛

出版发行：**中国文史出版社**

社　　址：北京市海淀区西八里庄 69 号院　　邮编：100142
电　　话：010 – 81136606　81136602　81136603（发行部）
传　　真：010 – 81136655
印　　装：廊坊市海涛印刷有限公司
经　　销：全国新华书店
开　　本：720×1020　1/16
印　　张：19　　　　　字数：233 千字
版　　次：2019 年 3 月第 1 版
印　　次：2019 年 3 月第 1 次印刷
定　　价：67.00 元